JENNIFER DONNELLY

DANGEROUS SECRETS

BELLE UND

DAS ENDLOSE BUCH

Die Schöne und das Biest

NACH DEM LIVE-ACTION-FILM

CARLSEN

FSC
www.fsc.org
MIX
Papier aus verantwortungsvollen Quellen
FSC® C014496

Unser Versprechen für mehr Nachhaltigkeit
• Klimaneutrales Produkt
• Papiere aus nachhaltigen und kontrollierten Quellen
• Hergestellt in Deutschland

Die deutsche Ausgabe erscheint bei:
Carlsen Verlag GmbH, Völckersstr. 14–20, 22765 Hamburg

Originaltitel: DANGEROUS SECRETS – LOST IN A BOOK, 2017
Text von: Jennifer Connelly
Übersetzt von: Nina Ohlmann

Lektorat: Imke Sörensen
Redaktion: Constanze Steindamm
Cover: awendrich grafix, Hamburg
Satz: Pinkuin Satz und Datentechnik, Berlin
Herstellung: Nadine Beck
ISBN 978-3-551-28064-0

www.carlsen.de

Für alle Mädchen,
die ihre eigene Geschichte schreiben wollen

PROLOG

VOR EWIGEN ZEITEN in einem alten, verfallenen Palast spielten die zwei Schwestern Liebe und Tod ihr ewiges Spiel.

Tod war die Herrin des Palastes, und jeder Sterbliche, der zu seinen rostigen Toren reiste, kehrte nie zurück. Ihr Gesicht war so bleich wie ein Leichentuch, ihr Haar so dunkel wie Mitternacht. Sie trug ein schwarzes Gewand und die Kette einer Jägerin mit Zähnen, Krallen und Klauen als Anhängern. Ihre smaragdgrünen Augen verengten sich, als sie das Schachbrett vor sich betrachtete.

„Du bist am Zug", sagte Liebe.

„Dessen bin ich mir bewusst", sagte Tod.

„Tick-tack", sagte Liebe.

„Nur Narren hetzen den Tod", sagte Tod.

Seufzend erhob sich Liebe von dem Tisch, an dem Tod und sie saßen. Ihre Augen waren von demselben tiefen Grün wie die ihrer Schwester. Silberblondes Haar fiel ihr den Rücken hinunter. Ihr weißes Gewand hob sich leuchtend von ihrer dunklen Haut ab. Ihr einziger Schmuck war eine Halskette aus verschlungenen

Weidenzweigen. Schimmernde Käfer, helle Schmetterlinge und düstere Spinnen hingen daran, jedes Tier ein lebendes Juwel.

In der Halle, wo die Schwestern spielten, stand ein großen Spiegel an der Wand, sein silberner Rahmen war fleckig und angelaufen. Liebe wischte mit der Hand über sein Glas, und ein Bild erschien. Es zeigte einen Speisesaal – einst prächtig, jetzt verfallen. Draußen vor den Rundbogenfenstern fiel Schnee. Drinnen ging eine gequälte Kreatur – halb Mensch, halb Tier – umher. Hin und her ging sie und warf dabei sehnsüchtige Blicke zur Tür. Ihre Augen waren grimmig, aber in ihrer Tiefe voller Qual.

Tod blickte auf. „Wie geht es deinem Biest in letzter Zeit?“, fragte sie schelmisch. „Zerschlägt es immer noch Möbel? Essteller? Die Fenster?“

„Ich habe Hoffnung für ihn“, erwiderte Liebe und berührte das Glas. „Zum ersten Mal.“

„Ich weiß nicht, warum“, sagte Tod. „Einmal ein Biest, immer ein Biest.“

„Du suchst immer das Schlimmste in jedem“, warf Liebe ihr vor.

„Und ich finde es immer“, erwiderte Tod und richtete ihren Blick zurück auf das Schachbrett. Sie runzelte die Stirn und trommelte mit ihren purpurroten Fingern auf den Tisch. Dann, mit einem verstohlenen

Blick auf den Rücken ihrer Schwester, machte sie ihren Zug.

„Armer kleiner Bauer. So ein Pech“, murmelte sie und stupste ihren Springer über das Brett.

Die Schachfiguren aus Porzellan waren so bemalt, dass sie Höflingen bei einer Maskerade ähnelten. Das Gesicht des Ritters war durch einen Eisenhelm verborgen. Der Bauer war als Harlekin kostümiert. Obwohl sie aus Porzellan waren, lebten und atmeten sie.

Der Ritter rückte vor. Der Bauer hob die Hände und bettelte um sein Leben, aber der Ritter, unempfänglich für sein Flehen, schwang sein Schwert und schlug ihm den Kopf ab. Porzellansplitter flogen über Spielbrett und Tisch. Der hübsche Kopf rollte über das Brett, die Augen blinzelten noch.

Aufgeschreckt durch das Geräusch von zerbrechendem Porzellan, drehte Liebe sich um. Ihre Augen blitzten vor Wut, als sie das Brett betrachtete. „Du hast geschummelt, Schwester!“, rief sie. „Dieser Springer stand nicht einmal in der Nähe meines Bauern!“

Tod presste eine juwelenbesetzte Hand auf ihre Brust. „Das habe ich nicht“, log sie.

Liebe warf ihr einen vernichtenden Blick zu. „Es ist meine eigene Schuld“, meinte sie und setzte sich wieder. „Ich hätte dich nicht eine Sekunde aus den Augen lassen dürfen. Du hasst es zu verlieren.“

Tod lehnte sich in ihrem Stuhl zurück, schlängelte ihre Finger durch ihre Halskette und unterdrückte ein Grinsen. Während sie darauf wartete, dass ihre Schwester etwas tat, ließ sie ihre Augen durch den Raum schweifen. Ein Geweih hingen über dem steinernen Kaminsims. Die Köpfe von Wildschweinen und Wölfen schmückten die Wände, das Feuerlicht tanzte in ihren Glasaugen.

Eine plötzliche Bewegung im Spiegel erregte Tods Aufmerksamkeit. Der Spiegel zeigte nun eine prächtige Bibliothek – und darin eine junge Frau. Sie trug das schlichte blaue Kleid eines Dorfmädchens. Ihre dicken dunklen Locken waren mit einem Band zusammengebunden, und ihre warmen braunen Augen funkelten vor Humor und Intelligenz.

Tods Blick schärfte sich beim Anblick des Mädchens, so wie der eines Löwen beim Anblick einer Gazelle. „Belle“, flüsterte sie. „So schön, genau wie dein Name.“

Auch Liebe warf einen Blick in den Spiegel. „Du kennst das Mädchen?“, fragte sie.

„Ich kenne sie schon eine ganze Weile. Sie war ein Baby in den Armen ihrer Mutter, als wir uns kennenlernten.“

Während Tod zusah, zog Belle ein Buch aus einem Regal und hielt es lächelnd hoch. Das Biest schielte darauf, um den Titel zu entziffern. Belle schlug das Buch auf und las die erste Seite. Da sie den Kopf senkte, sah sie nicht, wie sich die Traurigkeit in den Augen des Biestes in Glück verwandelte.

Liebe, deren Finger jetzt über dem Schachbrett schwebten, sagte: „Dieses Mädchen wird die Richtige sein, lass dir das gesagt sein. Sie ist mutig, stur – sogar noch sturer als das Biest –, und sie hat ein Herz aus Gold."

„Mm, aber es ist nicht das Herz des *Mädchens*, um das es geht. Oder etwa doch?", grübelte Tod.

Liebe, die ihre Stirn in Konzentration runzelte, hörte ihre Schwester kaum. Sie bemerkte auch nicht, wie ein gehörnter Käfer von ihrer Halskette flog und auf dem Spiegel landete.

„Es ist das Herz des *Biestes*, um das wir uns sorgen", fuhr Tod fort. „Hast du vergessen, wie er sich verhielt, als er noch ein Prinz war? An dem Tag, an dem er verzaubert wurde, bezahlte er mit Almosen für die Armen eine neue Kutsche, machte sich über das Stottern eines Küchenjungen lustig und jagte einen Hirsch mit seinen Hunden zu Tode. Ich hätte den Narren in einen Wurm verwandelt und ihn unter meinem Stiefel zerquetscht, aber das hast du nicht getan. Warum, werde ich nie erfahren."

„Weil er eine zweite Chance verdient", erklärte Liebe. „Das tut jeder. Meine Zauberin verwandelte den äußeren Menschen, um den inneren zu verwandeln. Sein Leiden wird ihn Güte und Mitgefühl lehren. Er wird sein Herz wiederfinden."

Tod stöhnte vor Verzweiflung. „Er *hat* kein Herz, Schwester! Man kann nicht finden, was nie existiert hat!"

Liebes Blick, voll von Emotionen, traf den von Tod. „Du irrst dich", widersprach sie. „Ich beobachte ihn, seit er ein Kind war. Ich habe gesehen, was mit ihm geschah, wie grausam sein Vater ihn behandelte. Er musste sein Herz panzern. Das war die einzige Möglichkeit zu überleben."

Tod winkte ab, aber Liebe gab nicht auf. Aufzugeben lag nicht in ihrer Natur. „Hast du jemals einen Bären gesehen, der auf einem Dorfplatz zum Vergnügen der Menschen gegen Hunde kämpft?", fragte sie. „Hast du gesehen, wie er die Zähne fletscht und schnappt? Schmerz, Angst … sie können dich in etwas verwandeln, was du nie sein solltest. Das Biest kann sich ändern."

„Dann sollte es sich besser beeilen. Deine Rose sieht nicht allzu gesund aus", warf Tod ein und nickte in Richtung des Spiegels.

Nun zeigte er einen Tisch im Schloss des Biestes. Kerzenlicht fiel darauf und beleuchtete eine einzelne rote Rose unter einer Glasglocke. Ihr Kopf hing herab. Verwelkte Blütenblätter lagen unter ihr. Während Tod und Liebe zusahen, fiel ein weiteres auf die Tischplatte.

„Wenn es dem Biest nicht gelingt, Belles Liebe zu gewinnen, bis das letzte Blütenblatt fällt, muss der Prinz für immer ein Biest bleiben." Tod sah zu ihrer Schwester. „Du hast auf das menschliche Herz gewettet, liebe Schwester – eine Narrenwette, wenn es so etwas gibt. Und ich? Ich würde eine Million Goldmünzen darauf wetten, dass das Biest scheitert."

Liebe hob eine Augenbraue. „Eine Million Goldmünzen? Du musst reich sein, wenn du es dir leisten kannst, eine solche Summe zu verlieren", entgegnete sie und widmete ihre Aufmerksamkeit wieder dem Schachbrett.

Tod lächelte herablassend. Mit einer Stimme voller falscher Sympathie sagte sie: „Ich verstehe das. Du willst nicht wetten. Es ist zu viel Geld. Du hast Angst …"

„Vor nichts und am allerwenigsten vor dir", erwiderte Liebe. „Machen wir daraus zwei Millionen."

Tods Augen leuchteten auf. Es gab nichts, was sie mehr liebte als Glücksspiele. Erst gestern hatte sie eine junge Baronin auf einem Pferd sagen hören: „Ich wette, ich kann über den Zaun springen!", und einen

Bauernjungen: „Ich wette, ich kann über diesen Fluss schwimmen!" Sie hatte beide Wetten mit Leichtigkeit gewonnen.

Liebe war genauso. Je höher die Einsätze, je unmöglicher die Chancen, desto eifriger erhöhte sie den Einsatz. Es war das Einzige, was die beiden Schwestern gemeinsam hatten.

„Das Gold ist so gut wie meins", behauptete Tod. „Die Menschen sind selbstsüchtige Kreaturen. Man kann sich immer darauf verlassen, dass sie das Falsche tun. Soll ich dir erzählen, wie die Geschichte ausgeht? Das Biest ist grausam zu Belle, sie verlässt ihn, das letzte Blütenblatt fällt. *Ende.*"

Liebe hob ihr Kinn. „Du hast keine Ahnung, wie die Geschichte endet. Du bist nicht ihr Autor. Manchmal siegen Freundlichkeit und Sanftmut."

„Und manchmal galoppieren Einhörner über Regenbögen", schnaubte Tod abfällig.

Liebe sah sie an. „Drei Millionen."

„Einverstanden!", krähte Tod. „Ich werde die Wette gewinnen, liebste Schwester. Warte es nur ab."

„Nun, aber dieses Spiel hast du nicht gewonnen", erklärte Liebe und schob ihre Dame über das Brett. „Schachmatt."

Tods Lächeln erlosch. Sie schaute auf das Brett hinunter und sah Liebes Dame vor ihrem eigenen König stehen. „Was?“, rief sie schockiert. „Das kann nicht sein!“

Liebe und Tod sahen zu, wie die Königin dem König einen Kuss zuwarf. Überrascht von dieser süßen Gnade, umarmte der König die Königin. Eine Sekunde später sackte er auf dem Brett zusammen, und ein Dolch ragte ihm aus dem Rücken.

„Und da heißt es, *ich* wäre skrupellos!“, fauchte Tod empört.

Mit einem triumphierenden Lächeln erhob sich Liebe von ihrem Stuhl. Sie küsste ihre Schwester auf die kalte Wange und sagte: „Bemüh dich nicht. Ich finde selbst hinaus.“

Tod saß vollkommen still und starrte auf die Schachfiguren. Ihr Läufer sah zu ihr auf und begann zu zittern. Seine Knie schmerzten. Ein Riss erschien auf seinem bemalten Gesicht. Wütend fegte Tod die Figuren vom Brett. Sie zersprangen auf dem Steinboden. Dann stand sie auf und ging zum Spiegel. Ihr bereits zorniger Gesichtsausdruck stockte, als sie das Biest und Belle beobachtete – immer noch ihre Bücher und die Gesellschaft des anderen genießend.

Das Mädchen hatte anfangs Angst vor ihm, dachte Tod, *und wer hätte das nicht? Aber jetzt fürchtet sie das Biest nicht mehr. Dieses Mädchen ist die seltenste aller Kreaturen. Ein Wesen, das mit dem Herzen sieht. Meine Schwester hat recht. Sie könnte die Richtige sein. Und das wird nicht reichen.*

Tod drehte sich auf dem Absatz um, ihre Röcke wirbelten hinter ihr her wie ein böser Wind. Sie ging zu einem hoch aufragenden Schrank, öffnete ihn und fuhr mit einem Finger über die Bücher in den Regalen.

„Da bist du ja!“, flüsterte sie und zog eines heraus.

Das in schwarzes Leder gebundene Buch war staubig und alt. Der Buchrücken hatte einen Riss, aber der Titel war noch zu lesen: NEVERMORE.

„Mouchard! Truqué!“, bellte Tod. „Kommt!“

Zwei Geier verließen ihren Schlafplatz auf dem Kaminsims und flogen zu ihr. Es waren riesige Vögel mit kohlschwarzen Federn und grausamen Schnäbeln. Ein Dutzend weiterer solcher Vögel hockte im Zimmer herum.

„Bringt dieses Buch zum Schloss des Biestes. Legt es in die Bibliothek“, befahl Tod. „Passt auf, dass euch niemand sieht.“

Einer der Geier stieß ein raues Krächzen aus.

„Nein, Mouchard, du unverschämte Kreatur, das ist *kein* Betrug“, verwehrte sich Tod. „Es ist nur eine kleine Ablenkung. Glaubst du, meine Schwester würde das nicht auch tun? Du weißt doch, wie sie ist. Sie tut, als wäre sie aus Tautropfen und Mondstrahlen gemacht, aber sie ist grausam. Eine kleine Wilde mit einem süßen Gesicht. Sie wird vor nichts haltmachen. um die Wette zu gewinnen."

Der zweite Geier krächzte. Er schüttelte erst den Kopf und dann seine Flügel. Tods blasse Wangen erröteten vor Empörung.

„Ich weiß, dass es Regeln gibt, Truqué! Ich weiß, dass ich nicht zu dem Mädchen gehen kann, bevor ihre Zeit gekommen ist. Aber was ist, wenn sie zu mir kommt? Was ist, wenn ich sie an das hier binden kann? Das ändert die Dinge, nicht wahr?"

Der Geier dachte über die Worte seiner Herrin nach, dann senkte er seinen Kopf und packte das Buch mit seinen scharfen Krallen. Tod öffnete ein Fenster, und die beiden Vögel stürzten in die Nacht hinaus. Als sie ihnen nachsah, fielen ihr die Worte ihrer Schwester wieder ein.

Du hast keine Ahnung, wie die Geschichte endet.

Tods blutrote Lippen verzogen sich zu einem grimmigen, entschlossenen Lächeln.

„Oh, aber ich *weiß* es", schnurrte sie. „Denn ich habe vor, sie zu schreiben."

KAPITEL EINS

BELLE STAND VOR DER TÜR ZUR BIBLIOTHEK mit einem Wischmopp in der einen und einem Eimer in der anderen Hand. Auf ihrem Gesicht erstrahlte ein breites und aufgeregtes Lächeln.

Um sie herum waren mehrere Objekte auf dem Boden angeordnet: ein schimmernder goldener Kerzenleuchter in Form eines Mannes, eine stämmige bronzene Kaminuhr, eine gedrungene Teekanne aus Porzellan, eine kleine Teetasse mit einem Riss im Rand, ein Staubwedel mit pfauenförmigem Stiel und ein vierbeiniger Schemel mit Fransen.

Der Kerzenleuchter sprach zuerst.

„Mein liebes Mädchen, du hältst den Wischmopp, als wäre er ein Schwert", stichelte er. „Du siehst aus, als würdest du in die Schlacht ziehen!" Er hatte brennende Kerzen statt Händen und schwenkte eine dramatisch, als würde er Belle zum Duell herausfordern.

„Ich ziehe in die Schlacht, Lumière, und du tust es auch. Du hast keine Ahnung, was dich hinter diesen Türen erwartet", erwiderte Belle lachend.

Lumière schnitt eine Grimasse. „Doch, das weiß

ich", grummelte er. „Der Herr hat viele bewundernswerte Eigenschaften, aber Sauberkeit gehört nicht dazu."

„Quatsch und Unsinn!", erklärte die Kaminuhr und schob sich an ihnen vorbei. „Vergesst ihr, dass ich mit dem Comte de Rochambeau bei der Belagerung von Yorktown ritt?"

Lumière rollte mit den Augen. „Nicht eine Sekunde lang, *mon ami*", beteuerte er.

„Wir besiegten die Rotröcke und schickten sie in die Flucht! Dieser alte Soldat ist mehr als nur ein paar Spinnweben gewachsen!", erklärte Von Unruh und gab den massiven Türen einen Schubs. Sie schwangen auf. Ihre Scharniere ächzten. Während sie sich öffneten, verstummte der immer noch schimpfende Von Unruh plötzlich. Er machte ein paar Schritte in den höhlenartigen Raum. Die anderen Diener schlossen sich ihm an. Alle starrten entsetzt auf die Szene vor ihnen. Alle außer Belle.

KAPITEL ZWEI

MIT EINEM FREUDENSCHREI rannte Belle in die Mitte des Raumes, stellte ihren Wischmopp und Eimer ab und drehte sich staunend in einem weiten Kreis herum.

Es schien ihr, als ob jedes Buch, das jemals geschrieben wurde, hier in den Regalen stand. Es gab Romane und Theaterstücke, Liebesgedichte, Legenden und Volksmärchen, Bände über Philosophie, Geschichte, Wissenschaft, Mathematik. Am Morgen nach dem ersten Augenöffnen hatte sie befürchtet, dass sie von der Bibliothek und den Schätzen, die sie barg, nur geträumt hatte. Aber nein. Es war real. Die Bücher waren hier. *Sie* war hier.

„Ach, du meine Güte“, staunte die Teekanne zögernd.

„Ich weiß, Madame Pottine. Ist es nicht großartig?“, rief Belle begeistert.

„Mon Dieu“, murmelte der Staubwedel mit düsterem Tonfall. „Ich habe noch nie einen – einen solchen …“

„… wunderbaren, unglaublichen, erstaunlichen Ort

gesehen!“, beendete Belle seinen Satz. „Ich stimme dir zu, Plumette!“

Bücher waren Belles Lieblingsdinge auf der Welt. Sie verschlang sie. Villeneuve, ihr Dorf, hatte eine Bibliothek … eigentlich. Aber im Grunde war es nur ein Regal in der Kirche von Père Robert. Sie hatte jedes Buch daraus gelesen. Zweimal. Aber diese Bibliothek hatte so viele Bücher, dass sie sie nie alle lesen könnte. Nicht einmal, wenn sie tausend Jahre alt würde.

Als sie sich weiter umsah, fiel ihr Blick auf den großen Marmorkamin. Sie stellte sich vor, wie sie davorsaß, mit einer Kanne Tee und Büchern, die sich um sie herum aufstapelten.

„Wo soll ich anfangen?“, fragte sie sich laut. „Mit den griechischen Epen? Den klassischen Tragödien?“

„Darf ich die Fenster vorschlagen?“, fragte Lumière und eilte mit über den Arm gehängten Putzlappen an ihr vorbei.

Belle lächelte verlegen. Seine Worte holten sie auf den Boden der Tatsachen zurück. Die Fenster waren hoch und anmutig, aber grau vor Schmutz. Die Vorhänge, die sie einrahmten, hingen in Fetzen herunter. Spinnweben saßen unter den Fensterbänken. Sie krempelte ihre Ärmel hoch, nahm ihren Mopp und den Eimer und ging auf sie zu. Der fransige Schemel rannte an ihr vorbei und wirbelte eine Staubwolke auf.

Die kleine Teetasse saß auf seinem Rücken. „Schneller, schneller!“, rief sie mit ihrer Kleiner-Junge-Stimme.

„Tassilo! Das reicht jetzt! Du machst alles nur noch schlimmer!“, schimpfte Madame Pottine. „Wie um alles in der Welt kann der Herr hier arbeiten?“, fügte sie hinzu und zeigte mit ihrer Tülle in eine Ecke. Eine dicke Schicht Staub bedeckte einen Großteil des Bibliothekbodens. Sie überzog den großen vergoldeten Tisch neben der Tür, die Stühle, den Kaminsims.

Von Unruh fuhr mit einem Finger über eine Fußleiste, inspizierte sie und erbleichte. „Staub? Keiner hat etwas von Staub gesagt! Ich habe empfindliche Innereien“, ärgerte er sich und tätschelte sein Gehäuse. „Schrauben, Stäbe, Zahnräder – ein kleines Körnchen im Uhrwerk, und alles kommt zum Stillstand!“

Lumière rümpfte die Nase. „Das ist *so* viel mehr, als wir wissen wollten.“

„Ich werde die Aufsicht übernehmen, soll ich?“, bot Von Unruh an. „Für mich ist Staub ein Schimpfwort.“

„Staub ist aber nicht für jeden ein Schimpfwort“, erwiderte Lumière.

„Arbeit ist auch ein Schimpfwort“, wisperte Plumette ganz leise. „Vielleicht ist *das* der Grund, warum Monsieur versucht, es zu vermeiden?“

Von Unruh richtete sich zu seiner vollen Größe

auf – sämtliche dreißig Zentimeter. „Das habe ich *gehört*, Mademoiselle!", donnerte er.

Plumette schüttelte ihre Federn und hüpfte davon, um einen Stuhl zu putzen.

Lumière legte einen Arm um den wütenden Von Unruh. „Sieh mal, alter Freund, ich weiß, dass die Bibliothek in einem schrecklichen Zustand ist, und ich weiß, dass die uns bevorstehende Aufgabe unmöglich scheint. Aber alles, was wir tun müssen, ist anzufangen. Der Rest wird sich von selbst regeln. Eine Reise von tausend Kilometern beginnt mit einem einzigen Schritt."

„Stimmt genau!", erklärte Von Unruh und stürmte auf die Tür zu. „Ich schlage vor, wir gehen zurück in die Küche, suchen uns einen gemütlichen Platz am Feuer und denken noch mal über die ganze Sache nach."

Aber Lumière kam ihm in die Quere. Er hakte seinen Arm durch den von Von Unruh und drehte ihn um. „Belle schafft das nicht allein. Sie braucht unsere Hilfe. Die Bibliothek macht sie glücklich. Und wir wollen, dass sie glücklich ist", erklärte er.

„Meine Federn werden nie mehr dieselben sein", seufzte Von Unruh.

Belle, die ihren Austausch belauscht hatte, fühlte sich schuldig. Die Diener hatten sich beim Frühstück freiwillig gemeldet, um ihr zu helfen, aber sie hatten keine Ahnung, worauf sie sich einließen. Die Bibliothek war zwar nicht so baufällig wie der Rest des Schlosses, benötigte aber eine gründliche Reinigung – der Von Unruh nicht gewachsen zu sein schien. Seine Zahnräder blieben oft stecken, und er warf häufig sein Pendel ab.

Besorgt eilte Belle zu den beiden Dienern und kniete nieder. „Lumière, Von Unruh, ich komme allein zurecht. Ihr habt andere Dinge zu tun", beteuerte sie.

Von Unruh, der bereits in eine neue Runde des Meckerns einsteigen wollte, hatte wenigstens den Anstand, beschämt auszusehen. Er versuchte schnell, es wiedergutzumachen. „Würde es dich glücklich machen, diesen Ort zu nutzen?", fragte er.

Belle nickte. „Sehr", sagte sie.

„So glücklich, wie du in deinem Dorf warst?", fragte er hoffnungsvoll.

„Mein Dorf?", wiederholte Belle, verblüfft über die Frage. Sie setzte sich auf den Boden. „Nun, ich habe nicht … Ich meine, ich war nicht …"

Wie konnte sie ihnen die Wahrheit sagen? Es war schwer genug, sie sich selbst einzugestehen.

„Was ist denn los, mein Kind?", fragte Von Unruh besorgt.

Madame Pottine hörte ihn. „Stimmt etwas nicht?",

erkundigte sie sich und eilte herbei. Plumette folgte ihr mit raschelnden Federn. Sogar Tassilo und Der Schemel unterbrachen ihren Unsinn und rückten näher an Belle heran.

Belle überlegte, ob sie einen unschuldigen Schwindel erfinden oder die Besorgnis des Schlosspersonals lachend beiseiteschieben sollte, aber als sie die echte und tiefe Sorge in den vielen Augen sah, wusste sie, dass sie beides nicht tun konnte.

„Die Wahrheit ist, dass ich in meinem Dorf nicht glücklich war“, gestand sie. „Nicht wirklich. Ich war natürlich in meinem Zuhause mit meinem Vater glücklich, aber das war der einzige Ort, dem ich mich zugehörig fühlte. Unser Haus und die Seiten der Bücher, die ich las.“

„Warum, Belle?“, wollte Madame Pottine wissen.

Belle holte tief Luft. „Es war ein kleiner Ort. Und die Menschen … nun, viele von ihnen hatten kleine Hoffnungen und Träume. Es war schwer, dort einen Freund zu finden. Es gab so wenige Menschen, die mich verstanden. Mein Vater natürlich. Und Père Robert, der Geistliche mit all den Büchern. Und Agathe, eine Bettlerin. Aber alle anderen hielten mich für seltsam“, gab sie zu und errötete ein wenig.

„Du *bist* seltsam, Belle“, meldete sich Tassilo zu Wort. „Aber es macht uns nichts aus!“

Alle lachten, sogar Belle. Nur Madame Pottine nicht. Stattdessen hob sie eine aufgemalte Augenbraue.

„Aber Mama, das *ist* sie!", beharrte Tassilo. „Sie trägt Stiefel zum Kleid. Sie liest Latein. Und reitet auf ihrem Pferd wie eine Räuberin!"

„Tassilo!", mahnte Madame Pottine.

„Das ist nichts Schlimmes, Mama. Wir sind auch nicht normal, weißt du? Ich meine, ich bin eine sprechende Teetasse!"

Eine Dampfwolke stieg aus Madame Pottines Tülle.

„Ist schon gut, Madame Pottine", sagte Belle. „Ich nehme an, für die Leute von Villeneuve *war* ich seltsam. Denn ich wollte weg. Ich wollte reisen und etwas von der Welt sehen." Sie lächelte reumütig. „Außerdem mochte ich Bücher lieber als Gaston."

„Gaston?", wiederholte Lumière mit einem verwirrten Ausdruck.

„Der Angeber des Dorfes", antwortete Belle und schüttelte bei der Erinnerung an den gut aussehenden Angeber den Kopf, der quasi von ihr verlangt hatte, ihn zu heiraten, und fast hintenübergefallen war, als sie Nein gesagt hatte.

„Lesen wurde zu meinem Zufluchtsort", fuhr Belle fort. „Ich fand so viel in den Büchern. Geschichten, die mich inspirierten. Gedichte, die mich erfreuten. Romane, die mich herausforderten …" Belle hielt inne, plötzlich verunsichert. Sie sah auf ihre Hände hinab und sagte mit wehmütiger Stimme: „Was ich jedoch wirklich gefunden habe, war ich selbst.“

Von Unruh, der sich eben noch so beschwert hatte, trat vor und nahm Belles Hand. „Und du wirst dich wiederfinden, Kind, in dieser Bibliothek, wenn *ich* ein Wörtchen mitzureden habe!“, versicherte er und streckte die Brust heraus.

Belle war überrascht von der Inbrunst in seiner Stimme.

„Du hast den Kampfgeist dieses alten Soldaten geweckt! Wir werden die Bibliothek von den Spinnen und Mäusen zurückerobern! Noch einmal in die Bresche, liebe Freunde! Man soll nie sagen, dass Oberst Von Unruh vor einem Kampf zurückgeschreckt ist.“ Damit schnappte er sich einen Lappen von dem halben Dutzend, das über Lumières Arm hing, und marschierte hocherhobenen Hauptes los, um den Kampf mit den schmutzigen Fenstern aufzunehmen.

„Herr Oberst also jetzt?“, bemerkte Lumière ironisch. „Letzte Woche war er noch Hauptmann und die Woche davor Leutnant. Bald wird er sich zum Brigadegeneral befördern.“ Er wandte sich an Plumette. „Sollen wir, *Chérie?*“

Plumette schenkte ihm ein kokettes Lächeln, und gemeinsam nahmen sie die dunklen Ecken in Angriff, wobei Lumière mit seinem Kerzenlicht leuchtete und Plumette sie sauber fegte.

Madame Pottine gesellte sich zu Von Unruh. Als sie Dampf auf die Scheiben blies, wischte Von Unruh den Schmutz weg. Seine kleinen Messingarme arbeiteten wie wild. Sogar Der Schemel und Tassilo halfen mit. Auf Tassilos Bitte hin band Von Unruh Lappen an die vier Füße Des Schemels, und die beiden rannten wieder los und staubten die Dielen ab, während sie durch den Raum flitzten.

Als Belle ihnen zusah, stieg ihr ein Kloß in den Hals. Sie waren so gut zu ihr. So freundlich. Sie wollten ihr helfen. Sie wollten sie glücklich machen und ihre Freunde sein.

Und dann war da noch das Biest.

Ein Sturm widersprüchlicher Gefühle fegte durch sie, als sie an es dachte. Das Biest war der Grund, warum sie in diesem dunklen, abgelegenen Schloss gefangen war. Es war aber auch der Grund, warum sie hier in der unglaublichen Bibliothek stand.

Das Biest war nicht wie die anderen. Madame Pottine, Lumière, Plumette … sie waren warm und lustig, fröhlich und ausgelassen. Das Biest war schwierig, ruppig, rätselhaft und scheu. Und doch wollte es sie auf seine eigene seltsame Art auch glücklich machen. Das hatte es letzte Nacht bewiesen.

Wenn Belle daran dachte, was es getan hatte …

Es war unfassbar. Unmöglich. Selbst jetzt ließ es ihr Herz noch rasen.

Jeder andere hätte ihr einen Blick in seine Sammlung gewährt und ihr ein oder zwei wertvolle Bücher geliehen. Aber das Biest, so hatte Belle inzwischen gelernt, war nicht irgendjemand anderes.

Sie tauchte den Wischmopp in ihren Eimer, drückte ihn aus und begann, mit ernster Miene zu putzen. Im Gegensatz zum Biest konnte sie nicht mitten im Chaos lesen, arbeiten oder irgendetwas anderes tun.

Belle war es egal, ob sie erst um Mitternacht fertig war. Es war ihr egal, ob ihre Muskeln schmerzten, ihr Rücken stöhnte und ihre Beine taumelten, weil sie mit Eimern die Treppe herauf- und herunterlief. Sie dachte nur an das Glück, das sie erwartete, sobald sie ihre Aufgabe erledigt hatte.

Letzte Nacht hatte das Biest ihr ein unerwartetes Geschenk gemacht – ein Geschenk, das für sie wertvoller war als sein Schloss und all seine Ländereien, wertvoller als Juwelen oder Gold.

Letzte Nacht hatte das Biest ihr seine Bücher geschenkt.

KAPITEL DREI

ES WAR IN DER ABENDDÄMMERUNG GESCHEHEN.

Belle erinnerte sich noch genau daran.

„Ich habe eine Überraschung für dich", hatte das Biest in seinem üblichen schroffen Ton gesagt.

Belle war gerade vom Füttern ihres Pferdes Philippe gekommen, stand an der Hintertür der Küche und schüttelte den Schnee aus ihrem Mantel. Sie hatte seinen finsteren Blick und seine verkrampften Pfoten gemustert und dankend abgelehnt.

Das Biest hatte verblüfft geblinzelt. Sein Blick war noch finsterer geworden. „Ich *sagte*, ich habe eine Überraschung für dich!"

„Und ich habe dich gehört", hatte Belle geantwortet, „aber ich hatte schon genug Überraschungen für ein ganzes Leben. Einschließlich kalter dunkler Zellen, Wolfsrudeln und Wutanfällen."

„Wutanfälle? *Wutanfälle?*", hatte das Biest gezischt. „Ich fasse es nicht! Wie kannst du das sagen? Das *war kein Wutanfall!* Und es war nicht *meine* Schuld! Ich habe dir gesagt, du sollst nicht in den Westflügel gehen. Ich habe es dir gesagt …"

Belle hatte ihm einen Seitenblick zugeworfen. „Du hast recht. Was habe ich mir nur gedacht? Du würdest *nie* einen Wutanfall bekommen. Wenn du mich jetzt entschuldigen würdest, ich muss meinen Umhang aufhängen."

Die Lage zwischen dem Biest und Belle war angespannt, seit sie auf der Suche nach Antworten den Westflügel erkundet hatte. Eine einzige Rose hatte sie zur Gefangenen gemacht, und sie wollte wissen, warum. Wenn sie die Dienerschaft fragte, bekam sie nur ausweichende Antworten. Von dem Biest bekam sie gar nichts.

Gut, dachte sie. *Wenn mir niemand eine Antwort gibt, muss ich sie eben selbst herausfinden.*

Der Westflügel war der Privatbereich des Biestes. Es hatte Belle verboten, sich dorthin zu wagen. Ein dermaßen strenger Befehl von einer so imposanten Kreatur hätte die meisten Menschen bedingungslos gehorchen lassen.

Aber Belle war nicht wie die meisten Menschen. Sie hinterfragte alles und gehorchte nur einer Sache – ihrem Herzen.

Es war dunkel gewesen in den Gemächern des Biestes, aber Belles Augen hatten sich bald daran gewöhnt. Als sie durch die einst herrschaftlichen Zimmer gegangen war, hatte sie gesehen, dass all die schönen

Möbel zerbrochen waren, die kostbaren Bettvorhänge zerfetzt, die vergoldeten Spiegel zertrümmert.

„Das war das Biest“, hatte sie geflüstert.

Sie kannte seine Wut und wusste, dass es mehr als in der Lage war, einen Tisch umzuwerfen oder einen Stuhl durch den Raum zu schleudern.

Ihre Augen sagten ihr, dass die schreckliche Zerstörung von dieser Wut herrührte. Ihr Herz jedoch sah die tiefere Ursache – Verzweiflung –, und das schmerzte sie.

Belle war weiter durch die Zimmer des Biestes gegangen, hatte Möbel zurechtgestellt, Glasscherben mit dem Fuß auf einen Haufen geschoben und nach Antworten gesucht.

Hier bin ich nun und lebe in einem abgelegenen Schloss, in einem Wald, in dem immer Winter ist, hatte sie gedacht. *Ich spreche mit Uhren. Scherze mit Kerzenleuchtern. Spiele Fangen mit einem bellenden Schemel. Das ist es, was ich jetzt tue. Das ist mein Leben. Es muss einen Grund dafür geben, warum die Dinge hier so sind, wie sie sind. Wenn ich nur herausfinden könnte, was es ist.*

An einer Wand hingen zerstörte Gemälde, darunter war auch das Portrait einer Familie: ein Mann mit einer kalten, herrischen Haltung, eine Frau mit einem warmen Lächeln und intelligenten blauen Augen und ein kleiner Junge, der genauso aussah wie die Frau.

Ein anderes Portrait zeigte einen hübschen jungen Mann – blauäugig, genau wie der Junge. Zumindest *glaubte* Belle, es zeige einen Mann. Denn das Portrait war so stark aufgeschlitzt, dass nur noch die Augen des Portraitierten zu sehen waren.

„Wer bist du?“, hatte Belle geflüstert.

Aber die gemalten Gesichter hatten ihr Schweigen bewahrt. Mit einem Seufzer der Enttäuschung hatte sie sich zum Gehen gewandt. Sie war nicht klüger gewesen als zuvor, als sie die Gemächer des Biestes betreten hatte.

Und dann hatte sie sie gesehen – eine einzelne rote Rose. Sie schwebte aufrecht auf einem Tisch, geschützt von einer zarten Glasglocke. Ihr Kopf hatte heruntergehangen, und einige ihrer Blütenblätter waren auf den Tisch gefallen. Belle hatte sich hinuntergebeugt und durch die Glocke gespäht. Ein weiteres Blütenblatt fiel herunter, während sie dort stand und zusah. Wie gebannt hatte sie das Glas angehoben, um die Blume besser sehen zu können.

Da hatte das Biest sie entdeckt.

„Was machst du hier? Was hast du mit ihr gemacht?“, hatte das Biest gebrüllt.

„Nichts“, hatte Belle geantwortet.

„Ist dir klar, was du hättest tun können? Du hättest uns alle verdammen können! Raus! Verschwinde!“

Das Biest hatte gewütet und die Rose mit seiner Gestalt verdeckt. Das hatte Belle so verärgert, dass sie vor dem Biest, dem Westflügel und dem Schloss geflohen war.

Sie war zu den Ställen gerannt, hatte Philippe einen Sattel übergeworfen und war in halsbrecherischem Tempo aus den Ställen galoppiert. Durch die Wälder – direkt in ein Rudel Wölfe. Die bösartigen Tiere hätten sie getötet, wäre das Biest nicht gewesen.

Sie hatte versucht, sie selbst abzuwehren, aber es waren zu viele gewesen. Gerade als sie überzeugt gewesen war, dass sie sie zerreißen würden, war das Biest aus dem Wald gekommen und hatte sie verscheucht. Aber die Wölfe hatten es schwer verwundet.

Mit der Hilfe von Philippe hatte Belle das Biest zurück ins Schloss gebracht, seine Wunden versorgt und ihm ins Bett geholfen. Sie war immer noch verärgert gewesen, und als das Biest geschlafen und sich unruhig hin und her gewälzt hatte, hatte sie Madame Pottine gefragt, wie sie und die anderen Diener dem Biest beistehen konnten, wenn es sich so schlecht benahm.

„Weil es ein gutes Herz hat“, hatte Madame Pottine geantwortet.

Belle hatte ihr einen ungläubigen Blick zugeworfen. „Reden wir von demselben Biest?“, hatte sie gefragt.

Madame Pottine hatte traurig gelächelt, sich zu

Belle gesetzt und ihr die Geschichte des Biestes erzählt. Es war ein Prinz gewesen, der Sohn eines reichen und mächtigen Mannes. Seine Mutter, die gütig und sanft war, starb, als er noch ein Junge war.

„Sind das die Personen auf den Bildern? Im Westflügel?", hatte Belle gefragt.

„Ja, das sind sie", hatte Madame Pottine erwidert und weiter erklärt, dass der Vater des Biestes ein grausamer Mann gewesen war, der sein einziges Kind missbraucht hatte.

Belle war schockiert gewesen und voller Mitgefühl. Ihre Mutter war auch jung gestorben, als Belle noch ein Baby gewesen war, aber im Gegensatz zum Vater des Biestes war ihr Vater die Güte selbst.

„Wie verängstigt er gewesen sein muss … und einsam und traurig. Ein armer, mutterloser Junge in den Händen eines so brutalen Mannes", hatte sie gewispert.

Madame Pottine hatte mit gesenktem Blick genickt. „Nach Jahren dieser schrecklichen Behandlung war der Prinz zu einem ebenso gefühllosen, rücksichtslosen und selbstsüchtigen Menschen herangewachsen wie sein Vater. Und dann, eines Tages, hatte er einen extravaganten Ball gegeben und die schönsten Damen des Reiches dazu eingeladen. Während alle tanzten, hatte eine Bettlerin den Ballsaal betreten und den Prinzen um Schutz vor Wind und Regen gebeten. Er hatte sie ausgelacht und seinen Wachen befohlen, sie hinauszuwerfen. Aber in Wirklichkeit war die alte Frau eine Zauberin. Sie hat den Prinzen verflucht und in ein Biest verwandelt. Uns, seine Diener, hat sie auch verflucht. Und seit diesem Tag sind wir so wie jetzt. Unfähig, zu unserem alten Selbst und unserem alten Leben zurückzukehren."

„Es tut mir so leid, Madame Pottine", hatte Belle voller Mitgefühl gesagt.

„Mir auch, mein Kind. Mir auch."

„Kann man denn gar nichts tun?"

Da hatte Madame Pottine ihren Blick auf das Biest gerichtet. Als sie wieder sprach, hatte ihre Stimme wie aus weiter Ferne geklungen. „Du hast so viele Fragen, mein Kind. Und wer hätte die nicht? Lass mich wenigstens deine erste beantworten: Wir bleiben bei unserem Herrn, weil wir ihn nicht zweimal im Stich lassen werden."

„Zweimal?", hatte Belle wiederholt. „Das verstehe ich nicht."

„Wir wussten, wie schrecklich sein Vater zu ihm war, und haben nichts getan. Dieser Mann war das wahre Biest, und wir waren zu verängstigt, um ihm die Stirn zu bieten. Unser Herr braucht uns jetzt genauso wie damals, und dieses Mal werden wir ihn nicht im Stich lassen."

„Ich will euch helfen. Es muss doch einen Weg geben, den Fluch aufzuheben“, hatte Belle gedrängt.

Da hatte das Biest im Schlaf gestöhnt, und Madame Pottine war an seine Seite geeilt.

„Da musst du dir keine Sorgen machen, mein Schäfchen“, hatte Madame Pottine gesagt. „Wir haben es uns eingebrockt, und wir müssen es auch auslöffeln.“

In jener Nacht hatten das Biest und Belle sich einige scharfe Wortgefechte geliefert, sowohl vor als auch nach dem Wolfsangriff, und seitdem hatten sie nicht mehr viel miteinander geredet. Darum war Belle nicht in der Stimmung für seine Überraschung gewesen.

Nachdem sie ihn abgewiesen hatte, war sie auf der Suche nach Chapeau, dem Garderobenständer, durch die Küche gegangen. Sie wollte ihm ihren Mantel geben. Als sie das tat, hatten Von Unruh und Madame Pottine besorgte Blicke ausgetauscht. Cuisinier, der Kochherd, war so beunruhigt gewesen, dass er angefangen hatte zu qualmen.

Lumière war zum Biest hinübergeeilt. Er hatte sich eine Hand vor den Mund gehalten und gesagt: „Darf ich vorschlagen, Herr, dass Ihr mit einem Lächeln und einem freundlichen Tonfall zu verstehen gebt, dass dies eine *freudige* Überraschung ist und nicht, sagen wir, eine Reise zur Guillotine?“

Obwohl er geflüstert hatte, hatte Belle ihn trotzdem gehört. Der Schall wurde in der riesigen Küche mit ihren hohen, gewölbten Decken leicht weitergetragen.

Das Biest hatte sich geräuspert und ihr hinterhergerufen: „Belle, ich habe eine sehr schöne, prächtige, ziemlich wunderbare Überraschung für dich!“

Es hatte so fröhlich und enthusiastisch geklungen, ganz anders als sonst, dass Belle kurz innegehalten und sich umgedreht hatte, um sich zu vergewissern, dass es wirklich das Biest gewesen war, das gesprochen hatte.

Und tatsächlich. Es stand genau da, wo sie es verlassen hatte, und hatte sie angelächelt – oder es zumindest versucht. Der Ausdruck hatte eher einer Grimasse geglichen und es noch grimmiger aussehen lassen als sonst, obwohl das Biest auf sein Äußeres geachtet hatte und gut gekleidet gewesen war.

Es hatte ein Leinenhemd, eine gekräuselte Krawatte und einen Mantel aus Seide getragen. Ein Paar unheimliche schwarze Hörner standen ihm von den Schläfen ab. Fell bedeckte sein Gesicht und seinen Körper, und Haare wie eine Löwenmähne fielen ihm über den Rücken. Seine Pfoten waren riesig, seine Krallen lang und scharf. Es war groß und kraftvoll gebaut.

Aber das Beeindruckendste an dem Biest waren nicht seine Größe oder Stärke, sondern seine Augen. Sie waren nicht golden wie die eines Tigers oder tiefbraun wie die eines Bären. Die Augen des Biestes waren klar und durchdringend blau – so tief wie ein Bergsee und genauso unergründlich. Wie alle wilden Kreaturen hütete das Biest seinen Blick und war vorsichtig, um keinen Augenkontakt herzustellen, damit es nicht zu viel verriet.

„Es ist eine schöne Überraschung, Belle. Ich verspreche es", hatte es gesagt. „Willst du sie dir nicht wenigstens ansehen?"

Etwas an seinem Ausdruck, hoffnungsvoll und hilflos zugleich, hatte Belle erweicht.

Er versucht es, hatte sie gedacht. *Das tun sie alle hier. Soll ich?*

„Kein Schreien oder Brüllen oder Knurren", hatte sie gemahnt.

Das Biest hatte feierlich genickt und seine Pfote ausgestreckt. Belle hatte es angestarrt und überlegt – und dann mit einem Kopfnicken angenommen.

KAPITEL VIER

„SIND DEINE AUGEN GESCHLOSSEN?“

„Das hast du mich schon fünfmal gefragt.“

„Du kannst also nichts sehen?“

„Nicht mit einer Augenbinde.“

Belle hatte vor einem Paar hoher, anmutig gewölbter Türen gestanden. Das Biest hatte sie aus der Küche geführt, einen langen Korridor entlang und eine Steintreppe hinauf. Als sie angekommen waren, hatte es den Leuchter, den es trug, auf einem Tisch neben der Tür abgestellt und darauf bestanden, ihr seine Krawatte um die Augen zu binden.

„Warte hier“, hatte es gesagt, als es fertig war. „Geh nicht weg.“

Belle hatte gelacht. „Weggehen? In einem Treppenhaus? Mit einer Augenbinde?“

Das Biest hatte nicht geantwortet. Es war zu beschäftigt damit gewesen, an einem Messingschlüsselring herumzufummeln.

Warum braucht es so lange, um einen Schlüssel in ein Schloss zu stecken?, hatte sie sich gefragt. *Es weiß doch sicher, wie es die Türen seines eigenen Schlosses öffnet.*

Und dann begriff sie: Das Biest war nervös.

Es will, dass mir die Überraschung gefällt, hatte sie gedacht. *Es will mir gefallen.*

Der Gedanke, dass das Biest jemandem *gefallen* wollte, war so seltsam, dass Belle ihn sofort verworfen hatte. Es musste einen anderen Grund geben. Vielleicht war das Licht schlecht, und es konnte die Schlüssel nicht sehen.

„Ah! Jetzt geht's los!", hatte es schließlich gesagt.

Belle hatte gehört, wie sich der Schlüssel drehte und die Scharniere ächzten. Sie hatte einen Schwall muffiger Luft an ihrem Gesicht gespürt, als die Tür aufschwang. Sie hatte Leder gerochen. Und Leinsamenöl, einen Bestandteil von Farben und Tinte.

„Hier entlang", hatte das Biest gesagt und sie weitergeführt. „Vorsichtig, Belle. Nur noch ein Stückchen weiter … Bleib genau hier stehen!"

Belle hatte ihren Kopf zu ihm geneigt, fasziniert von seiner Stimme. Es waren Dinge darin, die sie vorher nie gehört hatte: Vorfreude, Aufregung, Fröhlichkeit.

„Wo sind wir?", hatte sie gefragt, begierig zu erfahren, welcher Ort solche Emotionen in ihm auslöste.

„Hab Geduld. Du wirst es gleich sehen", hatte es gesagt. „Wir brauchen nur ein bisschen Licht."

Belle hatte gehört, wie das Biest zurück durch die Tür ging und den Kerzenhalter holte.

„Bist du bereit?“, hatte es gefragt, als es wieder an ihrer Seite war.

„Ich *glaube* schon“, hatte Belle geantwortet.

Da hatte das Biest ihr die Augenbinde abgenommen. „Also gut, Belle, öffne deine Augen.“

Das hatte sie blinzelnd getan – und ihre Augen waren groß geworden. Vor Staunen hatte sie ihre Hände auf den Mund gelegt.

Im Licht des Kerzenleuchters hatte sie sie gesehen – *Bücher*. Hunderte von ihnen. *Tausende.*

Das Biest hatte sie in seine Bibliothek gebracht. Sie war dunkel und staubig und musste gründlich gereinigt werden, aber sie war trotzdem einer der beeindruckendsten Räume, die Belle je gesehen hatte. Die Decke war zwei Stockwerke hoch. Hohe Regale säumten die Wände. Hölzerne Leitern auf Messingschienen erlaubten den Besuchern den Zugang zu den höchsten Regalen. Ein geschnitzter Marmorkamin, eingebettet zwischen den Regalen entlang einer der Wände, war von zwei tiefen Ledersesseln eingerahmt.

„Gefällt dir die Überraschung, Belle?“, hatte das Biest gefragt.

„Ob sie mir gefällt?“, hatte Belle mit einem Räuspern in ihrer Stimme erwidert. „Ich *liebe* sie.“

Gefesselt von den Büchern, bemerkte Belle das Lächeln des Biestes nicht. Sie sah auch nicht, dass eine blasse, zerbrechliche Hoffnung in seinen Augen aufflackerte.

Belle nahm ein Buch aus dem Regal, das ihr am nächsten stand, und pustete den Staub von seinem Einband.

Der Einband des Buches war aus feinem Kalbsleder und weich wie ein Handschuh. Belle schlug es auf und sah, dass das Vorwort farbenfroh marmoriert und die Seiten wunderschön mit einer satten schwarzen Tinte gedruckt waren. Kein Wunder, dass sie beim Betreten des Raumes den Geruch von Leder und Leinsamen wahrgenommen hatte. Zusammen ergaben sie den betörenden Duft eines Buches.

Das Biest hatte sich zu ihr gesellt und auf den Titel geblinzelt. *„Die Elfenkönigin“*, hatte es gesagt. „Ein Gedicht, geschrieben für Englands Königin, und eines meiner Lieblingsgedichte.“

„Meines auch!“, hatte Belle gesagt.

Das Biest hatte sich geräuspert. „‚Denn was auch immer vom Ort fällt, wird mit der Flut an einen anderen gebracht …‘“

Beglückt hatte Belle die nächste Zeile gesprochen. „‚Denn es ist nichts verloren …‘“

„‚Das gefunden werden kann, wenn man es sucht‘“, hatten sie den Vers gemeinsam beendet.

Belles braune Augen hatten vor Glück geglänzt. Ihr

ganzes Leben lang hatte sie Bücher geliebt. Sie liebte ihr Aussehen, ihren Geruch, ihr süßes Gewicht in ihren Armen. Vor allem aber liebte sie das Gefühl, das sie jedes Mal verspürte, wenn sie eines in die Hand nahm – das Gefühl, eine ganze Welt in ihren Händen zu halten.

Sie hatte die *Die Elfenkönigin* zurückgelegt, ging zu einem weiteren Regal und zog ein anderes Buch heraus. „*Wunderwerke der Venezianischen Renaissance*", hatte sie den Titel laut vorgelesen. „Deine Bibliothek ist außergewöhnlich. Großartig. Vielen Dank, dass du mich hierhergebracht hast."

„Ich bin froh, dass sie dir gefällt. Es ist mein Lieblingsort im ganzen Schloss. Ich komme jeden Tag hierher. Mein Ururgroßvater hat sie begründet", hatte das Biest erklärt. „Seine wertvollste Errungenschaft war eine Originalausgabe von *Hamlet*."

„Shakespeare!", hatte Belle begeistert ausgerufen. „Er ist mein Lieblingsautor! Hast du noch mehr von ihm? *Der Sturm? Romeo und Julia?*"

„Ja, natürlich. Alle Werke von Shakespeare sind hier. Es gibt auch eine exzellente Auswahl an Gedichten, und vielleicht stößt du auch auf das eine oder andere verzauberte Buch. Die meisten sind harmlos, aber ein paar können ein wenig wild sein." Es hatte innegehalten. „Aber das ist dumm. Anstatt dass ich dir sage, was es hier alles gibt, schau doch lieber selbst nach."

Das musste es Belle nicht zweimal sagen. In einem Wimpernschlag war sie weg und von Bücherregal zu Bücherregal gehüpft. Ihre Stiefel hinterließen Abdrücke im Staub. *Welche Geschichten dieser Ort birgt!*, hatte sie gedacht. *Geschichten von Triumph und Niederlagen, Liebe und Verrat. Geschichten von Kummer und Freude.*

Es gab Leben zwischen all den Buchdeckeln – kühn und brillant. Es gab exotische, weit entfernte Orte. Alles, was sie tun musste, war, ein Buch aufzuschlagen, um Johanna von Orléans zu werden, Marco Polo, der die Seidenstraße bereiste, oder Kleopatra, die nach Tarsus fuhr, um Marcus Antonius zu treffen. Sie mochte eine Gefangene sein, aber in diesem Zimmer und mit einem Buch in der Hand konnte sie frei sein.

„Du kannst jederzeit herkommen. Lies, was immer du willst. Diese Bücher gehören jetzt dir“, hatte das Biest erklärt. „Sie sind mein Geschenk an dich.“

Belle hatte gelacht. Das Biest scherzte nur, es konnte nicht anders sein. Diese Sammlung war unbezahlbar. Niemand würde sie einfach weggeben.

„Darf ich mir ein oder zwei ausleihen?“, hatte sie gefragt und zu einem Regal aufgeschaut.

Aber sie hatte keine Antwort erhalten.

Verwundert hatte Belle sich umgedreht und festgestellt, dass sie mit sich selbst sprach.

Das Biest war weg.

KAPITEL FÜNF

BELLE HATTE LANGE DAGESTANDEN UND AUF DEN LEEREN EINGANG GESTARRT.

Das Geschenk, das das Biest ihr gemacht hatte, war so unglaublich großzügig, dass sie es kaum glauben konnte. Sie hatte das Gefühl, als würde das Biest, das ihr so viel Leid zugefügt hatte, nun alles in seiner Macht Stehende tun, um es wiedergutzumachen.

Alles, außer sie gehen zu lassen.

„Wer bist du?", hatte sie geflüstert.

War das Biest der knurrende Wilde, der erst ihren Vater und dann sie selbst gefangen genommen hatte? War es der kultivierte Leser, der Zeilen aus einem Gedicht aus dem 16. Jahrhundert rezitierte? War es ihr Widersacher? Ihr Freund?

Oder war es irgendwie all das?

Wie immer hatte Belle viele Fragen. Madame Pottine hatte in der Nacht, in der Belle aus dem Schloss geflohen war, viele von ihnen beantwortet, aber dafür andere unbeantwortet gelassen, darunter die wichtigste: Warum war Belle hier?

Belle war überzeugt, dass die Antwort auf diese

Frage auch der Schlüssel zu ihrer Freiheit war. Aber bis sie ihn erhalten würde, würden die Bücher ihre Zuflucht sein.

Lautes Bellen brachte Belle zurück in die Gegenwart.

Der Schemel und Tassilo rannten immer noch hin und her, nur trug Tassilo jetzt ein Staubtuch, das wie ein Piratentuch um seinen Rand gebunden war. Sie krachten in Belles Wischeimer, wodurch das Wasser über den ganzen Boden schwappte.

Madame Pottine schritt sofort ein. „Tassilo, wisch bitte das Wasser auf. Dann such dir ein Buch und eine Ecke, in der du lesen kannst. Sofort. Oder du gehst in die Küche und hilfst dem Koch bei der Zubereitung des Abendessens!"

„Pah! Ich bin doch kein Messbecher, Mama, ich bin Captain Kidd, die Geißel der hohen See!", erwiderte Tassilo.

„Die Geißel des *High Tea* vielleicht", sagte eine Stimme aus Richtung der Tür.

Es war das Biest. Alle Diener hielten inne, um sich zu verbeugen oder zu knicksen. Sogar Tassilo und Der Schemel versuchten, sich zurechtzumachen.

„Nein, nein … bitte. Fahrt fort", bat das Biest. „Ihr macht euren Job gut. Die Bibliothek sieht schon viel besser aus."

Belle bemerkte, dass es etwas unbeholfen aussah, fast ein wenig schüchtern. Als wäre es ein Eindringling an diesem lebhaften, geschäftigen Ort.

Als sie und die anderen ihre Arbeit wiederaufnahmen, tätschelte das Biest Den Schemel, beugte sich dann zu Tassilo hinunter und sagte: „Ich, ähm … ich weiß nicht, ob es dich interessiert, aber hinten in der Bibliothek steht ein wunderbares Buch über Piraten. Auf der rechten Seite. Auf dem Regal unter der Fensterbank."

Tassilos Augen leuchteten. „Danke!", rief er und brauste los, um es zu finden. Dabei vergaß er, das verschüttete Wasser aufzuwischen.

Das Biest richtete sich auf, schritt durch die Bibliothek und nickte anerkennend über die Arbeit.

„Lumière", sagte es und zeigte auf eine Ecke. „Du hast eine Stelle vergessen."

„Danke, Herr", erwiderte Lumière und wischte schnell ein bisschen Staub weg, den er übersehen hatte.

Das Biest wirkte sichtlich erfreut, dass es helfen konnte.

„Von Unruh!", meinte es ein paar Sekunden später und klopfte auf einen Mahagonitisch.

„Herr?"

„Hier ist ein Wachsstreifen drauf."

„In Ordnung, Herr", entgegnete Von Unruh zähneknirschend, während er mit einem Lappen zum Tisch eilte.

Das Biest bewegte sich lächelnd vor und zurück. „Madame Pottine!“, rief es. „Da ist immer noch ein Fleck auf dem Türknauf!“

„Wie nett von Euch, mich darauf hinzuweisen“, sagte Madame Pottine, während Dampf aus ihrem Ausguss aufstieg.

Belle, die neben einem Bücherregal wischte, warf einen Blick auf das Biest. Sie sah, dass es seine Ärmel hochkrempelte und nach Lappen und Eimer griff.

Oh, oh, dachte sie.

Lumière, Von Unruh, Plumette und Madame Pottine sahen ängstlich zu, als das Biest zu einem Fenster ging. Es tauchte seinen Lappen in das Wasser und rieb mit dem tropfenden Tuch über die schmutzigen Fensterscheiben.

„Schau! Was denkst du, Lumière?“, fragte es ein paar Minuten später.

Belle biss sich auf die Lippe, um sich das Lachen zu verkneifen. Das Fenster war doppelt so schmutzig wie vorher.

„Was ich denke?“ Lumière rang nach Worten. „Ich denke, Herr, dass … dass Euer …“

Von Unruh legte eine Hand vor seinen Mund. „Enthusiasmus“, murmelte er hustend.

„Ich denke, Euer *Enthusiasmus* ist ein Beispiel für uns alle!“, rief Lumière, und seine Kerzen flackerten hell auf.

„Ausgezeichnet!“, sagte das Biest strahlend. „Ich werde noch eine Scheibe putzen!“

Bevor Lumière es ihm ausreden konnte, kam Tassilo, der offensichtlich das Piratenbuch gefunden hatte, um die Ecke und rannte Froufrou hinterher. „Grrrr! Du fieser Hund!“, rief er. „Zeit, über die Planke zu gehen!“

Ein kleines Lächeln zog über das Gesicht des Biestes. Es hob einen Wischmopp auf, tat so, als wäre es ein Schwert, und schwang ihn vor Tassilo hin und her. „*En garde,* Piratenbube!“

Tassilo sprang auf den Rücken von Froufrou. „Du kriegst mich niemals lebend!“, schrie er.

Das Biest rückte vor und stieß mit dem Moppstiel nach seinen Widersachern. Froufrou knurrte. Er ging in die Hocke, dann griff er an.

Das Biest tat so, als wäre es erschrocken, und zog sich schnell zurück. Es wich zurück, während es die Piraten mit seinem Wischmopp abwehrte … und sah nicht das Seifenstück auf dem Boden, das in einer Pfütze aus verschüttetem Wasser lag.

KAPITEL SECHS

ES GESCHAH SO SCHNELL, DASS BELLE NICHT EINMAL ZEIT HATTE ZU BLINZELN.

Das Biest trat auf das Seifenstück und rutschte mit wedelnden Armen rückwärts. Sein anderer Fuß traf einen Eimer mit schmutzigem Wasser und schleuderte ihn in die Luft. Das Biest flog gegen ein Bücherregal. Holz splitterte. Die Regale zerbrachen. Bücher regneten herab. Der Mopp zerbarst. Und der Eimer landete umgedreht auf seinem Kopf.

Ein paar Sekunden lang herrschte Totenstille. Dann warf Belle ihren eigenen Mopp hin.

„Bist du in Ordnung?", rief sie.

Das Biest setzte sich auf und sah hin und her, den Eimer immer noch auf dem Kopf. Belle lief zu ihm, kniete nieder und nahm ihm den Eimer ab. Es blinzelte zu ihr hinauf, zerknirscht, beschämt und wütend. Dreckiges Wasser tropfte aus seinem Fell. Ohne nachzudenken, schüttelte das Biest sich heftig.

Belle, die immer noch neben ihm kniete, wurde von Wasser überschwemmt. „Oh!", rief sie. „Igitt!"

Auch die anderen wurden nass. Von Unruh stotterte. Plumette schüttelte ihre tropfenden Federn. Madame Pottine und Tassilo verzogen das Gesicht, als graue Wasserperlen an ihren Porzellanoberflächen herunterliefen.

Und das Biest knurrte. Es war ein tiefer, beängstigender Laut, der Vorbote eines weiteren Wutausbruchs. Der lächelnde, verspielte Herr von vor ein paar Augenblicken war verschwunden. An seine Stelle trat nun eine wütende, verlegene Kreatur, die verzweifelt versuchte, ihre Würde wiederzuerlangen.

Die Dienerschaft spürte den aufkommenden Sturm. Lumière versuchte schnell, ihn abzuwenden. Er räusperte sich. Wasser tropfte sein Gesicht hinunter. Rauchfahnen stiegen von seinen erloschenen Kerzen auf. Er schlug die Hände zusammen, brachte ein strahlendes Lächeln zustande und sagte: „Ihr seid eine unglaubliche Hilfe, Herr. Unbezahlbar. Aber ich frage mich, ob Ihr Eure Zeit nicht besser damit verbringen solltet, die römischen Stoiker zu lesen. Oder Euch wieder mit den alten persischen Dichtern vertraut macht. Die antiken griechischen Philosophen auffrischt."

Das Knurren des Biestes vertiefte sich. Es öffnete seinen Mund, bereit, Lumière und die anderen anzuschnauzen, aber bevor es dazu kam, war ein anderes Geräusch zu hören – musikalisch und klirrend, abgesehen von dem gelegentlichen Schnauben.

Es war Belle. Sie saß in der Hocke, die Hände auf ihren Knien, und lachte und lachte.

Das Biest drehte sich zu ihr um. „Hör auf! Hör auf, über mich zu lachen!“, schnauzte es.

Belle zuckte zusammen, verblüfft über seinen Tonfall. „Ich lache nicht *über* dich“, erwiderte sie.

„Nein?“, entgegnete das Biest säuerlich. „Nun, du lachst auf jeden Fall nicht *mit* mir.“

Belle schüttelte den Kopf. „Du hast recht, das tue ich nicht. Ich würde gern mit dir lachen, aber das ist unmöglich, wenn *du* nicht lachst“, erwiderte sie mit einem Hauch Irritation in der Stimme.

„Das ist nicht lustig, Belle.“

„Doch, ist es. Niemand wurde verletzt. Es geht uns allen gut. Sieh *mich* an. Mein Haar klebt an meinem Kopf. Ich bin über und über mit schmutzigem Wasser bedeckt. Meine Kleider sind nass. Alle anderen sehen auch schrecklich aus“, sagte sie und zeigte auf die Dienerschaft. „Und wenn du dich hättest sehen können, wie du über den Boden geschlittert bist …“

Sie begann wieder zu kichern, aber ein Knurren des Biestes unterbrach sie. Belle war ihm ganz nah, nur wenige Zentimeter entfernt. So nah, dass es seine Augen nicht wie sonst vor ihr verbergen konnte. Sie schaute ihm in die Augen und erwartete, Wut zu sehen. Stattdessen sah sie schmerzhafte Verwundbarkeit.

Es denkt, dass ich unfreundlich bin, dachte Belle. *Dass ich mich über es lustig mache.*

Ein Bild blitzte in ihrem Kopf auf, von seinen Gemächern und der Zerstörung, die das Biest darin angerichtet hatte. Sie erinnerte sich an das Gefühl der Verzweiflung, das sie in diesen Räumen empfunden hatte. Und an die Geschichte, die Madame Pottine ihr von der Kindheit des Biestes erzählt hatte. Seine Wunden waren immer noch tief, immer noch offen.

Warum kümmert dich das?, fragte sie eine innere Stimme. *Hat es dem Biest etwas ausgemacht, als es deinen Vater zum Gefangenen in diesem Schloss gemacht hat? Und später auch dich?*

Belle dachte an ihren Vater.

Einmal, als sie klein gewesen war, waren sie im Wald spazieren gegangen und auf eine Füchsin gestoßen, deren Bein in einer grausamen Stahlfalle gefangen war. Belles Vater hatte versucht, sie zu befreien, aber die arme Füchsin war verrückt vor Schmerz und Angst gewesen und hatte sich auf ihn gestürzt. Wieder und wieder hatte er versucht, dem leidenden Tier zu helfen. Und wieder und wieder hatte sie ihn angegriffen.

„Papa, hör auf!“, hatte Belle schließlich aus Angst um ihn geschrien. „Sie wird dich beißen!“

„Sei still, Belle“, hatte er gesagt. „Der Fuchs kann sein Wesen nicht ändern und ich meins auch nicht.“

Langsam und geduldig hatte er weitergemacht, bis die erschöpfte Füchsin schließlich auf den Boden gesunken war. Dann hatte er die Falle öffnen und sie befreien können.

Warum kümmert dich das?, fragte die Stimme wieder.

Belle antwortete ihr, indem sie in ihre Tasche griff. Vorhin hatte sie einen Lappen hineingestopft, als sie Putzmittel zusammengesucht hatte. Er war noch trocken, die Nässe ihrer Kleidung war noch nicht hineingesickert.

Sie zog ihn heraus und begann, das nasse Gesicht des Biestes damit abzureiben. Ihre Berührung war sanft, doch es zuckte zurück, als hätte sie es geschlagen.

„Was tust du da?“, fragte es. Seine Stimme klang jetzt unsicher statt wütend.

„Wonach sieht es denn aus? Ich wische dir das Gesicht ab.“

„Das brauchst du nicht. Es ist nicht nötig. Mir geht es gut“, protestierte das Biest. „Das ist zu grob. Aua! Hör auf! Du ziehst mir das Fell aus. Sei vorsichtig! Das ist meine Nase, weißt du? Aua. *Aua!* Meine Ohren sind sehr empfindlich!“

Aber Belle blieb hartnäckig und ignorierte seine Beschwerden. „Besser?“, fragte sie, als sie fertig war.

„Ich nehme es an. Ja. Ein wenig“, gestand das

Biest widerwillig. „Aber mein Mantel ist schmutzig und mein Hemd durchnässt. Ich – ich sollte in mein Schlafzimmer gehen, um mich umzuziehen. Und dann in mein Arbeitszimmer. Ich habe an einer Übersetzung von Epiktet gearbeitet. Ich muss vorankommen, weißt du? Man kann von mir nicht erwarten, dass ich den ganzen Tag hier herumtrödele."

Es stand auf, schüttelte das Wasser von seinen Pfoten und ging zur Tür. Dort hielt es für ein paar unbeholfene Sekunden inne und warf einen letzten, sehnsüchtigen Blick in die Bibliothek.

Es wünschte, es könnte hierbleiben, dachte Belle. *Bei uns. Es würde lieber einen schmutzigen Boden wischen, als allein in seinen Gemächern zu sein.*

„Chapeau? *Chapeau!* Bring mir saubere Kleidung!", brüllte das Biest.

Belle hörte, wie der Garderobenständer klappernd den Flur herunterkam. Er erschien in der Tür und musste beim Anblick des Biestes zwei Mal hinsehen. Dann presste er zwei seiner Hände auf seine magere Brust und warf die anderen in die Luft, verzweifelt über den Zustand der Kleidung seines Herrn.

„Aber, aber, Chapeau, du musst nicht überreagieren", beruhigte ihn das Biest. „Alle Schlamassel, Unfälle und Katastrophen sind fröhlich wegzulachen." Es sah Belle eindringlich an. „Zumindest sagte man mir das."

Chapeau eilte mit dem Biest aus der Bibliothek in seine Gemächer, und Belle und die Dienerschaft waren sich selbst überlassen.

Belle kniete immer noch auf dem Boden und stopfte den feuchten Lappen zurück in ihre Tasche. Dann hob sie die Bücher auf, die auf den Boden gefallen waren, als das Biest gegen das Bücherregal gekracht war.

„Wir müssen ein paar leere Regale finden, wo wir diese Bände hinstellen können", sagte sie zu den Dienern. „Hat jemand welche gesehen?"

Niemand antwortete.

Das ist seltsam, dachte Belle und drehte sich zu ihnen um.

Alle standen wie erstarrt da. Nicht einer von ihnen hatte sich bewegt, seit das Biest den Raum verlassen hatte. Wie in Trance starrten sie auf die leere Türöffnung.

„Plumette? Madame Pottine? Stimmt etwas nicht?", fragte Belle, verwirrt über das seltsame Verhalten des Schlosspersonals.

„Der Herr war wütend …", begann Lumière.

„Aber er hat nicht geschrien", beendete Plumette den Satz voller Erstaunen in der Stimme.

„Er hat nicht gebrüllt", fügte Von Unruh hinzu.

„Und hat keine einzige Sache zerbrochen", sagte

Madame Pottine verwundert. „Das muss daran liegen, dass …"

Sie blickte zu Lumière, dann zu Von Unruh und sah aus, als ob sie zu viel gesagt hätte. Sie verstummte.

„Woran?", fragte Belle eifrig, in der Hoffnung, dass sie etwas erfahren würde – irgendetwas, was ihr helfen würde zu verstehen, warum sie hier war.

Aber Madame Pottine enttäuschte sie. Sie sagte nur: „Weil er wieder an seine Arbeit gehen muss."

Belle wollte sie zu mehr Informationen drängen, aber sie wusste, dass sie damit nichts erreichen würde. Madame Pottine war bereits wieder an den Fenstern und ließ sie beschlagen, um sie zu säubern. Das passierte immer. Die Dienerschaft fand immer etwas zu tun oder musste plötzlich irgendwo sein, wenn sie die falschen Fragen stellte.

Belle fühlte, wie sie eine erdrückende Einsamkeit überkam. Das Biest war fort, und die Dienerschaft ging wieder ihrer Arbeit nach. Auf einmal vermisste sie ihren Vater ganz schrecklich. Über die Zeit nachzudenken, als sie den Fuchs in der Falle entdeckt hatten, hatte eine große Sehnsucht nach seiner Gesellschaft in ihr geweckt. Wenn sie doch nur mit ihm reden könnte. Selbst wenn es nur für eine Stunde wäre. Aber sie wusste, dass das nicht passieren würde. Nicht jetzt. Niemals.

Sie weigerte sich, dem Gefühl der Hoffnungslosigkeit nachzugeben. Also hob sie beherzt ein halbes Dutzend Bücher vom Boden auf und suchte nach einem Platz, um sie abzustellen.

Sie erinnerte sich daran, dass sie viel besser dran war als noch vor einem Tag. Denn jetzt hatte sie die Bibliothek des Biestes. Vielleicht war sie einsam – als Gefangene in einem fremden Schloss, in dem immer Winter war, würde sich jeder einsam fühlen. Aber sie war nicht allein. Sie hatte jetzt Shakespeare als Gesellschaft. Molière. Dante. Rousseau.

Und sie würde die Wahrheit hinter ihrer Gefangenschaft herausfinden. Vielleicht nicht heute oder morgen, aber eines Tages.

Bis dahin würde sie sich mit Büchern trösten.

So wie ich es immer getan habe.

KAPITEL SIEBEN

„Ich habe steife Federn bekommen“, sagte Von Unruh entsetzt und drückte seine Hände auf die Rückseite seines Gehäuses. „Ich fürchte, ich werde nie wieder richtig läuten können.“

Es war vier Uhr. Die Dämmerung senkte sich über das Schloss. Belle und ihre Freunde hatten acht Stunden lang mit nur einer kurzen Pause zwischendurch geputzt.

„Ein Sessel und eine Ruhepause am Feuer werden Sie wieder auf die Beine bringen, Herr Von Unruh“, versicherte Madame Pottine. „Ich habe Ihnen etwas Öl hingestellt, um Ihre Zahnräder zu lockern, und ein schönes, weiches Kissen für Sie aufgeschüttelt.“

„Liebe Frau, Sie sind ein Engel der Barmherzigkeit!“, rief Von Unruh aus. Er bückte sich stöhnend, um einen Lappen vom Boden aufzuheben, und machte sich dann auf den Weg zur Tür.

„Herr Von Unruh, warten Sie!“, rief Belle und rannte hinter ihm her, um ihn einzuholen.

Er blieb stehen und drehte sich um. „Sag nicht, ich hätte eine Stelle vergessen!“, mahnte er.

„Darf ich mich bei Ihnen bedanken?“, fragte sie und kniete nieder, um seine Wange zu küssen.

Von Unruh lächelte. „Das darfst du, mein liebes Mädchen“, sagte er und tätschelte ihren Arm.

„Und bei Ihnen auch, Madame Pottine, Plumette, Lumière“, fügte Belle hinzu und schaute jeden ihrer Freunde der Reihe nach an. „Es hätte einen Monat gedauert, all diese Arbeit allein zu machen. Es war so nett von euch, mir zu helfen. Es bedeutet mir so viel.“

„Es war uns ein Vergnügen“, sagte Lumière.

„Wohl kaum!“, brummte Plumette. Sie sah sich um und begutachtete ihre Arbeit. „Aber der Raum sieht wirklich sehr schön aus.“

Von Unruh, den Lappen in der Hand, schritt steif und unter Stöhnen aus der Bibliothek. Plumette und Lumière eilten ihm hinterher.

Madame Pottine folgte ihnen, drehte sich im Türrahmen aber noch einmal um. Ihre Augen wanderten von Belles Gesicht zu ihren Stiefeln und wieder zurück. „Wenn du dich sehen könntest, Kind!“, sagte sie kichernd. „Du siehst aus, als wärst du den ganzen Tag Schornsteine hinaufgekrochen!“

Belle lachte. Sie stopfte den Staublappen, den sie immer noch in der Hand hielt, in ihre Rocktasche.

„Kommst du nicht mit runter? Ich habe Teewasser aufgesetzt.“

„Vielleicht gleich“, antwortete Belle und blickte an Madame Pottine vorbei auf ein Regal voller Bücher.

Madame Pottine lächelte. „Das verstehe ich gut. Tee und Kekse sind für einen Bücherwurm nicht so verlockend wie Geschichten. Komm doch trotzdem zum Abendessen runter, Kind. Der Herr isst heute Abend in seinem Arbeitszimmer, also wird das Abendessen nur eine einfache Angelegenheit sein, aber wir werden dir etwas Nahrhaftes zubereiten. Du brauchst eine gute Mahlzeit nach all der Arbeit.“

Belle versprach es, und Madame Pottine ging nach unten zu den anderen. Sobald sie weg war, drehte Belle sich um und schaute sich in der Bibliothek um. In *ihrer* Bibliothek. Die Dielen waren tief glänzend poliert. Ein Feuer brannte im Kamin. Jeder einzelne Zentimeter der Regale war abgestaubt worden. Die Spinnweben waren verschwunden. Die Fenster strahlten.

Sie nahm einen Kerzenständer in die Hand und schritt an einer Wand mit turmhohen Bücherregalen entlang, während sie mit den Fingern über die Buchrücken fuhr, Titel betrachtete und sich wie der reichste Mensch der Welt fühlte.

Als sie ans Ende der Reihe kam, sah sie die Fensterbank. Auf dem dicken Samtkissen lag ein aufgeschlagenes Buch – ein Buch über Piraten.

„Tassilo“, murmelte Belle und schüttelte den Kopf.

Sie stellte ihre Kerze ab, nahm das Buch in die Hand und räumte es weg. Da fiel ihr Blick auf eine schmale Holztür, die versteckt zwischen zwei hohen Bücherregalen schräg gegenüber der Fensterbank war.

Sie war angelehnt.

Belle hatte dort nicht geputzt. Sie war so mit der Vorderseite der Bibliothek beschäftigt gewesen, dass sie die Tür nicht einmal gesehen hatte. Hatte jemand anderes sie gesehen?

„Krümel", seufzte sie. „Sag mir nicht, dass wir einen ganzen Raum übersehen haben."

Ihre Kerze vor sich haltend, ging Belle zur Tür. Sie griff nach dem Knauf, und als sie es tat, spürte sie ein Gefühl des Grauens, das schwer und kühl wie Winternebel auf sie herabsank. Sie spürte, wie ihr Körper kalt wurde, und zog ihre Hand schnell wieder zurück.

„Hör auf damit, du Gans", ermahnte sie sich laut. „Reiß dich zusammen."

Sie stieß die Tür auf und trat in einen kleinen dunklen Raum. Er war sogar noch staubiger, als der Rest der Bibliothek es gewesen war. Als sie mit ihrer Kerze hineinleuchtete, sah sie, dass nichts Unheimliches in dem Raum war – nur ein Schreibtisch, auf dem Federkiele, ein leeres Tintenfass, ein ausgetrocknetes Gefäß mit Leim, Papier, Stoff und ein dickes Buch, auf dem das Wort „AKQUISITIONEN" stand, lagen.

Der Raum wurde offensichtlich benutzt, um neue Bücher zu katalogisieren und alte zu reparieren. Vielleicht hatte das Schloss einmal einen eigenen Bibliothekar gehabt. Belle lächelte bei dem Gedanken daran, dass *sie* jetzt eine Bibliothekarin war.

Sie schwor sich, eine gut organisierte, aufgeräumte Bibliothek zu führen – eine, die Père Robert stolz gemacht hätte.

Neugierig öffnete sie das alte Bestandsbuch. Der letzte Eintrag, geschrieben in ordentlicher und genauer Schrift, beschrieb eine Erstausgabe von Dantes *Göttlicher Komödie*, die von einem Buchhändler in Venedig für eine fürstliche Summe gekauft worden war.

Belles Herz schlug schneller bei dem Gedanken, ein so wertvolles, unbezahlbares Buch in der Hand zu halten. Aber Dante würde bis morgen warten müssen. Sie war zu müde, um ein Buch aufzuschlagen, geschweige denn, eines zu suchen.

Sie klappte das Bestandsbuch zu, und im selben Moment erhob sich ein geisterhaftes Heulen hinter ihr. Sie keuchte vor Schreck, drehte sich um und erkannte schnell die Ursache. Das einzige Fenster des Raumes war leicht geöffnet, und der Winterwind pfiff hindurch. Eine Schicht aus Schnee war auf das Fensterbrett geweht.

Belle fröstelte. Sie stellte ihre Kerze ab und schloss

das Fenster. Die Vorstellung, in der Küche an einem gemütlichen Feuer zu sitzen mit einer Tasse Tee und ihren Freunden als Gesellschaft, erschien ihr plötzlich sehr verlockend. Sie nahm ihre Kerze und wollte den Arbeitsraum gerade verlassen, als ihr etwas anderes ins Auge fiel – ein schweres schwarzes Buch, das auf einem Tisch links vom Fenster lag.

„Das ist seltsam. Warum steht es nicht im Regal?“, überlegte sie laut und ging zu ihm hinüber.

Der Ledereinband des Buches war seltsamerweise frei von Staub. War jemand hierhergekommen, um es zu lesen? Hatte das Biest es für sie hier hingelegt?

Sie schaute auf den Boden, aber die einzigen Fußabdrücke im Staub waren ihre eigenen. Stirnrunzelnd beugte sie sich zu dem Buch hinunter. Sein Titel war in Gold auf den Einband geprägt. „*Nevermore*“, las sie laut und nahm es fasziniert in die Hand.

Das Buch war warm. Belle fühlte ein schwaches Pulsieren, als sie es berührte. Als ob es einen Herzschlag hätte. Als ob es lebendig wäre.

Erschrocken ließ sie es fallen.

Es landete mit einem lauten Knall auf dem Tisch.

Dann schnappte es zu und stellte sich dabei aufrecht.

KAPITEL ACHT

BELLE TRAT EINEN SCHRITT ZURÜCK.

Sie war inzwischen an Objekte gewöhnt, die sprachen und sich bewegten, aber sie hatte nicht erwartet, dass das Buch auch dazugehörte.

Das Biest hatte sie gewarnt, dass die Bibliothek ein paar verzauberte Bücher enthielt und einige von ihnen dazu neigten, widerspenstig zu sein. War dieses Buch eines von ihnen? Was würde es anrichten?

„Es … es tut mir leid, dass ich dich gestört habe“, sagte Belle zögernd. „Das wollte ich nicht.“

Das Buch reagierte nicht auf ihre Entschuldigung. Stattdessen bewegte es sich zum Rand des Tisches, ging auf seinen unteren Ecken und sprang hinunter.

Belle wich etwas zurück. Dabei verfing sich ihr Absatz im Teppich. Sie verlor ihr Gleichgewicht und fiel mit einem harten, dumpfen Schlag zu Boden.

Ein paar Sekunden lang dachte sie, dass diese neue Perspektive *Nevermore* größer aussehen ließ, als es war. Aber als ihr Blick wieder klar wurde, stellte sie fest, dass sie sich geirrt hatte.

Das Buch war gewachsen.

KAPITEL NEUN

WÄHREND BELLE MIT WEIT AUFGERISSENEN AUGEN ZUSAH, dehnte sich *Nevermore* immer weiter aus.

Es wurde größer und größer, bis es sie überragte. Als es fast die Decke berührte, hörte es auf zu wachsen. Der Buchdeckel schwang leicht auf, und Geräusche schwappten heraus: das Lachen einer Frau, der Schrei eines Mannes, wiehernde Pferde, Musik, klirrende Gläser.

Belle wusste nicht, ob sie Angst haben oder sich freuen sollte. Und dann sah sie etwas – etwas Spinnenartiges und Schwarzes, das im Schatten zwischen dem Einband und den Seiten von *Nevermore* kauerte. Es huschte aus dem Buch heraus und kroch eine Wand hinauf. Ein zweites huschte an der Seite des Schreibtisches hinauf. Ein drittes sprang auf ein Bücherregal.

Belle, die immer noch auf dem Boden saß, krabbelte rückwärts, weg von den Kreaturen. *Was sind das für Wesen?*, fragte sie sich misstrauisch. *Ungeziefer? Mäuse?*

Der Deckel öffnete sich weiter, und immer mehr von diesen Kreaturen krochen heraus. Belle erhob sich – bereit, auf sie zu trampeln, wenn sie sich näherten.

Und dann kam eine Kreatur, und Belles Vorsicht verwandelte sich in Verwunderung, als sie sah, was es war. Kein Insekt oder Nagetier, sondern ein *Wort*.

Sie kniete sich hin und legte ihre Hand mit der Handfläche nach oben auf den Boden.

Eifrig sprang darauf. Trottel lief ihr über die Zehen. Bestimmt jagte zweifelhaft durch den Raum. Kostbar und vorzüglich schubsten sich gegenseitig.

Der Raum füllte sich mit Worten. Sie quollen aus dem Buch wie Wasser, das ein Bachbett hinunterstürzt. Sie wanden sich um ihre Knöchel und zerrten am Saum ihres Rocks.

Belle legte eifrig ab. Als sie das tat, knarrte der Einband von *Nevermore* und öffnete sich ganz. Die Seiten begannen, sich umzublättern, erst langsam, dann schneller. Sie wehten Belles Haare zurück. Dann hörten sie abrupt auf, und das Buch blieb auf einer Seite aufgeschlagen, auf der nur fünf Worte standen: DIE COMTESSE GIBT EIN FEST.

Die Seite blätterte sich langsam um, und Belle hielt den Atem an, verblüfft von dem, was sie sah.

Hier waren keine Worte auf dem Papier, sondern ein Bild, das die ganze Seite einnahm. Als Belle es ansah, erwachte das Bild zum Leben. Tänzer wirbelten herum. Ein Orchester spielte. Belle konnte Parfüm, Wein und Rosen riechen.

Menschen, dachte sie. Eine tiefe, hungrige Sehnsucht erfüllte sie, als sie bemerkte, wie sehr sie menschliche Gesichter, Lachen und Gespräche vermisste.

Sie ging auf die Seite zu und berührte sie. Sie kräuselte sich und glitzerte unter ihren Fingern wie die Oberfläche eines sonnenbeschienenen Teiches. Wie hypnotisiert schob sie ihren Arm bis zum Ellbogen hinein und zog ihn dann wieder heraus. Tröpfchen von silbrigem Licht klebten an ihrer Haut wie geschmolzenes Kerzenwachs und härteten in der Luft. Als sie sie abschüttelte, landeten sie auf dem Holzboden und funkelten wie Diamanten.

„Was bist du?“, murmelte sie dem Buch zu.

Als ob es ihr antwortete, kräuselte sich die Seite erneut. Das Buch schien sie herbeizuwinken. Sie hatte ihren Arm ohne eine negative Auswirkung in das Silber gesteckt … Was, wenn sie in das Buch hineinging? War das überhaupt möglich?

Belles Herzschlag beschleunigte sich vor Aufregung bei dem Gedanken, in *Nevermores* Seiten zu gehen und herauszufinden, woher das Lachen und die Musik kamen. Aber etwas hielt sie zurück. Was war in diesen Seiten? Was, wenn es ihr dort nicht gefiel? Wie würde sie zurückkommen?

Sie erinnerte sich daran, was das Biest ihr über die verzauberten Bücher erzählt hatte. *Die meisten sind harmlos, aber ein oder zwei können ein wenig widerspenstig sein.*

Wenn ich mit dem Biest umgehen kann, dann kann ich auch mit Widerspenstigem umgehen, dachte sie und holte tief Luft.

Und dann tauchte sie in die Geschichte ein.

KAPITEL ZEHN

„MADEMOISELLE! VORSICHT!“, rief eine Stimme.

Belle drehte sich um. Ihr Herz schlug heftig. Sie schrie auf.

Eine Kutsche, gezogen von vier riesigen grauen Pferden, kam aus der Dunkelheit auf sie zugeprescht. Sie sprang aus dem Weg und drückte sich gegen eine stachelige Hecke. Die Kutsche flog an ihr vorbei und verschwand.

Zitternd vor Schreck presste Belle eine Hand auf ihre Brust. Hätte der Kutscher einen Sekundenbruchteil später gerufen, wäre sie zertrampelt worden.

„Wo bin ich?“, flüsterte sie und schaute sich um.

Nevermore stand aufrecht, nur ein paar Schritte entfernt, und seine Seiten schimmerten. Aber der Arbeitsraum der Bibliothek war verschwunden.

„Das Buch muss eine Art Portal sein“, schlussfolgerte Belle. „Ein Durchgang von der Bibliothek nach hier. Wo auch immer *hier* ist.“

Es war Nacht, und als sich Belles Augen an das Licht gewöhnt hatten, sah sie, dass sie in einer gepflasterten Einfahrt stand. Kerzen flackerten in den Laternen, die ihren Zugang säumten. Die Einfahrt schien zu einem großen Anwesen zu führen, dessen Gelände mit riesigen, belaubten Eichen, Eiben, Rosenbüschen und Sträuchern in der Form von Tieren übersät war.

Immer noch zitternd sah Belle nach links und erblickte ein Paar hohe Eisentore, die offen standen, um die Kutschen hindurchzulassen. Ein Wappen schmückte sie. Es zeigte zwei gekreuzte Sensen mit einem aufgedruckten Motto: OMNIA VINCO.

Belle hatte in der winzigen Bibliothek ihres Dorfes ein wenig Latein gelernt.

„Ich erobere alles", las sie laut vor. *Der Besitz muss einem General, Admiral oder mächtigen Adligen gehören,* dachte sie.

Die Tore waren an hohen Steinsäulen verankert. Dicke Mauern gingen schräg davon ab. Auf ihnen standen zwei Statuen: eine von Hades, dem Gott der Unterwelt, und die andere von seiner Frau Persephone. Außerhalb der Tore lag eine riesige, tintenschwarze Dunkelheit.

Belle blickte nach rechts die lange Einfahrt hinunter und sah ein goldenes Licht, das durch die Bäume schien.

In diesem Moment näherte sich eine weitere Kutsche, gezogen von vier hochbeinigen weißen Pferden. Belle, die nun sicher außerhalb des Weges stand, beobachtete, wie auch sie die Einfahrt hinunterfuhr.

Sie warf einen unsicheren Blick auf das verzauberte Buch und überlegte, was sie tun sollte. Ein Teil von ihr wollte sofort zurückgehen durch seine Seiten, zurück in die Sicherheit des Schlosses vom Biest, aber ein anderer, abenteuerlustigerer Teil von ihr wollte herausfinden, wohin diese Kutschen fuhren und woher dieses goldene Licht kam.

Der abenteuerlustige Teil siegte, wie immer, und Belle ging zügig die Auffahrt hinunter. Diese schlängelte sich kurvenreich und abfallend über das Anwesen und führte Belle an dicht bewaldeten Teichen und Bächen, Gestrüpp und Dornensträuchern vorbei. Manchmal verlor sie das Licht ganz aus den Augen und fragte sich, worauf sie sich eingelassen hatte, aber sie hielt sich an den Weg und ging beharrlich weiter. Eine gute Viertelstunde später tauchte sie aus einem Wäldchen mit schlanken Birken auf und blieb erstaunt stehen.

Vor ihr stand ein riesiges Schloss, ein atemberaubendes barockes Kunstwerk, das im Kerzenschein erstrahlte.

Vor der geschwungenen Treppe fuhren bemalte Kutschen vor. Die stolzen Kutscher saßen schnurgerade, die Pferde warfen ihre Köpfe zurück. Die Menschen, die den Kutschen entstiegen, waren die schillerndsten Gestalten, die Belle je gesehen hatte. Ihre Gesichter waren gepudert, ihre Lippen rot geschminkt.

Einige hatten winzige, aufgemalte Schönheitsflecken auf ihren Wangen. Die Frauen trugen Kleider in allen Farben eines Sommergartens und die Männer seidene Gehröcke und passende Reithosen. Edelsteinknöpfe blitzten auf ihren Westen.

Diener, in Tracht gekleidet, kündigten die Ankunft von Königshäusern und ausländischen Würdenträgern an. Belle beobachtete mit großen Augen, wie eine japanische Prinzessin, der Schah von Persien, ein russischer Graf und ein Botschafter aus England die Treppe hinaufstiegen.

Sie sahen alle so exotisch und faszinierend aus, und Belle sehnte sich danach, mit ihnen zu sprechen und etwas über ihr Leben und ihre Länder zu erfahren. Bevor sie zum Schloss des Biestes gereist war, hatte Belle nichts außerhalb von Villeneuve gekannt. Kyoto, Shiraz, St. Petersburg, London – wie unglaublich exotisch diese weit entfernten Städte im Vergleich zu ihrem langweiligen, kleinen Dorf waren.

Mit einem kurzen Blick zu allen Seiten, um sicherzugehen, dass niemand sie beobachtete, huschte Belle näher heran. Sie hatte kein Recht, diese Räumlichkeiten zu betreten, konnte sich aber nicht zurückhalten. Sie wollte jedes glitzernde Detail in sich aufnehmen. Als sie sich an den Rand der Einfahrt drückte und versuchte, im Schatten zu bleiben, hörte sie Menschen einander begrüßen und sah, wie Männer sich vor Frauen verbeugten und ihre Hände küssten.

Fasziniert ging sie noch näher heran. Eine kleine Allee aus Kirschbäumen fächerte sich zu beiden Seiten der Treppe auf. Belle versteckte sich unter den spitzen Zweigen des Baumes, der dem Haus am nächsten war. Sie schlang ihre Arme um seinen schlanken Stamm und drückte ihre Wange an ihn. Zu gern würde sie sich zu all den schönen Menschen gesellen. Aber sie wusste, dass es ein lächerlicher Wunsch war.

„Was für einen Kontrast würde ich zu der eleganten Gesellschaft bilden“, murmelte sie und blickte an sich hinab. „In meinem schmutzigen Kleid, mit meinen staubigen …“

Stiefeln wollte sie sagen, aber das Wort blieb ihr im Hals stecken.

Ihr blaues Arbeitskleid war verschwunden. An seiner Stelle trug sie ein schimmerndes seidenes Ballkleid.

KAPITEL ELF

BELLE LIESS DEN KIRSCHBAUM LOS. Sie schaute überrascht um sich.

„Wie ... wie ist das passiert?", stammelte sie.

Fassungslos berührte sie ihr Kleid, um sich zu vergewissern, dass es echt war. Die Seide raschelte in ihren Händen. Sie schaute zu ihren Füßen hinunter. Ihre Lederstiefel waren zarten Satinslippern gewichen. Ihre Hände fuhren zu ihrem Haar hinauf. Es war hoch auf ihrem Kopf aufgesteckt. Strähnen umschmeichelten ihren Nacken. Eine Halskette zierte ihr Dekolleté.

„Saphire", schnappte sie fassungslos. „Ich trage *Saphire*."

Niemand in Villeneuve besaß auch nur einen *einzigen* Saphir, geschweige denn die etlichen makellosen, die in der edlen Halskette verarbeitet waren.

Die plötzliche Verwandlung war schwindelerregend. Belle kniff die Augen zusammen und zählte bis zehn, in der Gewissheit, dass sie beim Öffnen der Augen wieder ihr altes blaues Kleid tragen würde. Aber nein.

Noch immer unfähig zu glauben, was geschehen

war, trat Belle hinter dem Baum hervor und in das Licht hinein, das vom Schloss ausging, um sich besser sehen zu können. Sie hatte gar nicht bemerkt, dass sie jetzt so nah an der Treppe stand, dass sie einen der steinernen Löwen hätte berühren können.

Eine Gruppe von Gästen ging ausgelassen lachend an ihr vorbei. Eine von ihnen, eine junge Frau, musterte sie von oben bis unten. „Was für ein wunderschönes Kleid!", schwärmte sie und hakte sich bei Belle ein. „Nennt mir den Namen Eures Schneiders", bat sie und zog Belle die Treppe hinauf ins Foyer.

„Mein Kleid? D…dieses?", stotterte Belle und überlegte, was sie antworten sollte.

Zum Glück musste sie das nicht. Ein junger Mann kam auf sie zu und flüsterte etwas in das Ohr der Frau. Sie brach in Gelächter aus, schlug ihn mit ihrem Fächer und ließ Belle los. Sie schien alles um sich herum vergessen zu haben, als der junge Mann sie wegführte.

In der opulenten Eingangshalle drängten sich die Menschen. Musik erhob sich über ihr Lachen. Kerzen flackerten wie verrückt. Der Duft von Rosen war berauschend. Gewölbte Türen führten vom Foyer in drei verschiedene Richtungen, eine weitere geschwungene Treppe führte in die oberen Etagen.

Belle geriet in Panik. Sie wusste nicht, welchen Weg sie gehen oder was sie tun sollte.

„Mademoiselle, darf ich …?“, fragte eine Stimme.

Als sie sich nach rechts drehte, blickte Belle in ein Paar amüsierte graue Augen. Sie gehörten einem jungen Mann, der vielleicht ein oder zwei Jahre älter als sie war. Er trug einen blassgrünen Gehrock. Sein dichtes dunkles Haar war mit einem schwarzen Band zusammengebunden, und ein leichtes Lächeln umspielte seine Lippen.

„Es wäre mir eine aufrichtige Freude, Euch zu geleiten“, sagte er.

„Mich wohin geleiten?“, fragte Belle verblüfft.

„Zu einem Treffen mit der Comtesse!“

„A…Aber wo bin ich?“

„Auf dem Sommerball der Comtesse. Auf ihrem Anwesen. Gleich außerhalb von Paris.“

„Paris“, echote Belle und traute sich nicht, es zu glauben. „Ich bin in einem Château am Rande von Paris?“

Der junge Mann beugte sich zu ihr hinunter. „Aber natürlich! Ist es nicht das, was eine gute Geschichte tut? Sie zieht einen hinein und lässt einen nicht mehr los.“

Er bot Belle seinen Arm an. „Die Comtesse des Terres des Morts wünscht, Euch kennenzulernen“, erklärte er. „Und die Comtesse sollte man nicht warten lassen.“

Der Titel der Comtesse verblüffte Belle. „Terres des

Morts ...", wiederholte sie. „Das Land der Toten? Ich bin nicht sicher, ob ich sie kennenlernen möchte!"

Der junge Mann lachte. „Es ist ein furchtbarer Titel, da stimme ich Euch zu. Er wurde einem Vorfahren der Comtesse verliehen, nachdem er eine besonders blutige Schlacht gewonnen hatte. Er ist viel böser als sie, das verspreche ich."

Doch Belle zögerte. „Was ist das für ein Ort?", fragte sie.

„Ein bisschen Magie, wie in allen guten Büchern", antwortete der Mann. „Eine Ausflucht. Ein Ort, an dem man Sorgen und Kummer hinter sich lassen kann." Er lächelte. „Zumindest für ein oder zwei Kapitel." Abermals bot er ihr seinen Arm an.

Belle biss sich auf die Lippe und warf einen Blick hinter sich. Es war noch nicht zu spät, um zu gehen. Noch nicht zu spät, um aus dem Schloss zu rennen, die Auffahrt hinunter, durch das Portal und zurück zum Schloss des Biestes.

Aber dort konnte sie Geschichten nur lesen. Hier, so schien es, konnte sie eine leben.

„Ich muss zurück zur Comtesse", sagte der junge Mann und ließ seinen Arm sinken. „Blättert in *Nevermore*, wenn Ihr wollt, oder schließt den Deckel. Die Wahl liegt bei Euch."

Er verbeugte sich, dann wandte er sich zum Gehen.

„Wartet!“, rief Belle.

Mit einem fragenden Blick drehte er sich wieder zu ihr um. Wieder schaute Belle in seine wunderschönen Augen. Sie funkelten voller Geheimnisse und mit einem Hauch Unheil.

Paris. Ein prächtiges Herrenhaus. Eine geheimnisvolle Comtesse. Ein eleganter Begleiter, dachte sie.

Die Geschichte hatte einen verlockenden Anfang.

„Sollen wir?“, fragte der junge Mann.

Belle holte tief Luft. „Ja“, antwortete sie. „Wir sollen.“

KAPITEL ZWÖLF

„Ich heisse übrigens Henri“, sagte der junge Mann. Er führte sie durch das Foyer und einen Korridor, der mit Statuen und Gemälden gefüllt war.

„Nur Henri?“, erkundigte sich Belle.

„Ihr verlangt meinen vollen Titel?“, fragte er mit einem schelmischen Lächeln. „Nun gut. Henri, *Duc des Choses-Passées*, zu Ihren Diensten.“

Belle blinzelte. Es kam nicht jeden Tag vor, dass sie einen Ball besuchte, am Rande von Paris, am Arm eines Herzogs.

Henri hob bei ihrem Schweigen eine Augenbraue. „Oh, ich bitte um Verzeihung. Ich habe Euch enttäuscht. Ihr hattet auf einen Prinzen gehofft.“

Endlich fand sie ihre Stimme wieder. „Nein, das habe ich nicht!“, protestierte sie.

„Doch, das habt Ihr. Gebt es zu. Er würde elegant sein, gut aussehend und reich. Natürlich mit einem gläsernen Schuh in der Hand und bereit, Euch nach einem einzigen Tanz zu heiraten.“

Inzwischen hatte sie gemerkt, dass er sie aufzog. „Ihr seid albern!“, erwiderte sie und lachte.

Henri, der jetzt grinste, zeichnete mit seiner Hand einen Bogen vor ihr. „Stellt es Euch vor!", sagte er. „Ihr würdet in einem prächtigen Palast leben, in dem Euch Hunderte von Dienern bedienen. Ihr würdet Kuchen zum Frühstück und Strudel zu Abend essen und nie aus dem Bett kommen. Ihr hättet Affen, Papageien und Igel."

„Das klingt langsam verlockend", ging Belle auf sein Spiel ein. „Igel liebe ich tatsächlich."

„Ihr hättet wunderschöne kleine Prinzen und Prinzessinnen. Zwanzig an der Zahl."

„Ist das alles?"

„Nicht genug? Dann eben dreißig. Ihr und Euer Prinz würdet ein wunderbares Leben führen – Dame spielen, Socken stricken, die Bauern reich beschenken, die Welt regieren ..."

„Alles von unserem *Bett* aus?"

„Ihr müsstet natürlich Räder daran befestigen."

Die Vorstellung von einem Prinzen und einer Prinzessin, die von einem rollenden Bett aus regierten, war so absurd, dass Belle in Gelächter ausbrach.

„Ihr würdet glücklich bis an Euer Lebensende leben. Von nichts als Liebe und Gebäck. Gehen diese Geschichten nicht so?"

„Diese Geschichten, ja. Aber meine nicht", antwortete Belle.

„Also kein Prinz Charming für Euch?“, fragte Henri. „Kein schöner Ritter, der auf einem weißen Pferd ankommt und Euch rettet? Das wundert mich nicht. Ich hörte, Ihr seid der Typ Mädchen, der sich selbst rettet. Ihr habt Euren Vater vor dem Leben in einer Gefängniszelle und aus den Händen eines Biestes gerettet.“

Irritiert hielt Belle inne. „Woher wisst Ihr das?“, fragte sie und fühlte sich plötzlich unwohl. Henri war witzig und lustig, aber er war immer noch ein Fremder.

Henri antwortete nicht. Sie kamen zu einer offenen Tür, hinter der ein prächtiger Ballsaal lag. Ein Orchester spielte. Die Gäste tanzten ein anmutiges Menuett.

„Seid Ihr bereit, Belle?“, fragte er.

„Ihr kennt auch meinen Namen?“, fragte Belle beunruhigt.

„Die Comtesse hat mir von Euch erzählt. Sie ist sehr interessiert an Euch.“

„Ist sie das? Warum? Woher kennt *sie* mich?“

Aber Henris Blick war auf den Ballsaal gerichtet. „Kommt“, sagte er. „Es ist Zeit.“

KAPITEL DREIZEHN

AUF EINEM ROTEN DAMASTSTUHL, der einem Thron glich, hielt eine königlich wirkende und stolze Frau Hof.

Ihr rabenschwarzes Haar war hochgesteckt und von tiefschwarzen Kämmen gehalten. Ein rubinroter Reif hing um ihren Hals. Ein Gewand aus schwarzer Seide betonte ihre blasse Haut und die roten Lippen. Es war unmöglich, ihr Alter zu erraten. Keine einzige Falte zierte ihr Gesicht, aber ihre Augen, grün wie Smaragde, waren sehr weise.

Hinter bemalten Fächern wurde geflüstert, und bedeutungsvolle Blicke wurden ausgetauscht, als Henri und Belle sich ihr näherten.

Henri machte eine tiefe Verbeugung vor der Frau. Als er sich aufrichtete, sagte er: „Verehrte Comtesse, erlaubt mir, Euch Mademoiselle Belle vom *Château de la Bête* vorzustellen. Mademoiselle, die Comtesse *des* Terres des Morts."

„Es ist mir eine Ehre, Euch kennenzulernen, verehrte Comtesse", sagte Belle und verbeugte sich ebenfalls.

Sie wollte der Comtesse so gern tausend Fragen

stellen, aber es war ihr vor all den Zuschauern unangenehm.

Die scharfsinnigen Augen der Comtesse begutachteten Belle. „Die Ehre ist ganz meinerseits, Mademoiselle. Ich bin erfreut, dass Ihr Euch uns angeschlossen habt. Es gibt viel zu besprechen …"

Musik begann zu spielen und unterbrach sie. Belle erkannte die ersten Töne eines Tanzes namens Passacaglia.

„Mein Lieblingstanz!", rief die Comtesse. „Wir sollten zuerst tanzen, mein liebes Mädchen, und uns später unterhalten, wenn wir beide erschöpft sind!"

Wie aufs Stichwort verbeugte sich ein großer Mann, dessen Brust mit Orden geschmückt war, vor der Comtesse und führte sie auf die Tanzfläche.

Henri folgte ihm und bot Belle seine Hand an. Aber Belle zögerte erneut, wieder von einem schwindelerregenden Gefühl der Unwirklichkeit gepackt.

Der junge Herzog schenkte ihr ein ermutigendes Lächeln. „Habt Ihr nicht immer gesagt, dass Ihr mehr als ein Leben in der Provinz wollt? Es kommt nicht jeden Tag vor, dass man sich in einer spannenden Geschichte wiederfindet. Macht etwas daraus, Belle."

Auf der Tanzfläche stellten sich lächelnde und lachende Tanzpartner gegenüber voneinander auf. Sie hatten rote Wangen. Die Musik wurde lauter und eindringlicher. Und Belle, die nicht widerstehen konnte, machte spontan mit.

Die nächsten Minuten vergingen wie ein Ritt auf einem wilden Pferd. Handberührungen und herumwirbelnde Körper, das Aufstampfen von Absätzen auf dem Boden – es war berauschend. Belles Herz schlug im Takt der Musik. Sie fühlte sich leicht und frei.

Als der Tanz endete, war sie erschöpft. Damit sie zu Atem kommen konnte, führte Henri sie an den Rand der Tanzfläche, wo er auf einen Bekannten von sich traf, einen Schauspieler aus London.

„Edward und sein Ensemble sind in Paris für eine Inszenierung von *Hamlet*“, erklärte er, nachdem er Belle seinen Bekannten vorgestellt hatte.

„Wirklich?“, fragte Belle, aufgeregt, eine so bedeutende Person zu treffen. „Ich würde es sehr gern sehen. *Hamlet* ist eines von Shakespeares besten Werken, finde ich. Besser als *Macbeth* und *Othello*.“

Edward schenkte ihr ein herablassendes Lächeln. „Oh? Und woher weiß ein hübsches Mädchen etwas über Shakespeare? Lasst mich raten … ‚Sein oder nicht sein: Das ist hier die Frage‘“, sagte er affektiert.

Wegen der Unhöflichkeit des Mannes zuckte sie zusammen. Sie kannte diese Art Mensch. In Villeneuve gab es viele Wichtigtuer, und sie hatte gelernt, wie man mit ihnen umging.

Sie lächelte süß und räusperte sich. „‚Wer da?'", stimmte sie mit so tiefer Stimme an, wie sie nur konnte.

Edward blinzelte. „Wie bitte?", fragte er.

„Sicherlich erkennt Ihr die Anfangszeile des Stücks, Monsieur?", fragte sie herausfordernd und legte den Kopf schief. „Warum nennt Ihr nicht die nächste? Und dann geht es hin und her, bis einer von uns einen Fehler macht."

Aufregung wogte durch die Menge. „Ein Wettstreit!", flüsterte eine Frau. „Ein Duell der Worte!", trällerte eine andere.

„Seid nicht albern. Ich bin ein ausgebildeter Shakespeare-Darsteller, ein Schauspieler von großem Ruhm. Ihr werdet Euch nur blamieren", sagte Edward verächtlich.

Henris Augen funkelten teuflisch. „Kommt, Belle", sagte er. „Monsieur Edward, so scheint es, hat Angst vor einer Mutprobe."

Edward schnaubte. „Das ist absurd", erwiderte er und wandte sich Belle zu. „Wenn Ihr verliert und in Euer Taschentuch weint, Mademoiselle, dann sagt nicht, ich hätte Euch nicht gewarnt."

„Das werde ich nicht", versicherte Belle.

Nach einem tiefen, theatralischen Atemzug atmete Edward aus. Er schloss die Augen, berührte mit den Fingern seine Schläfen und sagte mit dröhnender

Stimme: „‚Nein, mir antwortet: Steht und gebt Euch kund!'“

„‚Lang lebe der König!'“, antwortete Belle grinsend.

„‚Bernardo?'“

„‚Er selbst.'“

„‚Ihr kommt gewissenhaft auf Eure Stunde.'“

„‚Es schlug schon zwölf, mach dich zu Bett, Francisco'“, sagte Belle, ohne ein Wort zu vergessen.

Edwards selbstgefälliger Gesichtsausdruck schmolz dahin und machte einem ängstlichen Ausdruck Platz. Die Worte flogen schnell und heftig zwischen ihnen hin und her, jedes so wahr wie der Schuss eines Scharfschützen. Die Menge drängte sich näher heran und staunte, als Edward und Belle von Zeile zu Zeile und von Figur zu Figur wechselten, ohne zu stolpern.

Auf Szene eins folgte Szene zwei. Schweißperlen standen auf Edwards Stirn. Farbe stieg in Belles Wangen. Ihr Grinsen wurde breiter, sie war begeistert von dem Wettbewerb.

Hamlet war Père Roberts Lieblingsstück. Wie viele langweilige, verregnete Vormittage und endlose Winternachmittage hatten die beiden damit verbracht, es zu rezitieren. Manchmal schlüpfte Père Robert in Hamlets Rolle und schwang einen alten Besen als Schwert. Ein anderes Mal war er Gertrude mit einem Geschirrtuch auf dem Kopf. Belle war an einem Tag

Ophelia, am nächsten Laertes. Sie konnte das Stück im Schlaf rezitieren.

Szene zwei wechselte zu Szene drei. Edward begann gerade mit Laertes' Vortrag über Ophelias Verhalten, als er eine Zeile verpatzte. Belle stieg ein, beendete den Monolog und machte einen Knicks. Als sie sich wieder erhob, brach die Menge in Beifall aus.

„*Das*, Monsieur", sagte sie keck, „ist das, was ein hübsches Mädchen über Shakespeare weiß."

Edward verbeugte sich steif, gab sich anstandslos geschlagen und machte auf dem Absatz kehrt.

Henri war augenblicklich an Belles Seite. „Gut gemacht!", rief er. „Geschieht ihm recht, dem aufgeblasenen Narren."

„Henri!", schimpfte Belle.

„Tut mir leid, aber es ist so! Und er ist es!"

Ein juwelenbesetzter Maharadscha kam auf Belle zu. Er verbeugte sich und fragte, ob sie seine Partnerin für die nächste Passacaglia sein wollte. Belle tanzte mit ihm und tanzte immer weiter. Sie setzte sich eine ganze Stunde lang nicht hin. Menuette, Allemandes, Voltas – sie wurde für alles gefragt. Während der kurzen Pausen zwischen den Liedern unterhielt sie sich mit Malern und Professoren. Lachte mit Philosophen. Sie traf einen jorubischen Prinzen, einen Entdecker aus Peru, einen Bildhauer aus Warschau. Die Kaiserinwitwe von China lud sie in die Verbotene Stadt ein, um den kaiserlichen Palast zu besichtigen.

Als sie endlich völlig außer Atem war, spürte Belle, wie sich ein Arm durch ihren schlängelte.

„Habt Ihr schon Löcher in Eure Schuhe getanzt?", fragte die Comtesse mit vor Belustigung leuchtenden Augen.

Belle hob ihre Röcke an und schaute auf ihre Tanzschuhe. Tatsächlich! Ihre großen Zehen stachen durch den zarten Stoff. Sie ließ die Röcke fallen und errötete.

„Wunderbar! Das ist der Beweis für einen guten Ball!", erklärte die Comtesse und lenkte Belle in Richtung einer Terrasse. „Komm, geh mit mir, Kind. Ich brauche frische Luft."

Während sie sprach, fächelte sie sich Luft zu, und ihr Parfüm umwehte sie würzig und reichhaltig. Belle war sich sicher, es schon einmal gerochen zu haben, erinnerte sich aber nicht, wo das gewesen war.

Ein plumper Diener mit hellen, wachen Augen und einer großen Hakennase öffnete ihnen die Terrassentür und verbeugte sich, als seine Herrin vorbeiging. Er war in eine schwarze Uniform und eine weiße Halskrause gekleidet.

„Ich habe schon so viel von dir gehört, Belle", sagte die Comtesse, als sie auf die Terrasse hinaustraten. „Ich weiß, dass du Bücher liebst und dass du reisen willst und …“, sie hielt inne und warf Belle einen prüfenden Blick zu, „… dass deine gegenwärtige Situation ziemlich schwierig ist. Ich hoffe, dass der Abend dein Herz ein wenig erhellt hat.“

„Verzeihung, Mylady, aber woher wissen Sie all diese Dinge?“, fragte Belle. „Wir haben uns doch gerade erst kennengelernt.“ Sie fühlte dasselbe plötzliche Unbehagen, das sie bei Henri verspürt hatte, als er ihr Dinge über sie erzählte, die ein Fremder unmöglich wissen konnte.

Die Comtesse lachte. „Wir sind hier in *Paris*, Kind! Das spricht sich herum. Weißt du, ich kenne so viele Leute. Ich mache früher oder später die Bekanntschaft von *jedem*. Sie kommen alle durch *Nevermore*.“

„Aber was ist *Nevermore*? Wie kommt all das … das *alles*“, Belle gestikulierte und zeigte auf das Schloss, die Gäste, die blinkenden Laternen, die anmutigen Kirschbäume. „Wie kommt es dazu?“

Die Comtesse lächelte verschmitzt. „Nun, durch die Magie des Geschichtenerzählens. Ich bin die Autorin von *Nevermore,* musst du wissen. Es ist ein besonderes Buch. Ein ganz besonderes. Es enthält viele Geschichten. Aber *diese* Geschichte? Oh, Belle, diese schreibe ich nur für dich.“

„Warum?“, fragte Belle. „Warum für mich?“

Aber die Comtesse hörte ihre Frage nicht. Sie und

Belle waren zum äußersten Rand der Terrasse geschlendert, und ihre Aufmerksamkeit war von etwas eingefangen worden.

„Die Erfrischungen sind serviert worden. Endlich!“, sagte sie und deutete auf eine prächtige Auslage. „Schauen wir mal, was meine Köche aufgetischt haben. Ich bin am Verhungern!“

Auf den mit weißem Leinen bedeckten und mit Rosen und Lilien geschmückten Tischen waren verlockende Köstlichkeiten angerichtet worden. Champagnerflaschen standen in silbernen Weinkühlern. Eine Kristallschale enthielt prickelnde Bowle. Gebäck war auf Porzellantellern angerichtet, und gezuckerte Früchte hingen von Ständern mit Füßen herab.

Die Comtesse ließ Belles Arm los. „Sieht das nicht göttlich aus? Mein Bäcker ist der beste in Paris. Bediene dich.“

Belle fand, dass die Macarons, die nach Farben auf einem silbernen Tablett angeordnet waren, köstlich aussahen. Sie wählte eines mit Schokoladengeschmack, biss hinein und rollte vor Entzücken mit den Augen.

Gerade als sie nach einem zweiten greifen wollte, landete ein furchterregender Hirschkäfer genau in der Mitte und fauchte sie an. Belle stieß einen Schrei aus und zog ihre Hand zurück. Die Kreatur war so groß wie ein Apfel, mit einem glänzenden schwarzen Körper, schillernden Flügeln und zwei stacheligen Hörnern auf dem Kopf.

Zwei weitere Käfer krabbelten über eine Himbeertorte und versenkten ihre stacheligen Beine in der Puddingfüllung. Sie hatten die Beeren von der Torte geplündert und buchstabierten damit Wörter auf das weiße Tischtuch. Belle lehnte sich so nah heran, wie sie sich traute, und las.

DREI DINGE GEGESSEN,
DIE LIEBE BESIEGT.
DREI DINGE VERLOREN,
EIN FURCHTBARER PREIS.

Auch die Comtesse las sie. Ihre Augen blitzten vor Wut.

„Dreckiges Ungeziefer!“, spie sie aus, klappte ihren Fächer zu und versuchte, die Käfer damit zu erschlagen. Aber sie verfehlte sie und traf stattdessen einen Gebäckständer. Er kippte um und fiel auf Teller und Platten. Das Gebäck rollte vom Tisch und verteilte sich auf dem Boden.

„Mouchard! Komm her!“, rief die Comtesse.

Sofort erschien der plumpe Diener in Schwarz.

„Töte sie!“, befahl die Comtesse kalt. „Töte sie *alle*.“

Mouchard ergriff einen silbernen Servierlöffel und

eilte los, um dem Befehl seiner Herrin nachzukommen, aber die schlauen Käfer waren bereits vom Tisch heruntergekrabbelt und auf dem Weg in den Garten.

Während Mouchard sie verfolgte, räumten andere Diener die Unordnung auf. Frisches Gebäck wurde gebracht.

„Es tut mir so leid, meine Liebe", sagte die Comtesse. „Ich hoffe, du wirst ein Stück Torte nehmen. Ein Stückchen Kuchen?"

Aber Belle stellte fest, dass ihr der Appetit vergangen war. Die Insekten hatten sie erschreckt, aber schlimmer noch, sie hatten sie verunsichert. „Ich habe noch nie Käfer gesehen, die buchstabieren können. Ihre Botschaft war so seltsam. Ich frage mich, was sie bedeutet", sagte sie.

„Nichts. Es ist Kauderwelsch", antwortete die Comtesse knapp. „Eine Verrückte bewahrt sie auf. Sie wohnt in der Nähe. Gelegentlich entkommen die unglücklichen Viecher."

„Eine Verrückte? *Hier?* Ist sie Teil der Geschichte?"

„Ich fürchte, ja. Sie ist Teil der Geschichte von jedem, leider."

„Ist sie gefährlich?", fragte Belle und sah sich misstrauisch um.

„Sehr", bestätigte die Comtesse. „Sie ist völlig geistesgestört. Sie hat silbrig blondes Haar und dunkle

Haut und trägt meist weiße Kleider. Meide sie unter allen Umständen."

„Das werde ich", beteuerte Belle mit einem Schaudern.

Ein Diener kam vorbei und trug einen neuen Teller mit Macarons.

Die Comtesse nahm sie ihm ab. „Genug der unangenehmen Themen. Hier, Kind, nimm noch ein Macaron."

„Danke, Mylady, aber ich kann nicht. Ich werde zum Abendessen erwartet und muss wieder zurück."

Hier draußen auf der Terrasse, weit weg von Musik und Tanz, wurde Belle bewusst, dass viel Zeit vergangen war. Und Madame Pottine bereitete ein Essen für sie vor.

„Es tut mir leid, dass du gehen musst, Belle. Es hat mich gefreut, dich kennenzulernen", sagte die Comtesse.

„Es war auch schön, Euch kennenzulernen", erwiderte Belle. „Ich danke Euch für diesen magischen Ball. Dafür, dass ich ein Teil von *Nevermore* sein dufte, wenn auch nur für einen Abend."

„Du kannst wieder Teil von *Nevermore* sein, Kind. Es ist deine Geschichte. Kehr zu ihr zurück, wann immer du willst", sagte die Comtesse. Dann nahm sie Belle in ihre Arme und umarmte sie fest. Als sie sie losließ, verfing sich einer ihrer Ringe in Belles Haar und riss mehrere lange Strähnen heraus.

„Oh! Au!", rief Belle und zuckte zusammen.

„Mein armes Mädchen. Es tut mir so leid", entschuldigte sich die Comtesse.

„Es ist in Ordnung", versicherte Belle ihr. „Bitte macht Euch keine Gedanken."

„Monsieur Henri wird dich hinausbegleiten", sagte die Comtesse, als der hübsche junge Herzog erschien.

Als Belle und Henri weggingen, löste die Comtesse Belles Haarsträhnen aus ihrem Ring und wickelte sie sich um ihren Finger. Ihre Augen funkelten dabei, und ihr Lächeln verfinsterte sich.

Henri begleitete Belle zurück durch die Vordertür des Schlosses und die Treppe hinunter, dann führte er sie die lange Auffahrt hinauf.

Das Buch lag genau dort, wo Belle es zurückgelassen hatte, neben dem Tor. Seine Seiten schimmerten noch. Alles, was sie tun musste, war, einen Schritt hindurchzugehen. Dann wäre sie wieder im Schloss des Biestes.

„Es ist schade, dass Ihr gehen müsst", sagte Henri bedauernd. „Hat Euch der Abend gefallen?"

„Sehr."

„Dann kommt Ihr wieder?"

War das eine Einladung oder eine Aufforderung?

Belle konnte sich nicht entscheiden, und Henri ließ ihr auch keine Zeit dazu.

„Ihr habt hier Freunde. Vergesst das nicht“, sagte er. „Ich bin einer von ihnen.“

„Danke. Ich danke Euch für alles.“ Und dann, mit einem letzten Abschiedsgruß, trat Belle aus *Nevermore* heraus.

Sie gelangte so schnell durch die schimmernden Seiten hindurch, dass sie Henris Lächeln nicht mehr sah – oder seine Stimme hörte, als er flüsterte: „Wir werden auf dich warten.“

KAPITEL VIERZEHN

„BELLE!", RIEF EINE STIMME AUS DER BIBLIOTHEK.

Es war Tassilo.

„Ich komme!", rief Belle zurück. Sie blickte an sich herunter und stellte erleichtert fest, dass sie wieder ihr blaues Arbeitskleid und ihre derben braunen Stiefel trug. Vor nur wenigen Sekunden war sie aus *Nevermore* herausgetreten. Daraufhin war der Deckel zugeschlagen und das Buch wieder auf seine normale Größe geschrumpft.

„Belle, bist du hier drin?"

Schnell hob sie das Buch vom Boden auf und legte es zurück auf den Tisch, wo sie es gefunden hatte. Dann machte sie sich auf den Weg zur Tür, aber bevor sie dort ankam, hörte sie eine andere Stimme.

Es ist ein besonderes Buch. Ein ganz besonderes. Es enthält viele Geschichten. Aber diese Geschichte? Oh, Belle, diese hier schreibe ich nur für dich.

Belle wirbelte herum. Es fühlte sich an, als ob die Comtesse direkt hinter ihr gestanden hätte. Ihre Worte fühlten sich wie ein kalter Hauch in Belles Nacken an. Aber es war niemand da.

Wieder sah sie zu *Nevermore*. Ohne zu wissen, warum, rannte sie zurück durch den Raum und schnappte sich das Buch. Dann öffnete sie eine Schublade im Schreibtisch, schob *Nevermore* hinein und schloss die Schublade wieder.

„Belle, wo bist du?"

„Ich bin hier, Tassilo!", rief sie und eilte aus dem Arbeitszimmer. Tassilo wartete an der Tür der Bibliothek auf sie.

„Das Essen ist fertig! Ich habe überall nach dir gesucht!"

Belle deutete hinter sich. „Ich war dahinten. In einem Arbeitszimmer. Ich fand …"

„Was, Belle? Was hast du gefunden?", fragte Tassilo neugierig.

Ein magisches Buch, hätte sie fast gesagt. Aber dann tat sie es doch nicht.

„Das hier!", sagte sie und zog einen Staublappen aus ihrer Tasche. „Komm, Tassilo, lass uns nach unten gehen."

Die kleine Teetasse sauste vor ihr her und war im Nu aus der Bibliothek und die Treppe hinuntergehüpft.

Belle blieb noch einen Moment zurück und fühlte sich schlecht, weil sie geflunkert hatte. Sie hatte es nicht beabsichtigt. Die Worte waren ihr einfach aus dem Mund gesprungen, bevor sie sie hatte aufhalten können. Weil sie das Buch mit niemandem teilen wollte.

Blättert die Seiten von Nevermore *um, wenn Ihr wollt, oder schließt den Deckel. Ihr habt die Wahl,* hatte Henri gesagt.

Die letzte Entscheidung, die Belle ganz allein getroffen hatte, war, ihre Freiheit gegen die ihres Vaters einzutauschen. Es war eine harte und unwiderrufliche Entscheidung gewesen, die sie zu einer Gefangenen im Schloss des Biestes gemacht hatte.

Schon vor diesem schicksalhaften Tag hatte das Leben in Villeneuve ihr wenige Möglichkeiten geboten. Aber nun war dieses verzauberte Buch erschienen, gefüllt mit faszinierenden Menschen. Die Entscheidung, dorthin zurückzukehren – oder nicht –, war ihre und nur ihre, und so sollte es auch bleiben.

„Belle, komm schon!“, rief Tassilo ihr vom Fuß der Treppe aus zu. „Cuisinier hat Tomatensuppe und getoastete Käsesandwiches gemacht! Die werden kalt!“

Belles Magen knurrte. Geröstete Käsesandwiches waren ihre Leibspeise, und sie hatte schon seit Stunden nichts mehr gegessen. Sie stellte fest, dass sie nicht nur hungrig war, sondern auch kaputt und müde. Es war ein langer Tag gewesen.

„Ich bin gleich da!“, rief sie, zog die schwere Bibliothekstür hinter sich zu und eilte die Treppe hinunter. Voller Vorfreude auf die Wärme der Küche, auf Gesellschaft und Konversation, auf das Abendessen.

Nevermore war für den Moment vergessen. Es lag in der Schreibtischschublade, in dem kleinen staubigen Raum. In der Dunkelheit.

Aber hätte jemand in dem Zimmer in der Nähe des Schreibtisches gestanden, hätte sie oder er vielleicht den Duft von Rosen gerochen.

Und das Lachen einer Frau gehört.

KAPITEL FÜNFZEHN

ALLEIN IN SEINEM ARBEITSZIMMER, lange nachdem ihm das Abendessen gebracht und wieder abgeräumt worden war, saß das Biest an seinem Schreibtisch und erinnerte sich an jeden Moment, den es mit Belle verbracht hatte.

Es stellte sie sich beim Frühstück vor, mit leuchtenden und aufmerksamen Augen, begierig darauf, mit den Aktivitäten des Tages zu beginnen. Und später in der Bibliothek, zerzaust, mit einer Haarsträhne, die sich aus ihrer Frisur gelöst hatte. Und als sie versuchte, nicht über seine ungeschickten Possen zu lachen. Es erinnerte sich daran, wie sie Zeilen aus der *Elfenkönigin* mit ihrer schönen Stimme rezitierte, einer Stimme, die ihn aus sich selbst und seinem verfluchten Schloss heraushob in eine Welt, in der es ein guter und edler Prinz war und kein abscheuliches Biest.

Jede dieser Szenen war ein reizendes lebendiges Bild, und es war glücklich, sie erlebt zu haben. Der Gedanke an sie ließ sein Herz schneller schlagen und zauberte ein Lächeln auf seine Lippen. Es gab sein Bestes, um diese Erinnerungen auszukosten, aber jede erlag einem schleichenden Bedauern, das sie verdunkelte wie ein stürmischer Himmel.

Dieser kurze Moment des Glücks zerbrach, als das Biest sich in dem düsteren Arbeitszimmer umsah. Es konnte sich des Gefühls nicht erwehren, dass die Scherben seiner Welt allein seine Schuld waren. Sein Egoismus und seine Arroganz hatten all dies verursacht. Als es die verwelkende Rose auf dem breiten Schreibtisch betrachtete, erlosch seine Freude. Eine vertraute, durchdringende Angst nahm ihren Platz ein.

Es klopfte an der Tür. Es war Lumière.

„Braucht Ihr noch etwas, bevor Ihr Euch zur Ruhe begebt, Herr?"

„Ich … ich dachte, wir könnten morgen Schlittschuh laufen gehen", antwortete das Biest zu Lumières Überraschung.

Die Augenbrauen des Kerzenständers schossen in die Höhe. „Schlittschuh laufen, Herr? *Ihr?* Aber Ihr seid noch nie in Eurem Leben Schlittschuh gelaufen!"

„Belle erwähnte, dass sie schon einmal Schlittschuh gelaufen ist. Damals in ihrem Dorf. Ich dachte, sie würde es vielleicht gerne auch hier versuchen. Wie schwer kann es denn schon sein?"

„Auf dem Hintern? Sehr", erwiderte Lumière. „Nichtsdestotrotz werde ich es arrangieren. Sonst noch etwas?"

„Nein“, sagte das Biest – dann, zögernd: „Danke, Lumière. Für die Nachfrage.“

„Natürlich“, entgegnete Lumière und verbeugte sich. „Gute Nacht, Herr.“ Er verließ den Raum und zog die Tür hinter sich zu. Gerade, als sie ins Schloss fallen wollte, rief das Biest ihm nach.

„Lumière … warte!“

„Herr?“ Lumière öffnete die Tür wieder.

„Eigentlich *ist* da noch etwas anderes …“, begann das Biest unbeholfen.

„Eine Tasse warmer Milch vielleicht?“

„Ist Belle glücklich? Fühlt sie sich wohl? Und die Bibliothek – gefällt ihr die Bibliothek?“, fragte das Biest hastig.

„Ob sie sie genießt?“, fragte Lumière lachend. „Ich glaube, sie würde ihr Bett dorthin verlegen, wenn sie könnte.“

„Hast du sie heute gesehen?“, fragte das Biest. „Lächelnd, als ich versuchte, ein Fenster zu putzen. Lachend, als ich beschloss, den Mopp-Eimer auf dem Kopf zu tragen.“ Er schüttelte den Kopf, immer noch gedemütigt bei der Erinnerung, aber ein kleines Grinsen zerrte an seinen Mundwinkeln. „Ihr seid ihre Freunde geworden. Sie mag eure Gesellschaft.“

„Ihr wart es, der sie heute erfreut hat, Herr“, betonte Lumière.

Das Biest sah weg. „Wie sehr habe ich mich danach gesehnt, diese Worte zu hören. Ich hatte schon geglaubt, ich würde es niemals tun." Seine Augen suchten die von Lumière. „Glaubst du, sie würde jemals mit mir befreundet sein wollen?"

Lumière dachte nach, bevor er antwortete. „Nun, Ihr wart heute ein furchtbar lustiger Anblick", sagte er schließlich und betonte die Tatsache, dass jeder – ob er das Biest mochte oder nicht – über den Tumult im Saal gelacht hätte.

„Was eine taktvolle Art zu sagen ist, dass sie es nicht tut", sagte das Biest, und sein Herz wurde schwer.

„Diese Dinge geschehen langsam. Vielleicht mit der Zeit, Herr", tröstete Lumière seinen Schlossherrn.

„Etwas, von dem wir sehr wenig haben", seufzte das Biest und blickte auf die Rose. Im schummrigen Kerzenlicht sah sie noch zerbrechlicher aus als je zuvor.

„Sehr wenig", stimmte Lumière ihm zu. Er versuchte sein Bestes, um ein tapferes Lächeln aufzusetzen, aber seine Bemühungen konnten den Tribut nicht verbergen, den die Verzauberung ihm abverlangte.

In den Anfängen hatte Lumières menschliche Form durch seinen Kerzenleuchterkörper hindurchgeschienen, besonders in Momenten wie diesem. Aber seine Menschlichkeit nahm jeden Tag weiter ab. Seine Bewegungen wurden steif, seine Flammen trüb.

Das Biest gab es selten zu, aber es sorgte sich sehr um Lumière und den Rest seiner Diener. Es musste zusehen, wie sie zu leblosen Objekten verblassten – gefangen auf ihre eigene Weise, genau wie Belle –, und es war alles seine Schuld.

Die schreckliche Verzauberung seiner Diener, seines Schlosses und seiner selbst hatte es ganz allein zu verantworten. Darum lag es auch an ihm, sie wieder rückgängig zu machen – wenn das möglich war.

Mit tiefer Reue erinnerte sich das Biest an die Bettlerin, die in der Nacht des Balls zu seinem Schloss gekommen war, ihn um Hilfe gebeten und ihm dafür eine Rose angeboten hatte. Und daran, wie er sie ausgelacht hatte.

Seine Augen waren auf ebendiese Rose unter der Glasglocke gerichtet. Die Zauberin hatte sie dorthin gelegt und erklärt, dass ihr Fluch nur gebrochen werden könne, wenn er lerne zu lieben und geliebt werde, bevor das letzte Blütenblatt abfiele. Wenn ihm das misslang, würde er für immer ein Biest bleiben, und diejenigen, die er zum Leiden verdammt hatte, würden sterben.

Viele Blütenblätter waren bereits abgefallen, aber ein paar waren noch übrig.

„Glaubt Ihr, Belle wird herausfinden, wie der Fluch gebrochen werden kann?“, fragte Lumière.

„Sie hat die Wahrheit noch nicht erraten, und wir dürfen es ihr nicht sagen. Die Zauberin hat es verboten."

„Ich wünschte, wir *könnten* es ihr sagen", sagte Lumière mit einem Seufzer. „Es würde die Dinge sicherlich einfacher machen."

Sanft berührte das Biest das Glas, das die Rose schützte.

„Selbst wenn wir es könnten, was würde es nützen?", entgegnete es mit einer Stimme voller Traurigkeit. „Sieh mich an, Lumière. Belle könnte mich niemals lieben. Sie könnte mich immer nur bemitleiden."

„Das ist nicht wahr", protestierte Lumière. „Liebe – wahre Liebe – sieht mit dem Herzen, Herr. Nicht mit den Augen."

Das Biest sah ihn skeptisch an. „Woher weißt du das?"

„Weil ich in eine Frau verliebt bin, die ein Staubwedel ist", sagte Lumière. „Daher."

„Ich verstehe nicht."

„Nein, das tut Ihr nicht. Aber ich hoffe, Ihr werdet es eines Tages. Ihr verdient es. Jeder verdient es."

Das Biest warf ihm einen fragenden Blick zu. „Jeder verdient es, sich in einen Staubwedel zu verlieben?"

Lumière gluckste. „Zeigt Belle, wer Ihr seid, Herr. Wer Ihr *wirklich* seid. Zeigt ihr Euer Herz."

Und dann wünschte er dem Biest eine gute Nacht.

Wieder allein, wandte sich das Biest seinem Schreibtisch zu und kämpfte mit dem Aufruhr der Gefühle in ihm, den ihr Gespräch ausgelöst hatte.

Er würde die Folgen des Fluchs der Zauberin erleiden, wenn er seinen Platz mit Lumière und den anderen Dienern austauschen könnte. Belle zu befreien, würde ihre einzige Chance, jemals wieder menschlich zu werden, zerstören.

Vor langer Zeit, in den frühen Tagen seiner Verzauberung, hatte das Biest um sich selbst und um alles, was es verloren hatte, getrauert. Jetzt trauerte es um andere. Seine Diener waren nicht arrogant und grausam gewesen, aber sie zahlten den Preis dafür. Und Tassilo, der kleine Tassilo. Er war nur ein Junge. Würde sein Leben enden, bevor es überhaupt begonnen hatte?

Das Biest stöhnte. Noch einmal sah er zu der Rose und ihrer zerbrechlichen Schönheit, die inmitten dieser Dunkelheit leuchtete. Er ging näher heran und suchte nach etwas in ihrem Glanz. Ein bisschen Trost vielleicht. Vergebung. Hoffnung.

Ein weiteres Blütenblatt fiel.

KAPITEL SECHZEHN

„OH!“, KEUCHTE BELLE und packte das Biest am Arm, als ein gefleckter Vogel aus dem Gebüsch vor ihnen auftauchte und mit seinen Flügeln schlug.

„Es ist nur eine Wachtel“, beruhigte das Biest sie und lächelte. Es tätschelte ihre Hand, die sie schnell zurückzog, ein bisschen verlegen, weil ein kleiner Vogel sie so sehr erschreckt hatte.

„Auf diesem Gelände gibt es nichts, wovor du dich fürchten müsstest“, fuhr das Biest fort. „Zumindest nicht tagsüber, wenn die Wölfe in den Wäldern bleiben.“

Belle erinnerte sich daran, wie das Biest ein ganzes Wolfsrudel abgewehrt hatte, und sie stellte sich vor, dass sie bei ihm zu jeder Tages- und Nachtzeit sicher wäre – egal wo.

Der winterliche Ausflug war die Idee des Biestes gewesen. Es war nach dem Frühstück nach unten gekommen und hatte verkündet, dass es Bewegung brauche, und Belle gefragt, ob sie mit ihm einen Spaziergang zum Teich machen wolle. Belle hatte die Gelegenheit dankbar ergriffen.

„Es ist nicht mehr weit“, sagte das Biest, als sie über eine Steinmauer kletterten.

Belle hielt oben auf der Mauer für ein paar Sekunden inne und nahm die Landschaft um sie herum in sich auf. Es war atemberaubend: eine trostlose, aber auch wunderschöne Winterlandschaft. Und trotz der kahlen Felder, der blattlosen Eichen und der schneebedeckten Gräser war sie voller Leben. Erst heute Morgen hatte sie einen Falken und zwei Habichte gesehen, dann die Wachtel. Auch ein Rotfuchs war zu sehen gewesen, der einen Hasen über das weite Feld jagte, und ein schillernder Nerz, der in einem eisigen Bach nach etwas schnüffelte.

„Du scheinst in Gedanken versunken zu sein“, sagte das Biest und riss sie aus ihrer Träumerei. „Du musst ein gutes Buch in der Bibliothek gefunden haben.“

Seine Worte erschreckten Belle. Das Biest konnte nicht von *Nevermore* reden … oder doch?

„Ja, das … das habe ich.“ Sie erholte sich schnell von dem Schreck und lächelte. „In der Tat, ich fand mehrere Hunderte.“

Das Biest lachte, und Belle nahm an, dass er auf keinen Fall von dem magischen Buch der Comtesse des Terres des Morts wissen konnte. Sie hatte es sorgfältig außer Sichtweite gebracht. Es war merkwürdig, wie besitzergreifend sie in Bezug auf das Buch war.

„Willst du den ganzen Tag dort oben bleiben?“, fragte das Biest.

„Durchaus möglich. Die Aussicht ist wunderschön von hier aus.“

„Hmm. Das wäre eine Schande, weil du den Teich verpassen würdest, der noch schöner ist.“

Belle wollte gerade hinunterklettern, als sie ein Geruch aufhielt.

„Riechst du auch Rauch?“, fragte sie.

„Ich glaube schon.“

Es kann nicht aus einem der Kamine des Schlosses kommen, dachte Belle. *Wir sind zu weit weg.*

Sie schnupperte noch einmal. „Und *Schokolade?*“

„Ist es das?“, erwiderte das Biest, und seine Augen funkelten schelmisch.

Misstrauisch blickte Belle zu ihm hinunter. „Was ist hier los?“

Das Biest grinste. „Komm herunter, dann zeige ich es dir!“, sagte es und streckte eine Pfote aus.

Belle ergriff sie und sprang von der Mauer. Sobald sie auf dem Boden war, ließ das Biest ihre Hand los und rannte davon.

„Langsam!“, bat Belle. „Ich kann nicht so schnell rennen wie du!“

„Gut!“, rief das Biest über seine Schulter. „Das bedeutet mehr Schokolade für mich!“

„Oh, du Betrüger!“, rief Belle und rannte hinter ihm her, während ihr blauer Mantel im Wind flatterte.

„In Ordnung, ich werde langsamer gehen“, willigte das Biest ein. Es drehte sich um und rannte zurück, aber Belle konnte es immer noch nicht einholen. Es zog eine Grimasse, schielte und streckte die Zunge heraus.

Belle blieb stehen. Sie lachte ungläubig.

Das Biest, zu sehr mit Herumalbern beschäftigt, um auf seine Umgebung zu achten, sah den umgestürzten, halb im Schnee versteckten Baumstamm hinter sich nicht. Es stolperte darüber, flog ein Stück und landete mit einem lauten Aufprall in einer tiefen Schneeverwehung.

Belle brach in Gelächter aus. Sie konnte nicht aufhören. Sie lachte so sehr, dass sie sich die Tränen aus den Augen wischen musste.

Wird es wieder wütend werden?, fragte sie sich. *Oder hat es gelernt, über sich selbst zu lachen?*

Bald bekam sie ihre Antwort.

Das Biest setzte sich auf und schüttelte den Schnee von seinem Kopf. „Ich *wollte* das tun“, erklärte es und grinste.

„Natürlich wolltest du das“, erwiderte Belle. Sie begann wieder zu rennen und raste an ihm vorbei. Sie konnte den zugefrorenen Teich nun in der Ferne durch eine Reihe von Bäumen sehen.

„Ich *lasse* dich gewinnen, hörst du?“, brüllte das Biest ihr nach.

„Ha!“, rief sie zurück und rannte weiter, über das Feld und durch die Bäume, deren kahle Äste sich wie ein schwarzes Netz gegen den grauen Himmel erhoben. Der Untergrund stieg an, als sie sich dem Wasser näherte, dann fiel er wieder ab.

Als Belle den Gipfel des Hügels erreichte, sah sie, was die Luft so köstlich duften ließ.

Ein Lächeln erhellte ihr Gesicht.

Mit einem Freudenschrei raste sie den Hügel hinunter.

KAPITEL SIEBZEHN

AM RAND DES GEFRORENEN TEICHES KNISTERTE EIN FEUER in einer großen Eisenpfanne.

Daneben standen zwei mit Kissen bestückte Stühle, auf denen dicke Wolldecken lagen. Der Teich war vom Schnee frei geschaufelt worden. Drei vertraute Gestalten waren damit beschäftigt, einen kleinen, zusammenklappbaren Tisch mit einer dampfenden Kanne heißer Schokolade, Tassen und Untertassen und einer Platte mit Beignets aufzustellen. Ein Korb ruhte auf dem Boden neben dem Tisch.

Belle rief ihnen zu. „Lumière! Von Unruh! Chapeau!"

Chapeau winkte.

Lumière lächelte.

Von Unruh beschwerte sich. „Die Kälte richtet verheerenden Schaden an meinen Zahnrädern an", jammerte er. „Alles ist verklemmt. Ich gehe schon fünf Minuten nach!"

„Was macht ihr denn hier draußen?", fragte Belle.

„Komm und schau es dir an", erwiderte Lumière und deutete auf den Korb auf dem Boden. Belle lief hinüber und spähte hinein. In dem Korb lagen zwei Paar Schlittschuhe.

„Du hast mir gesagt, dass du gern Schlittschuh läufst“, hörte sie das Biest hinter sich.

„Das tue ich! Oh, danke schön!“ Belle war so gerührt von dieser unerwarteten Fürsorglichkeit, dass sie ihre Arme um ihn warf. Langsam und unsicher, als ob es Angst hätte, sie zu verletzen, erwiderte das Biest ihre Umarmung.

Belle ließ los, schnappte sich das kleinere Paar Schlittschuhe und setzte sich auf einen Stuhl. Die Schlittschuhe waren aus Holz mit Lederriemen und mit scharfen, nach oben gebogenen Stahlkufen. Sie schnallte sie sich über ihre Stiefel und stand auf.

„Das Eis ist so glatt wie Glas“, informierte Lumière sie. „Es ist perfekt zum Schlittschuhlaufen.“

„Da fällt mir ein ...“, sagte Von Unruh und schürte das Feuer. „Habe ich schon erzählt, wie General Montgomery und ich unsere Kavallerie bei der Schlacht von Quebec über den gefrorenen Sankt-Lorenz-Strom brachten?“

Belle rollte lächelnd mit den Augen über Von Unruhs Erzählungen und nutzte die Gelegenheit, um über den Teich zu huschen.

Das Biest bahnte sich langsam seinen Weg auf das Eis. Am Rande des Teiches blieb es stehen – oder versuchte es zumindest. Seine Füße rutschten schnell nach vorn und oben, und er knallte direkt auf sein Hinterteil. Er stand auf, fiel wieder hin. Und wieder.

„Vielleicht solltest du dir von mir helfen lassen!“, schlug Belle von der anderen Seite des Teiches her vor, wo sie einen anmutigen Bogen ins Eis schnitt.

„Herr, vielleicht sollten wir Euch ein Kissen auf den Hintern binden!“, rief Von Unruh vom Ufer aus.

Das Biest drehte sich um und starrte ihn an.

Belle kam schnell zu ihnen und nahm die Pfoten des Biestes in ihre behandschuhten Hände. Sie fuhr langsam rückwärts und lockte ihn vorwärts. Sie merkte, dass ihre Berührung ihn beruhigte und dass sein Wunsch, auf sie zuzugehen, ihn antrieb.

Schließlich glitt er neben Belle her und hielt ihre Hand noch länger, als eigentlich nötig gewesen wäre. Sie fuhren herum, redeten und lachten. Belles Wangen waren rosa, ihre Augen funkelten. Das Biest vergaß seine Scheu vor dem Eis. Seine Schritte wurden sanft und sicher. Er glitt mit jedem Schritt weiter.

Nach einer gefühlten Ewigkeit hielten sie erschöpft an, um die heiße Schokolade und die Beignets zu genießen. Dann liefen sie noch ein bisschen weiter. Aus Minuten wurden Stunden, und die Stunden brachten bald die Dämmerung.

„Es ist nicht klug, noch länger draußen zu bleiben“,

sagte das Biest, als die untergehende Sonne ihre letzten goldenen Strahlen durch die Bäume warf. „Wir müssen wohlbehalten ins Schloss zurückkehren, bevor es dunkel wird."

Widerwillig machten sich Belle und das Biest in Begleitung der Diener auf den Heimweg.

„Ich habe meine Geschichte noch gar nicht zu Ende erzählt", meinte Von Unruh auf dem Weg. „Über Montgomery und Quebec. Soll ich sie jetzt erzählen?"

Das Biest warf Belle einen entsetzten Blick zu. Sie biss sich auf die Lippe. Chapeau schnitt eine Grimasse.

„Mach schon", stimmte Lumière abwesend zu. „So wird die Zeit wie im Sog vergehen."

Von Unruh schaute ihn an. „Du meinst, wie im Flug vergehen."

„Tue ich das? Ja, ich meine, das tue ich!", korrigierte Lumière sich hastig.

Als sie endlich wieder im Schloss ankamen, stand Madame Pottine an der Tür, um sie zu begrüßen. Sie geleitete sie hinein, wo der übereifrige Chapeau Belle den Mantel abnahm, noch bevor sie ganz aus ihm heraus war.

Sie wirbelte herum, um ihren Arm zu befreien, und stieß mit dem Biest zusammen, das nach ihr griff, um sie aufzufangen. Sie lachten beide und sahen sich in die Augen.

„Ich danke dir für einen wirklich wunderbaren Tag“, sagte sie glücklich.

„Komm, mein Kind“, forderte Madame Pottine sie auf und trieb Belle zur Treppe. „Du warst stundenlang draußen in der Kälte! Du brauchst ein heißes Bad, um die Kälte aus deinen Knochen zu vertreiben.“

Als sie zu Belles Zimmer hinaufgingen und sich über den Tag unterhielten, warf Belle einen Blick zurück über ihre Schulter. Aber sie war schon zu weit oben, um das Biest zu sehen, das immer noch im Foyer stand, still wie eine Statue und mit einem sehnsüchtigen Lächeln auf dem Gesicht.

KAPITEL ACHTZEHN

„ERZÄHL MIR EINE GESCHICHTE, BELLE!"

„Tassilo, du solltest längst schlafen", schimpfte Belle und stellte die kleine Teetasse auf sein Regal im Porzellanschrank.

Es war schon spät, und Madame Pottine hatte noch eine ganze Menge Hausarbeit zu erledigen. Sie hatte Belle gefragt, ob sie Tassilo ins Bett bringen würde.

„*Bitte* erzähl mir eine Geschichte", bettelte die kleine Tasse.

Natürlich gab Belle nach. Es war unmöglich, zu diesem süßen kleinen Gesicht Nein zu sagen. „Also gut. Was für eine Geschichte?"

„Keine Märchen. Etwas anderes", sagte Tassilo. „Erzähl mir etwas *Wirkliches*. Erzähl mir von deinem Dorf. Wie ist es so?"

„Villeneuve? Es ist ein kleiner Ort. Es hat einen großen Platz, einen Markt und einen Brunnen, wie jedes andere Dorf auch. Eine Kirche mit einer winzigen Büchersammlung. Es ist ruhig, aber hübsch", erzählte sie und war überrascht, dass sie Villeneuve lobte – und sogar ein wenig vermisste. Als sie dort gelebt hatte,

hatte sie nur weg von dort gewollt. „Jeder kennt jeden, was manchmal gut ist … und manchmal nicht so gut“, fügte sie lachend hinzu.

„Was für Leute leben dort?“, fragte Tassilo.

„Nun, da ist Père Robert, ein gelehrter Mann. Er ist der Pfarrer und Bibliothekar des Dorfes. Und natürlich ist da mein Vater. Sein Name ist Maurice. Er macht die schönsten Spieldosen, die du je gesehen hast. Er ist klug und besitzt wirklich die Seele eines Künstlers …“ Sie lächelte. „Und er ist gütig. So gütig.“ Belles Herz schmerzte, so wie es das immer tat, wenn sie über ihren Vater sprach oder auch nur an ihn dachte. Tränen brannten in ihren Augen. Sie musste für einen Moment wegschauen, um sich zu sammeln.

Tassilo bemerkte ihre Traurigkeit. „Du musst ihn vermissen.“

Sie nickte. „Sehr sogar.“

„Es tut mir leid, Belle.“

„Mir auch, Tassilo.“ Entschlossen, nicht zu weinen, wechselte sie das Thema. „Es gibt dort auch einen Blumenverkäufer, der immer die schönsten Blüten hat. Eine Fischfrau mit einer scharfen Zunge. Eine Bäckerin. Einen Gemüsehändler. Und …“ Belle verzog das Gesicht. *„Gaston.“*

Tassilo kicherte. „Wer ist das?“

„Gottes Geschenk an die Frauen.“

„Wirklich?"

„Er glaubt es jedenfalls."

„Es klingt nicht so, als würdest du *ihn* sehr vermissen."

„Ganz und gar nicht", bestätigte Belle. „Es gibt aber noch jemanden, den ich vermisse – Agathe."

„Wer ist sie?"

„Die mutigste Person, die ich kenne."

„Was hat sie getan?", fragte Tassilo mit großen Augen. „Hat sie Räuber abgewehrt? Piraten?"

„Ich verrate es dir, und dann machst du das Licht aus. Abgemacht?"

„Abgemacht!", versprach Tassilo.

„Wir hatten einen Nachbarn in Villeneuve. Sein Name war Rémi", begann Belle. „Als ich klein war, starb sein kleiner Junge an einem schrecklichen Fieber. Rémi wurde verrückt vor Kummer. Sein Haar wuchs lang. Er wurde dünn und schmutzig. Der Schmerz machte seine Augen dunkel und wild."

„Er klingt furchterregend", meinte Tassilo.

„Das war er auch. Rémi stieß jeden weg und knurrte, wenn ein Freund oder Nachbar ihm zu nahe kam. Seine Frau verließ ihn. Seine Eltern konnten sich ihm nicht nähern. Ein Dorfbewohner nach dem anderen kehrte ihm den Rücken zu. Nur Agathe weigerte sich aufzugeben."

„Wer war sie?“

„Eine Bettlerin, die jeder im Dorf kannte. Eines Tages waren die Leute auf dem großen Platz – es war Markt – und unterhielten sich über Rémi. Die meisten sagten keine netten Dinge, und Agathe hatte genug von ihnen. Sie sprach selten mit jemandem in der Stadt, aber an diesem Tag meldete sie sich zu Wort. ‚Rémi war immer nett zu mir‘, sagte sie. ‚Er gab mir Essen und bot mir Obdach. Ich werde mit ihm sprechen.‘ Aber alle flehten sie an, es nicht zu tun“, erklärte Belle.

„‚Er ist zu unberechenbar‘, sagte der Bürgermeister. ‚Er ist ein wildes Tier‘, sagte der Bäcker. ‚Er wird dir wehtun, du dummes Weib‘, sagte Gaston. ‚Erschießen wir ihn. Dann haben wir unsere Ruhe.‘“

Belle sah Tassilo an. Und weißt du, was sie ihnen sagte?“

„Was?“, fragte er atemlos.

„Liebe ist nichts für Feiglinge.“

Tassilo dachte darüber nach und nickte nach einem Moment.

„Agathe erbettelte ein Stück Käse und einen Laib Brot von einem Ladenbesitzer und ging damit zu Rémis Haus. Ich folgte ihr bis zum Gatter und beobachtete, wie sie seinen Hof betrat. Als er sie sah, stürzte er sich mit einer Mistgabel auf sie. ‚Geh!‘, schrie er. ‚Verschwinde von hier!‘ Ich hatte solche Angst um sie.“

„Was hast du getan?“, fragte Tassilo.

„Ich flehte sie an zurückzukommen, aber sie beachtete mich nicht. Sie ging direkt auf Rémi zu und sagte: ‚Dein Sohn war lieb und gut. Willst du so sein Andenken ehren?‘ Rémi blieb stehen. Er warf seine Mistgabel auf den Boden. ‚Mein Sohn!‘, schrie er. ‚Mein Junge … mein kleiner Junge! Tod hat ihn mir entrissen!‘ Seine Beine gaben nach, und er sank verzweifelt und hilflos zu Boden. Agathe setzte sich neben ihn. Sie gab ihm das mitgebrachte Brot und den Käse und zwang ihn, beides zu essen. ‚Hör mir zu, Rémi‘, sagte sie. ‚Tod gewinnt nur, wenn du es zulässt.‘ Rémi schüttelte den Kopf. Tränen strömten über seine Wangen. ‚Wie kann ich den Tod besiegen, Agathe?‘, fragte er. ‚Ich kann kein Leben schenken. Ich bin nicht Gott.‘ Da lachte Agathe. ‚Du glaubst, das *Leben* bezwingt den Tod? Das stimmt nicht. Die Liebe ist es. Das Leben ist zerbrechlich. Es endet. Aber die Liebe? Sie lebt ewig‘, sagte sie ihm. Da weinte Rémi wie ein Kind. Von diesem Tag an kehrte er nach und nach zu uns zurück. Liebe brachte ihn zurück.“

Tassilo war lange still. Dann sagte er: „Du hast recht, Belle. Agathe *ist* mutig.“

„Sehr“, stimmte Belle ihm zu. Sie küsste ihn. „Und jetzt ist es Zeit, ins Bett zu gehen. Gute Nacht, Tassilo.“

Als sie die Schranktür schließen wollte, meldete Tassilo sich wieder zu Wort. „Belle?"

„Geh schlafen", schimpfte Belle.

„Er ist genau wie Rémi."

„Wer?"

„Der Herr. Er ist so, wie er ist, weil auch er verletzt wurde."

Belle hielt inne, erstaunt über die Wahrnehmungsfähigkeit von Kindern. „Soll ich dir mal etwas erzählen, Tassilo?", fragte sie.

Die kleine Tasse nickte.

„Du würdest Agathe mögen. Sehr sogar. Und sie würde dich mögen."

Tassilo lächelte, dann schloss er die Augen. Und Belle schloss die Schranktür. Sie wünschte Madame Pottine eine gute Nacht, zündete eine Kerze an und verließ die Küche. Sie war müde, nachdem sie den ganzen Tag gelaufen war, und bereit für ihr eigenes Bett.

Sie ging den Hauptflur entlang zur Treppe. Das Schloss kam ihr um diese Zeit immer besonders dunkel und verlassen vor. Sie wusste, dass vom Hauptgang weitere kleinere Flure abzweigten. Einige der Räume, zu denen sie führten, hatte sie bereits erkundet. In einem stand ein Schreibtisch, auf dem Einladungen lagen – versiegelt und adressiert, aber nie verschickt.

In einem anderen lagerte feines Silber und Porzellan in Schränken, für Feste, die nie stattfanden. Sie hatte in Kisten die schönsten Kleider entdeckt. Ein Schaukelpferd mit einem kleinen Ledersattel. Einen kleinen Bogen und Köcher.

Ein Hauch von Verfall hing immer über dem Schloss. Heute Abend schien er jedoch stärker als je zuvor.

Dieser Ort könnte seine eigene Agathe gebrauchen, dachte Belle.

Sie erinnerte sich daran, wie Rémi ausgesehen hatte, als Agathe sich ihm näherte. Erinnerte sich an seine Augen, die voller Schmerz gewesen waren. Sie hatte denselben Schmerz in den Augen des Biestes gesehen. Er war besser darin, ihn zu verstecken, als Rémi es gekonnt hatte. Aber in unbeobachteten Momenten kam der Schmerz zum Vorschein.

Belle fragte sich, ob das Biest jemals darüber sprechen würde. Das Verlangen, mehr über es zu erfahren und den Grund herauszufinden, warum sie hier war, war immer noch stark. Aber sie erschauderte, als sie sich daran erinnerte, was das letzte Mal passiert war, als sie versucht hatte, Dinge herauszufinden: das Geschrei und die Wut im Westflügel, ihr wilder Ritt durch den Wald, die Wölfe.

Seit jener schrecklichen Nacht hatten sie und das

Biest mehr Zeit miteinander verbracht. Er hatte ihr das unglaubliche Geschenk seiner Bibliothek gemacht. Sie waren Schlittschuh laufen gegangen und hatten sich ein wenig kennengelernt. Vielleicht vertrauten sie einander sogar ein wenig.

Aber hatte es genug Vertrauen, um über seine schmerzhafte Vergangenheit zu sprechen?

Würde sie jemals die Chance bekommen, darüber etwas von ihm zu hören?

Belle wusste es nicht.

Sie kam zu der Treppe, die zu den oberen Etagen des Schlosses und zu ihrem Schlafzimmer führte. Als sie sie hinaufstieg, fragte sie sich, ob sie jemals so mutig wie Agathe sein könnte.

KAPITEL NEUNZEHN

BELLE SCHLUG IN IHR KOPFKISSEN.

Sie plusterte es auf, knetete es, ließ es wieder fallen und bettete – schließlich – ihren Kopf wieder darauf.

Aber es war sinnlos. Sie konnte nicht wieder einschlafen.

Seufzend rollte sie sich auf die Seite. Von dieser Position aus konnte sie die Fensterreihe an der anderen Wand ihres Zimmers und den Mond sehen, der so einsam und fern am Nachthimmel schien. *Ob er sich genauso einsam fühlt wie ich?*

Sie wusste, was ihre Einsamkeit verursacht hatte: Tassilo von Villeneuve zu erzählen. Von Agathe. Von Père Robert. Und vor allem von ihrem geliebten Vater Maurice.

Belle gelang es meistens sehr gut, nicht an ihn zu denken. Es war zu schmerzhaft. Aber heute Nacht, egal wie sehr sie versuchte, sie zu verdrängen, strömten die Erinnerungen an ihn und ihr glückliches Zusammenleben in ihr Herz.

Sie schätzte diese Erinnerungen, denn in ihnen waren ihr Vater und sie wieder zusammen. Aber sie quälten sie auch, denn sie brachten eine Angst hervor, die sie sich kaum eingestehen konnte: die Angst, dass sie ihn niemals wiedersehen würde.

Belle hatte eine Abmachung getroffen – eine dunkle, schreckliche Abmachung –, und nun musste sie sie einhalten.

Nur weil ihr Vater eine Rose aus dem Garten des Biestes gepflückt hatte.

Für sie.

„Warum habe ich nicht um ein Gänseblümchen gebeten? Eine Sonnenblume? Eine Nelke?", flüsterte sie voller Bedauern. „Hätte ich das getan, wäre ich jetzt nicht hier."

Sie erinnerte sich noch genau an den Tag, an dem sie ihren Vater verloren hatte.

Er war zu einem Markt in ein Nachbardorf gefahren, um einige seiner wunderschönen selbst gemachten Spieldosen zu verkaufen. Sie sahen aus wie Schlösser, Kathedralen und Paläste.

Jede Spieldose war einzigartig und erforderte stundenlange, akribische Arbeit. Sie erinnerte sich an seine Sorgfalt bei der Vergoldung einer Miniatur von Schloss Versailles mit Pinsel und Lupe oder der Glasfenster einer winzigen Notre-Dame-Replik mit einem Diamantschneider.

„Was soll ich dir mitbringen?", hatte er Belle gefragt, als er mit seinem Wagen, vor den Philippe gespannt war, losfuhr.

„Nur eine Rose, Papa", hatte sie geantwortet, wohl wissend, dass sie kein Geld für Geschenke hatten.

Sie hatte gerade die Wäsche aufgehängt, als Philippe ohne den Wagen zurückkam – und ohne ihren Vater.

„Bring mich zu ihm", hatte sie zu dem Pferd gesagt, voller Angst, dass ihr Vater einen Unfall gehabt hatte oder von Räubern überfallen worden war.

Philippe hatte sie durch den Wald zu einem alten Schloss geführt, das tief in dem dunklen Wald verborgen lag. Sie war den Burgfried hinaufgestiegen und hatte nach dem Besitzer gerufen, aber niemand hatte ihr geantwortet. Mutig hatte sie das Schloss betreten und nach ihrem Vater gesucht. Schließlich hatte sie ihn gefunden – gefangen in einem Turm.

„Papa!", hatte sie gerufen, als sie ihn sah, und ihre Hand durch die Gitterstäbe seiner Zelle geschoben.

„Belle? Bist du das?", hatte er gefragt und sie ergriffen. „Wie hast du mich gefunden? Belle, du musst sofort von hier verschwinden. Dieses Schloss lebt! Geh jetzt, bevor es dich findet!"

In diesem Moment war das Biest vor Belle erschienen, schreiend und wütend. Zuerst war sie erschrocken gewesen, aber dann hatte sie sich ihm entgegengestellt und verlangt, dass es ihren Vater freilässt. Als das Biest sich weigerte, bot sie an, den Platz ihres Vaters einzunehmen. Maurice war krank, und Belle versprach ihm, dass sie einen Weg finden würde zu fliehen. Aber sie wusste, dass sie ihn nicht in diesem Turm lassen konnte.

Das Biest hatte ihre Bitte erfüllt und Maurice freigelassen. Das war das Letzte, was Belle von ihrem Vater gesehen hatte. Sie dachte hundertmal am Tag an ihn. Sorgte sich um ihn. Vermisste ihn. Sie hatten immer einander gehabt, aber jetzt war er allein. Wer würde sich um ihn kümmern? Wer würde ihm seinen Morgenkaffee so machen, wie er ihn mochte? Wer würde dafür sorgen, dass er seinen dicken Wollschal trug, wenn es kalt wird?

Tränen drohten wieder zu fließen, genau wie vorhin, als sie Tassilo seine Gute-Nacht-Geschichte erzählt hatte.

Um sich abzulenken, setzte sich Belle in ihrem Bett auf und warf die Decke zurück. Sie schlüpfte mit den Füßen in ein Paar warme Pantoffeln und in ihren Wollmantel und ging zu den Fenstern.

Reifspuren umrahmten die Glasscheiben. Es hatte geschneit, nachdem sie und das Biest vom Schlittschuhlaufen nach Hause gekommen waren, und eine dicke Decke aus Weiß glitzerte im Mondlicht. Als sie in die winterliche Nacht hinausblickte, begann die riesige Standuhr unten, die Stunde zu schlagen. Ihr tiefer, düsterer Glockenschlag hallte durch das ganze Schloss.

„Mitternacht", sagte Belle. „Ich muss jetzt etwas schlafen."

Ohne große Hoffnung schaute sie zu ihrem Bett, denn sie wusste genau, dass sie sich nur hin und her wälzen würde, wenn sie sich wieder hineinlegte.

Wenn sie zu Hause nicht schlafen konnte, hatte ihr Vater ihr immer ein warmes Getränk gemacht und sie bei Kerzenlicht lesen lassen, bis sie der Schlaf überkam.

Eine Tasse mit heißer Milch wäre jetzt genau das Richtige, dachte sie. *Und ein gutes Buch.*

Sie zündete die Kerze auf ihrem Nachttisch an, indem sie den Docht an die glühenden Kohlen im Kamin hielt, dann verließ sie ihr Zimmer und achtete darauf, leise zu gehen, um niemanden zu wecken.

Auch im Kamin in der Küche glühten noch Kohlen. Sie verströmten eine einladende Wärme. Ein gusseiserner Topf mit den morgendlichen Haferflockenbrei war darübergehängt worden, um langsam über Nacht zu kochen. Eine große Schüssel mit Brotteig stand mit einem Tuch bedeckt zum Aufgehen auf dem Holztisch. Daneben warteten Körbe mit Äpfeln, Birnen und Quitten auf ihre Verarbeitung zu Kuchen und Kompott.

Belle liebte die Gemütlichkeit in der Küche. Sie war ihr zweitliebster Raum im Schloss, nach der Bibliothek. Cuisinier schlief tief und fest, und sie wollte ihn nicht wecken. Also erhitzte sie Milch in einem kleinen Topf über der Glut. Vorsichtig, um Tassilo und Madame Pottine nicht zu stören, holte sie einen Becher aus dem Schrank, goss die heiße Milch ein und fügte einen Löffel Honig hinzu.

Nachdem sie den Topf abgewaschen und weggestellt hatte, machte sie sich auf den Weg in die Bibliothek, den Becher in der einen, ihre Kerze in der anderen Hand.

In der Bibliothek war es kalt und dunkel, aber Holz und Anzünder lagen im Kamin. Belle entzündete das Holz mit ihrer Kerze, und ein paar Minuten später loderte ein fröhliches Feuer. Zwei bequeme Stühle standen sich am Kamin gegenüber mit einem niedrigen Tisch in ihrer Mitte. Das Ensemble bildete eine sehr einladende Leseecke.

„Alles, was ich jetzt noch brauche, ist ein Buch“, sagte Belle.

Sie wünschte, sie könnte *Nevermore* besuchen, aber sie war nicht sicher, ob die Zeit des Buches der wirklichen Zeit entsprach. Und es würde sich nicht geziemen, mitten in der Nacht an die Tür der Comtesse zu klopfen.

Belle nahm ihre Kerze wieder auf, machte sich auf den Weg an einer Reihe von Bücherregalen entlang – und stolperte beinahe über ein Buch, das aufgeschlagen auf dem Boden lag. Sie bückte sich und warf einen Blick darauf. *Furchterregende Piraten der hohen See* lautete der Titel. Perraults *Märchen aus vergangenen Zeiten* und eine Ausgabe von *Äsops Fabeln* lagen daneben.

„Tassilo", sagte Belle und schüttelte lächelnd den Kopf. Wie die meisten Kinder war er gut darin, Dinge herauszunehmen, aber nicht so gut darin, sie wieder wegzuräumen.

Belle stellte das Piratenbuch und die Märchen von Perrault wieder ins Regal. Sie wollte gerade auch das Buch der Fabeln weglegen, als sie stattdessen innehielt, fasziniert von seinem schönen Einband. Er zeigte das Bild eines Löwen, der seine blutige Pfote ausstreckte. Ein Mann stand daneben und streckte seine Hand nach der leidenden Kreatur aus.

„Androkles", murmelte sie. Die Geschichte von dem entlaufenen Sklaven und dem Löwen, dem er half, war eines ihrer Lieblingsmärchen. Ihr Vater hatte sie ihr oft vorgelesen.

Ihre Augen wanderten über das Bild, nahmen Androkles' mutigen und den gequälten Ausdruck des Löwen wahr. Dabei kamen ihr Tassilos Worte wieder in den Sinn. *Er ist so, wie er ist, weil auch er leidet.*

„Genau wie der Löwe“, flüsterte Belle. „Tassilo, du bist ein Genie.“

Sie stand auf, und Aufregung durchströmte sie. Sie hatte gerade einen Weg gefunden, das Biest aus sich herauszulocken, es zum Reden zu bringen und vielleicht sogar ihre Fragen zu beantworten.

Manchmal waren Worte allein nicht genug, denn sie sprachen nur zum Kopf. Aber eine Geschichte, eine, in der die Worte so schön aneinandergereiht waren wie Perlen auf einer Halskette … würde das Herz ansprechen. Wenn es ihr gelang, das Herz des Biestes anzusprechen, konnte sie es vielleicht sogar dazu bringen, es ihr zu öffnen.

Belle nahm das Buch mit zurück zum Kamin, um das Märchen noch einmal zu lesen. Sie hatte jetzt einen Plan. Sie würde das Biest morgen finden – das gab ihr genug Zeit, ihre Nerven zu trainieren – und es fragen, ob es je die Geschichte von Androkles gehört hatte.

Aber als Belle sich der Feuerstelle näherte, sah sie, dass sie nicht bis morgen warten musste, um ihren Plan in die Tat umzusetzen.

Denn das Biest stand in seinem Morgenmantel in der Tür, einen Kerzenständer in der Pfote und einen besorgten Ausdruck im Gesicht.

KAPITEL ZWANZIG

„Du bist es, Belle! Ich hätte es wissen müssen“, sagte das Biest, und die Besorgnis in seinem Gesicht wich Erleichterung.

„Was ist los?“, fragte Belle.

„Jetzt nichts mehr“, erwiderte es. „Ich habe Rauch gerochen und wollte sichergehen, dass alles in Ordnung ist.“

„Ich konnte nicht schlafen, darum beschloss ich, mir ein heißes Getränk zu holen und zu lesen. Möchtest du mir Gesellschaft leisten?“

Das Biest nickte, und beide setzten sich vor den Kamin.

„Ich bin überrascht, dass du wach bist. Ich dachte, du würdest schnarchen wie ein Seemann“, meinte das Biest.

„Warum das, bitte schön?“

„Na ja, nach all dem Schlittschuhlaufen heute. Warum kannst du nicht schlafen?“

„Etwas hat mich geweckt. Eine Eule, glaube ich“, flunkerte sie. Sie wollte ihm nicht die Wahrheit sagen. Dass sie einsam war und ihren Vater vermisste.

Aber das Biest durchschaute sie. „Belle, ich weiß, das ist nicht das, was du wolltest“, sagte es und betrachtete angestrengt seine Pfoten. „Können wir noch etwas für dich tun?“

Belle stellte ihren Becher ab. Schmetterlinge flatterten in ihrem Bauch. Sie bereitete sich innerlich auf eine wütende Reaktion vor und sagte: „Ja, das gibt es. Mein Leben hat sich für immer verändert. Alles wegen einer einzigen Rose. Ich möchte, dass du mir sagst, warum.“

Das Biest lehnte sich in seinem Stuhl zurück. Sein Blick wanderte zum Feuer.

„Rosen haben Dornen, und Dornen hinterlassen Wunden.“

Es sprach die Worte so leise, dass Belle nicht einmal sicher war, ob es wollte, dass sie sie hörte. Aber das hatte sie, und eine tiefe Traurigkeit befiel sie. Die Worte des Biestes überraschten sie völlig. Sie hatte sich auf Brüllen und Knurren eingestellt, nicht auf leise ausgesprochene Traurigkeit.

„Wunden können heilen, wenn man die Dornen herauszieht“, erwiderte sie.

„Bei manchen vielleicht“, sagte das Biest.

Jetzt oder nie, dachte Belle und brachte es endlich heraus.

„Kennst du das Märchen von Androkles und dem

Löwen?“, fragte sie und hielt das Exemplar der Fabeln von Äsop hoch.

Das Biest sah aus, als ob es sich bedrängt fühlte. „Belle, bitte nicht“, bat es.

Aber Belle hörte nicht zu. Sie stand von ihrem Stuhl auf, kniete sich neben sein Bein und erzählte ihre Geschichte.

„Vor langer Zeit gab es einen Sklaven namens Androkles. Sein Herr war sehr grausam, also lief Androkles davon. Als die Nacht hereinbrach, suchte er müde und hungrig Schutz in einer Höhle. Aber die Höhle war eine Löwenhöhle, und der Löwe war da. Er trat aus dem Schatten heraus, knurrte und fletschte seine Zähne.“

Während Belle sprach, nahm sie eine Pfote des Biestes in ihre Hände.

„Armer Androkles!“, rief sie. „Verängstigt kauerte er sich an eine Wand, überzeugt, dass er sterben würde. Aber dann, gerade, als er dachte, alles wäre verloren … streckte der Löwe seine Pfote aus.“

Langsam löste Belle die verkrampfte Pfote des Biestes.

„Androkles sah, dass die Pfote blutig und geschwollen war“, erzählte sie. „Er nahm all seinen Mut zusammen und ging auf den Löwen zu. Ein Dorn steckte in der Pfote. Ganz behutsam zog Androkles ihn heraus.

Der Löwe war dankbar und half Androkles im Gegenzug, Futter für ihn zu jagen. Ein paar Tage später jedoch wurde Androkles gefangen genommen. Er wurde ins Gefängnis geworfen und musste schließlich zum Vergnügen des Kaisers in einer Arena gegen wilde Tiere kämpfen."

„Und eines dieser wilden Tiere war genau der Löwe, dem Androkles geholfen hatte", schaltete sich das Biest mit einem bitteren Ton in der Stimme ein. „Die Kreatur erkannte ihn und legte sich zu Androkles' Füßen nieder. Der Kaiser war so erstaunt darüber, dass er Androkles die Freiheit schenkte, und sie lebten glücklich bis ans Ende ihrer Tage. Wie die Menschen im Märchen es tun. Aber das Leben ist kein Märchen, Belle."

„Eigentlich ist die Geschichte von Androkles auch kein Märchen", korrigierte Belle das Biest. „Es ist eine Fabel. Sie hat eine Moral. Einen Sinn. Dass Freunde sich gegenseitig helfen."

Das Biest entzog Belles Händen seine Pfote. „Und dass du es mir erzählst … hat *das* einen Sinn?"

„Ja, das hat es. Du bist wie dieser Löwe. Es steckt ein Dorn tief in dir. Er schmerzt dich sehr und veranlasst dich …"

Das Biest schoss so abrupt hoch, dass es seinen Stuhl umwarf, der mit einem dumpfen Aufprall auf dem Boden aufschlug und Belle zusammenzucken ließ.

„Sei vorsichtig, Belle. Nicht alle, die versuchen, sich mit Löwen anzufreunden, haben Erfolg“, warnte es, und sein Fell sträubte sich.

Belle sah, dass sie einen Nerv getroffen hatte. Sie spürte den aufsteigenden Zorn des Biestes, aber sie wich nicht zurück. Sie war selbst wütend. Da gab sie sich so viel Mühe, und das Biest versuchte es gar nicht erst.

„Was wirst du tun?“, fragte sie und stand ebenfalls auf. „Mich wieder anbrüllen? Knurren und nach mir schnappen, wie damals, als ich in den Westflügel ging?“

„Nein, ich werde *gehen*. Denn diese Diskussion ist beendet. Genauso wie dumme Geschichten und noch dümmere Metaphern“, antwortete das Biest und ging zur Tür.

Aber Belle lief ihm voraus. „Keine Metaphern mehr. Keine Symbole oder Gleichnisse mehr“, sagte sie und blockierte die Tür. „Was verheimlichst du mir? Ich weiß, dass hinter diesem Fluch mehr stecken muss, als du oder irgendjemand sonst hier mir sagen will. Wenn ich den Rest meines Lebens hier verbringen soll, dann verdiene ich es doch, die Wahrheit zu erfahren, oder?“

Das Biest blieb stehen. Ein leises Knurren entwich seiner Kehle. Es nervte sie. Sie hatte seine Wut schon einmal gesehen. Sie wusste, sie konnte sich wie ein grausamer, bösartiger Dämon zeigen.

Stopp, ermahnte sie eine innere Stimme. *Treibe es nicht zu weit. Du weißt nicht, wie das Biest reagieren wird.* Aber Belle ignorierte die Warnung.

„Ich weiß von deiner Kindheit. Ich weiß von dem Ball und der Zauberin. Ich weiß, was mit dir passiert ist. Aber das heißt doch nicht, dass du dein Leben so leben musst."

Die Augen des Biestes verengten sich. Seine Ohren legten sich flach an. „Ich glaube, ich habe eine bessere Frage: Warum ist dein Vater hierhergekommen? Warum bist du gekommen? Ich habe ihn nicht darum gebeten. Und ich habe dich nicht darum gebeten. Ich habe um nichts von alledem gebeten!", schrie es.

„Aber ich schon?", schrie Belle zurück.

Das Biest ballte die Pfoten, dann schaute es weg. „Du weißt es nicht, Belle. Du weißt nicht einmal, was du da verlangst", sagte es.

„Dann sag es mir", verlangte sie. *„Bitte."*

Das Biest schaute ihr in die Augen, und der Schmerz, den sie in seinen blauen Tiefen sah, glitt wie ein Messerstich in ihr Herz.

„Ich würde dir alles sagen, wenn ich könnte, Belle", sagte es gebrochen. „Ich würde dir die Antworten auf deine Fragen geben, die Schlüssel zu diesem verfluchten Schloss, die Geheimnisse meines Herzens. Aber ich kann nicht. Bitte versteh doch. Ich *kann* es nicht."

Und dann war er weg.
Durch die Tür. Aus der Bibliothek.
Und Belle war allein.
Wieder einmal.

KAPITEL EINUNDZWANZIG

BELLE STARRTE AUF DIE LEERE TÜRÖFFNUNG, und ihr Herz schmerzte.

Wegen des Biestes. Wegen ihr selbst.

Sie hatte gedacht, es würde brüllen und wüten, aber das hatte es nicht getan. Seine Traurigkeit war noch schlimmer als seine Wut.

Mit einem schweren Seufzer setzte sie sich wieder ans Feuer.

Sie hatte es wieder einmal versucht. Und sie hatte wieder einmal versagt. Das Biest wollte oder konnte ihr nicht die Antworten geben, die sie brauchte.

Ich sollte wieder ins Bett gehen, dachte sie.

Belle löschte das Feuer. Sie würde den Becher morgen früh in die Küche bringen. Sie ging auf die Fensterbank zu, wo sie *Äsops Fabeln* gefunden hatte, um das Buch wegzulegen – und da hörte sie es: Lachen, tief und kehlig.

Es kam aus dem hinteren Teil der Bibliothek.

Aus Nevermore*,* dachte Belle.

Das Lachen dauerte an und erinnerte Belle an das elegante Anwesen der Comtesse, den schillernden Ball und an die Prinzen, Maharadschas und Sultane, mit denen sie getanzt hatte.

Es war spät, aber vielleicht war die Comtesse noch wach. Denn das war doch ihr Lachen, oder? Vielleicht könnte Belle sie besuchen.

In *Nevermore* wäre sie nicht allein. Sie wäre nicht traurig. Es gäbe die Comtesse zum Reden. Und Henri.

Seine Worte kamen ihr wieder in den Sinn. *Ihr habt hier Freunde. Vergesst das nicht. Ich bin einer von ihnen.*

Freunde, dachte Belle. *Menschen, mit denen ich Dinge teilen kann. Menschen, die ihr Herz öffnen, anstatt es zu verschließen.*

Sie stand auf und ging zum Arbeitszimmer, wo *Nevermore* versteckt lag. Sie musste ihre Tage hier im Schloss des Biestes verbringen, was grausam genug war – ohne eine Ahnung zu haben, warum, was noch grausamer war.

Aber *Nevermore* bot ihr eine wunderbare Flucht vor ihren Sorgen. Für ein paar Stunden würde sie in seinen schönen Seiten Ablenkung finden. Trost. Geborgenheit. Für ein paar Stunden könnte sie vergessen.

Belles Schritte beschleunigten sich. Ihre Pantoffeln schlurften leise über den Holzboden der Bibliothek.

Als sie die Tür zum Arbeitszimmer erreichte, rannte sie bereits.

KAPITEL ZWEIUNDZWANZIG

„BELLE, MEINE LIEBE! Du bist wieder da!“, rief die Comtesse erfreut aus.

Sie saß in einer offenen Kutsche vor ihrem Herrenhaus. Vier schwarze schnaubende und scharrende Hengste waren vor die elegante Kutsche geschirrt. Lampen leuchteten zu beiden Seiten der Treppe auf und erhellten die Nacht.

„Was für ein perfektes Timing! Ich bin auf dem Weg nach Paris, zum Palais Royal! Begleite mich!“, sagte sie und winkte Belle zu sich.

„Paris?“, wiederholte Belle. „Aber wie? Das ist doch nicht *echt* … es ist nur eine Geschichte.“

„Eine, die *ich* schreibe, wie ich dir schon erzählte“, erwiderte die Comtesse und richtete ihren Fächer auf Belle. „Möchtest du, dass deine Geschichte auch Paris beinhaltet?“

Belle nickte. Es war unglaublich.

Die Comtesse lächelte. „Dann *soll* es so sein. Steig jetzt ein, mein liebes Mädchen. Meine Pferde sind ungeduldige Geschöpfe.“

Der Palais Royal, dachte Belle, und ihr Herz tanzte.

Sie hatte davon gehört. Wer hatte das nicht? Es war der aufregendste Ort in ganz Paris. Jeder, der etwas auf sich hielt, schlenderte durch seine Höfe oder saß in seinen Cafés: Schriftsteller und Philosophen, Professoren und Prinzessinnen, Zirkusmädchen und Opernsänger.

Belle war nur wenige Augenblicke zuvor durch *Nevermore* auf das Anwesen der Comtesse getreten. Das Mondlicht hatte die Kiesauffahrt erhellt, und als Belle sie hinaufgeeilt war, hatte sie gesehen, dass die Rosen auf dem Anwesen in ihrer Abwesenheit buschiger und die Eiben höher geworden waren. An einigen Stellen waren die Eiben nun so dicht zusammengewachsen, dass sie feste Hecken bildeten.

Mouchard öffnete die Kutschentür. Belle umrundete einen der Steinlöwen am Fuße der Treppe, und der Diener half ihr ins Innere der Kutsche. Nachdem die beiden Frauen sich kurz umarmt hatten, setzte sich Belle der Comtesse gegenüber und drapierte ihre Röcke um sich herum.

Wieder einmal fand sie sich dem Anlass entsprechend perfekt gekleidet wieder, dieses Mal in einem himmelblauen Kleid mit weißen Blumen. Ein Stück zarte weiße Spitze war um ihre Schultern geknotet. Ihr Haar war locker zusammengebunden.

Die Comtesse selbst trug ein Kleid aus schwarzem Satin mit einem bestickten schwarzen Seidentuch.

Mehrere Stränge makelloser schwarzer Perlen schmückten ihren Hals.

Sie trägt immer Schwarz. Sie muss eine Witwe sein, dachte Belle.

„Los geht es“, sagte die Comtesse vergnügt und klopfte mit ihrem silbernen Gehstock an die Seite der Kutsche.

Mouchard sprang neben dem Kutscher auf, und das Gefährt rollte die Auffahrt hinunter und aus den Toren hinaus. Das Anwesen der Comtesse lag etwas außerhalb von Paris, daher dauerte es nicht lange, bis sie ins geschäftige Herz der Stadt gelangten.

Flackernde Straßenlaternen warfen ihren Schein über elegante Villen, imposante Stadthäuser und gepflegte Plätze. Gut gekleidete Menschen flanierten durch die Straßen. Restaurants und Cafés waren beleuchtet. Musik drang aus ihren Türen.

Obwohl es schon spät war, war Paris laut, lebendig und fesselnd – so sehr, dass Belles Enttäuschung über das Biest, ihre Einsamkeit und ihre Traurigkeit bald vergessen waren.

„Paris“, sagte die Comtesse träumerisch. „Es gibt nichts Vergleichbares, nicht wahr?“

„Es ist atemberaubend“, schwärmte Belle. „Vielen Dank, dass Ihr mich hierhergebracht habt. Ihr seid zu gut zu mir.“

Aber warum?, fragte Belle sich insgeheim. *Warum ist sie so gut zu mir?*

Sie wollte gerade fragen, da sagte die Comtesse: „Es macht mich glücklich, dich glücklich zu machen, Belle. Ich bin sicher, der Palais wird heute Abend sehr unterhaltsam sein. Mir wurde erzählt, dass es einen Feuerschlucker geben soll, der gerade aus Delhi angekommen ist. Und einen Schwertschlucker aus Budapest. Du wirst sie lieben. Sag mir, warst du jemals dort?"

Belle schüttelte den Kopf. „Nein, ich …", begann sie.

Aber die Comtesse ließ sie kaum zu Wort kommen. „Nein?!", rief sie aus und umklammerte ihre Perlen. „Mein Kind, wir werden dich mehr rausbringen. Das wird dir gefallen. Es war einmal ein Königspalast. Jetzt ist es ein Vergnügungspark mit Theatern, Geschäften und Cafés. Schauspieler, Akrobaten, Musiker – sie alle treten im Innenhof auf. Es ist spektakulär! Ah, wir sind da!"

Mouchard sprang ab und war bereits auf dem Bürgersteig, als die Kutsche anhielt, bereit, den Frauen herauszuhelfen. Der Palais mit all seinen Säulen, Giebeln und luftigen Galerien raubte Belle den Atem. Die Comtesse führte sie durch einen gewölbten Eingangsbereich und anschließend einen langen Säulengang hinunter. Belle war fasziniert von den wunderschönen Boutiquen, die alles verkauften: von perlenbesetzten Schuhen über mit Blattgold überzogene Torten bis hin zu Büchern mit juwelenbesetzten Einbänden.

Während sie an den Geschäften vorbeischlenderten, lehnte sich die Comtesse zu Belle hinüber.

„Siehst du die Frau dort drüben?“, flüsterte sie und nickte in Richtung einer Dame in einem purpurroten Kleid. „Sie ist aus Wien. Gerüchten zufolge soll sie für die österreichische Königin spionieren und trägt eine Pistole in ihrem Strumpfband.“

Belles Augen leuchteten vor Aufregung. „Meint Ihr, wir könnten sie treffen?“, fragte sie.

„Ich werde es arrangieren“, antwortete die Comtesse. Sie nickte einer älteren Frau mit einer schwarzen Augenklappe und einem Affen auf der Schulter zu. „Sie ist eine der reichsten Frauen Frankreichs und hat ihr Vermögen mit dem Schmuggel von Rum gemacht.“

Die Comtesse führte Belle in ein stilvolles Café. Sie setzten sich in die Nähe einer Reihe blühender Zierapfelbäume in riesigen Terrakottatöpfen. Auf jedem Tisch flackerten Kerzen.

Sofort kam ein Kellner auf sie zu. Er trug Porzellantassen, die so dünn wie Eierschalen waren. Nachdem er ihnen Kaffee eingegossen hatte, stellte er einen Teller mit Süßigkeiten auf den Tisch. Belle bestaunte rosa Teegebäck mit kandierten Rosenblättern, Marzipanherzen mit gezuckerten Veilchen, kandierte Kastanien, Windbeutel und winzige Puddingtörtchen. Sie fand sie fast zu schön zum Essen.

„Wie göttlich!", jubelte die Comtesse und ließ ihre Finger über den Teller schweben. „Belle, du musst jedes Einzelne essen, um mich davon abzuhalten."

Belle wählte ein Teegebäck. Als sie es sich in den Mund schob, fragte die Comtesse: „Ist das alles? Es wird verderben. Nimm doch noch etwas mehr."

Die Comtesse selbst wählte ein winziges Millefeuille. Seine buttrigen Schichten zerbrachen, als sie hineinbiss. Sie leckte sich die Krümel von ihren roten Lippen, sah zu einem eleganten Gentleman, der mehrere große, mit Juwelen besetzte Ringe trug, und sagte: „Dieser Mann da ist ein italienischer Graf. Ein Borgia, meine Liebe. Teuflisch charmant, aber nimm *niemals* eine Einladung zum Essen von ihm an. Und die Frau neben ihm, die *viel* zu viel Rouge trägt …"

Während die Comtesse weiterredete, hörte Belle ihr gebannt zu, fasziniert von den exotischen Menschen um sie herum und den Leben voller Intrigen und Geheimnisse. Die laue Nacht, der anmutige Palais, das elegante Café – es war alles so atemberaubend schön.

Bis jetzt war Paris alles, was das kleine, provinzielle Villeneuve nicht war, und Belle liebte es.

„Es macht mir so viel Freude, mit dir zu plaudern, Belle“, sagte die Comtesse. „Ich hoffe, du amüsierst dich auch.“

„Ob ich mich amüsiere?“, erwiderte Belle lachend. „Werte Comtesse, das ist genau das, was ich gebraucht habe.“

Die Comtesse lehnte sich in ihrem Stuhl zurück und blickte in den Nachthimmel, wobei sie die funkelnden Sterne anlächelte. „Deine Eltern lebten hier ganz in der Nähe, als du klein warst. Wusstest du das? In einer winzigen Dachgeschosswohnung. Ich habe sie vor Jahren getroffen. Und dich habe ich auch getroffen.“

„Das habt Ihr? Wann?“, fragte Belle aufgeregt. Sicher würde sie sich daran erinnern, jemanden so Großes und Glamouröses wie die Comtesse getroffen zu haben, aber sie tat es nicht.

„Es ist schon *lange* her.“ Die Comtesse richtete ihren Blick wieder auf Belle. „Du warst noch ein Baby in den Armen deiner Mutter.“

Belle sah die Comtesse verwundert an. „Wart Ihr befreundet, Ihr und meine Mutter?“

„In der Tat. Ich bewundere die Arbeit deines Vaters, musst du wissen. Und ich habe im Lauf der Jahre viele seiner Spieldosen erworben.“ Das Lächeln der Comtesse wurde wehmütig. „Ich war bis zum Ende bei ihr. Mein Gesicht war das letzte, das sie gesehen hat.“

„Aber mein Vater … Ich dachte, er …“, hob Belle an.

„Oh, er war auch da. Natürlich war er das“, versicherte die Comtesse. „Wir waren beide da.“

„Er spricht nicht gern über sie“, erklärte Belle und senkte ihren Blick. Sie lächelte traurig. „Es war immer zu schmerzhaft für ihn.“

„Du vermisst ihn sehr, nicht wahr?“

„Ja, er war meine Welt und ich seine.“

„Deiner Mutter ging es genauso. Sie liebte ihn sehr.“

„Wie war sie denn, meine Mutter?“, fragte Belle, begierig danach, etwas über die Frau zu erfahren, die sie nie kennengelernt hatte.

„Gütig. Klug. Schön. Genau wie du“, antwortete die Comtesse. „Ich mochte sie sehr. Und ich weiß, dass sie verzweifelt wäre, wenn sie noch erlebt hätte, was mit dir geschehen ist.“ Für ein paar Sekunden hielt sie inne, blickte in Belles Augen und sagte dann: „Darum habe ich es getan.“

Verwirrt neigte Belle den Kopf zur Seite. „Warum habt Ihr was getan, Mylady?“

„Darum habe ich dir *Nevermore* geschickt.“

KAPITEL DREIUNDZWANZIG

„IHR HABT *NEVERMORE* GESCHICKT?", fragte Belle erstaunt. „Ich dachte, es wäre eines der Bücher des Biestes."

„Ich ließ einen meiner Diener in das Schloss des Biestes schleichen und das Buch dorthin legen. Ich hoffte, dass du es finden würdest. Ich möchte dir helfen, Belle. Ich möchte die Tragweite deiner Geschichte erweitern."

„Wie?"

„Indem ich dir einen Ausweg aus deinem Gefängnis zeige. Indem ich dir erlaube, etwas von der Welt und ihren Menschen zu sehen. Um die großen Städte zu besuchen und an den großen Universitäten zu studieren. Alles ist hier in *Nevermore* möglich."

Belle starrte die Comtesse sprachlos an. Was sie ihr anbot … war ein wahr gewordener Traum. Nicht nur Paris sehen, sondern auch Padua und Prag und Dutzende anderer solcher Orte? An Orten wie der Sorbonne oder Oxford studieren? Das waren Möglichkeiten, nach denen Belle sich gesehnt, die sie aber niemals erwartet hatte.

So aufgeregt sie auch war, stellte sie sich doch dieselbe Frage, die sie schon beschäftigt hatte, als sie im Palais Royal angekommen waren. Die Comtesse war so freundlich zu ihr, so großzügig. Es war fast zu viel des Guten.

„Warum?", fragte Belle. „Comtesse, warum tut Ihr so viel für mich?"

Die Comtesse griff über den Tisch und nahm Belles Hände in ihre. „Zu Ehren des Andenkens an deine liebe Mutter, Belle. Denn ich weiß, dich glücklich zu machen, würde sie glücklich machen. Würde dir das gefallen? Ein bisschen von der Welt sehen? Willst du mit mir auf Reisen gehen?"

Da sprang Belle von ihrem Stuhl auf und umarmte die Comtesse. „Nichts könnte mich davon abhalten. Ich danke Euch, Mylady. *Danke!*"

„Gern geschehen, mein Kind", erwiderte die Comtesse und streichelte über Belles Rücken. „Aber deine Freude ist der einzige Dank, den ich brauche."

„Wie wollt Ihr es machen?", fragte Belle und setzte sich wieder hin. „Wie wollt Ihr uns an all diese Orte bringen?"

„Du musst der Autorin ihre Geheimnisse lassen, mein Kind."

Während sie sprach, erschien der bullige Mouchard. Er beugte sich tief zur Comtesse hinunter und flüsterte ihr etwas ins Ohr. Ihr Lächeln entglitt ihr. Ihre Augen verfinsterten sich.

„*Was*? Aber sie hat hier nichts zu suchen!“, rief sie. „Bist du sicher, dass du sie gesehen hast? Wo?“

Mouchard nickte in Richtung des Cafés.

„Ist alles in Ordnung?“, fragte Belle besorgt.

„Es scheint, dass eine Verwandte von mir im Café ist“, erklärte die Comtesse mit einem knappen Lächeln. „Ich muss hingehen und sie begrüßen. Würdest du mich für einen Moment entschuldigen?“

„Natürlich.“

„Es wird nicht lange dauern“, versicherte die Comtesse und stand auf. „Iss die Küchlein auf, Belle. Und überleg dir unser erstes Ziel!“

Belle nickte eifrig. Sie war so glücklich, dass ihr fast schwindlig wurde. Nur mit Mühe konnte sie verhindern, dass sie von ihrem Platz aufsprang und durch das Café tanzte. Sie versuchte, sich zu beruhigen, und griff nach dem Teller mit dem Gebäck.

Als sie das tat, fiel eine große braune Spinne aus den Ästen über ihr und landete genau in der Mitte des Tellers.

KAPITEL VIERUNDZWANZIG

LIEBE BEOBACHTETE, WIE TOD SICH IHR NÄHERTE.

„Guten Abend, *Comtesse*", sagte sie, und Sarkasmus erfüllte ihre Stimme.

Sie saß an einem Tisch für zwei Personen. Ihr silbriges Haar war hoch auf ihrem Kopf aufgetürmt. Von ihrem Hals hingen weiße Perlenschnüre. Sie trug eine taillierte Jacke aus weißer Seide und einen voluminösen, dazu passenden Rock.

Tod setzte sich ihr gegenüber. „Dies ist *mein* Reich, und ich kann mich nicht erinnern, dich eingeladen zu haben", sagte sie. „Warum bist du hier?"

„Weil du schummelst, liebe Schwester. Schon *wieder*. Und du musst damit aufhören."

Tod setzte einen unschuldigen Blick auf. „Wie kommst du denn auf diese Idee?"

Doch Liebe ignorierte die Frage. „Du hast nichts mehr im Ärmel, oder? Du hast all deine Karten ausgespielt. Ein pompöser Ball. Ein gut aussehender Duke. Das Versprechen für Reisen und eine Ausbildung. Du hast sogar die ‚Mutterkarte' ausgespielt. Besitzt du denn gar kein Schamgefühl?"

„Alles, was ich tue, ist, dem armen Mädchen eine harmlose Flucht zu ermöglichen“, behauptete Tod lässig. „Was mehr ist, als *du* sagen kannst. Wie langweilig ihr Leben sein muss, Tag für Tag in diesem trostlosen Schloss eingesperrt mit diesem schrecklichen Biest und all dem sprechenden Schnickschnack.“

„Das ist eine Lüge. Ich weiß genau, was du vorhast.“

Tod schenkte ihrer Schwester ein süffisantes Lächeln. „So. Weißt du das?“

„So mächtig du auch bist, du kannst ein Leben nicht vor seiner Zeit nehmen“, sagte Liebe, „also versuchst du, Belle an *Nevermore* zu binden.“

Tod streckte ihre Hand aus und inspizierte ihre scharfen roten Nägel. „Ich habe nicht die leiseste Ahnung, wovon du redest.“

„Du spielst nach der Dreier-Regel“, erwiderte Liebe. „Benannt nach den drei Schicksalen, von denen das erste die Spule hält, auf der der Lebensfaden aufgewickelt ist. Das zweite zieht an diesem Faden, und das dritte schneidet ihn ab. Wenn Belle drei Dinge isst und drei Dinge in *Nevermore* lässt, ist sie daran gebunden.“

Tod ließ die Hand sinken. Sie begegnete dem Blick ihrer Schwester. „Das wird langsam ermüdend. Wenn ich es zugebe, wirst du dann gehen?“, fragte sie.

„Ich wusste es“, seufzte Liebe und schüttelte den Kopf.

„Kannst du es mir verübeln? Es ist eine so elegante Regel, findest du nicht auch? Anfang, Mitte und Ende – jedes Leben hat sie, genau wie alle Geschichten. Obwohl ich zugeben muss, dass ich das Ende besonders mag."

„Nun, du wirst keines bekommen", erklärte Liebe forsch. „Belle hat nichts in *Nevermore* hinterlassen."

„Bist du sicher?", schnurrte Tod.

„Durchaus", sagte Liebe. „Sie hat auf deinem Ball auch nicht viel gegessen. Trotz deiner Bemühungen. Dafür haben meine Käfer gesorgt."

„Aber gerade eben hat sie es getan", triumphierte Tod.

Die grünen Augen von Liebe blitzten vor Wut. „Sie wird es nicht wieder tun. Nicht, wenn ich es verhindern kann!"

Tod schoss aus ihrem Stuhl. „Aber das kannst du nicht, geliebte Schwester. Dies ist *meine* Geschichte. Du gehörst nicht hierher. Geh. Jetzt. Oder ich rufe meinen Diener, der dich rauswirft."

Liebe warf einen Blick auf den Handlanger von Tod. Er lauerte in der Nähe der Tür. Ein Schauder überkam sie. „Wie hältst du es aus, diese schreckliche Kreatur um dich zu haben?", fragte sie. „Er stinkt nach Grab."

„Das ist zufälligerweise mein Lieblingsparfüm", sagte Tod. „Mouchard! Komm her!"

Aber Liebe war zu schnell für ihn. Mit einem Schwung aus weißer Seide hatte sie das Café durchquert, war durch die Küchentür geschlüpft und verschwunden.

„Soll ich ihr folgen, Madame?“, fragte Mouchard.

„Ja, stell sicher, dass sie wirklich weg ist“, sagte Tod. „Und halte sie von nun an von uns fern. Die anderen sollen dir helfen.“

Mouchard senkte ehrerbietend den Kopf. „Gern, Madame“, entgegnete er und machte sich mit seinen schwarzen, aber hellen und wachsamen Augen auf den Weg zur Küchentür.

Tod blieb noch einen Moment lang sitzen und trommelte mit den Fingern auf den Tisch. Es war beunruhigend, dass Liebe herausgefunden hatte, was sie plante. Sie würde niemals die Warnung beherzigen, sich fernzuhalten. Im Gegenteil, ab sofort würde sie ihre Anstrengungen verdoppeln, um sich einzumischen. Mouchard und ein Dutzend weiterer Aasgeier würden ihr das allerdings schwer machen.

Nichtsdestotrotz wusste Tod, dass sie ihre Bemühungen steigern musste. Und das würde sie tun.

„Meine Schwester irrt sich. Wie immer“, flüsterte sie. „Ich habe noch ein Ass im Ärmel. Die beste Karte von allen.“

Sie starrte aus dem Fenster, während sie sprach. Sie

konnte Belle nicht sehen, aber sie wusste, dass sie an ihrem Tisch saß und glücklich die Welt beobachtete.

„Und ich habe vor, sie auszuspielen“, murmelte sie zufrieden.

KAPITEL FÜNFUNDZWANZIG

BELLE SCHNAPPTE NACH LUFT. Sie schob ihren Stuhl vom Tisch zurück. Zwar hatte sie keine besondere Angst vor großen braunen Spinnen, aber sie war auch nicht daran gewöhnt, dass sie in ihrem Essen herumliefen.

Sie sah zu, wie die Spinne über das Gebäck kroch und ihre langen, stacheligen Beine in den Zuckerguss sanken. Als sie das Ende des Tellers erreichte, landete ein glänzender schwarzer Käfer auf dem Tisch. Belle bemerkte, dass es derselbe Käfer war, der schon auf dem Ball der Comtesse erschienen war. Sie erkannte ihn an seinen schimmernden Flügeln.

Ein paar der anderen Gäste bemerkten ihn ebenfalls und schnitten Grimassen, aber sie aßen einfach weiter. Belle schaute sich nach der Comtesse um, aber sie war immer noch im Café.

„Möchtest … möchtest du etwas Gebäck?“, fragte sie den Käfer, nahm ein Stück vom Tablett und bot es ihm an.

Da bäumte sich der Käfer auf seinen Hinterbeinen auf und schlug das Gebäck wütend mit seinen furchterregenden Hörnern weg.

„Du wirst mit Lügen gefüttert, dummes Mädchen!“, sagte er und zeigte mit einer seiner Scheren auf sie.

„Du kannst sprechen?“, fragte Belle fassungslos.

„Offensichtlich“, antwortete er. „Hör auf, Sachen zu essen. Es ist gefährlich in *Nevermore*.“

„Sei nicht albern. Was sollte denn an kleinen rosa Törtchen gefährlich sein?“, fragte Belle.

Ihr Tonfall war verächtlich, aber als sie die Worte ausgesprochen hatte, überkam sie ein kaltes Gefühl des Unbehagens. Dies war das zweite Mal, dass der Käfer versuchte, sie vor dem Essen zu warnen.

Der Käfer antwortete nicht. Er schaute sich ängstlich um, hob ein Puddingtörtchen auf und warf es auf den Boden. Die Spinne tat dasselbe mit einem Windbeutel.

„Hört auf damit!“, schimpfte Belle verärgert. „Das ist unhöflich, Käfer!“

„Lucanos“, erwiderte der Käfer hochmütig und schob eine kandierte Kastanie vom Tisch. „Mein Name ist Lucanos, nicht *Käfer*. Und meine Freundin hier heißt Aranae.“

„Warum darf ich nichts essen? Wer hat euch geschickt?“, wollte Belle wissen. Sie erinnerte sich, dass die Comtesse ihr gesagt hatte, dass eine Verrückte die Käfer besaß und die Tiere ihr immer mal wieder entkamen. Waren sie den ganzen Weg vom Land nach

Paris geflogen? Oder hatte die Verrückte sie selbst hierhergebracht? War sie in der Nähe? Nervös blickte Belle über ihre Schulter.

„Das *Wer* ist nicht wichtig", antwortete der Käfer. „Was wichtig ist, ist, dass du die Dreier-Regel verstehst. Wenn du Dinge isst oder Dinge liegen lässt –" Abrupt hörte er auf zu sprechen, und seine Augen huschten nach rechts.

Belle folgte seinem Blick in der Erwartung, eine verrückte Person zu sehen, die sich auf ihn stürzte. Stattdessen sah sie die Comtesse zurückkehren.

„Beeil dich, Aranae!", rief Lucanos.

Gemeinsam schoben die Spinne und er schnell den gesamten Teller mit den Süßigkeiten vom Tisch. Er zerschellte lautstark. In der nächsten Sekunde flog Lucanos weg, und Aranae krabbelte davon.

„Du meine Güte!", rief die Comtesse. „Was ist passiert?"

Belle erzählte es ihr.

„Ekelhafte Kreaturen! Aber wenigstens sind sie jetzt weg. Die Verrückte hat sich dir nicht genähert, oder?", erkundigte sie sich besorgt.

„Nein", sagte Belle.

„Gut. Das ist eine Erleichterung. Sie ist zu allem fähig, Belle. Du solltest niemals mit ihr allein sein", warnte die Comtesse sie ernst.

Belle nickte. „Habt Ihr Eure Verwandte gefunden?“, fragte sie dann.

Die Comtesse lächelte. „Das habe ich. Wir haben uns gut unterhalten. Ich hätte dich ihr vorgestellt, aber sie hatte es etwas eilig.“

Sie winkte einen Kellner herbei und bezahlte ihre Rechnung. „Ich muss jetzt wieder nach Hause“, erklärte sie. „Es ist schon spät, und ich sollte mich etwas ausruhen. Das solltest du auch, Belle. Immerhin haben wir viel zu planen! Rom ist reizend um diese Jahreszeit. Oder vielleicht Florenz?“

Die Comtesse redete weiter und Belle, hingerissen von ihren Beschreibungen Italiens, hörte nur zu gerne zu. Ihr Unbehagen über Lucanos und seine seltsamen Warnungen und ihre Verwirrung darüber, wie sie an Orte wie Rom und Florenz kommen würde, verblassten unter den Schwärmereien der Comtesse von der Decke der Sixtinischen Kapelle oder den Geschäften entlang der Ponte Vecchio.

Arm in Arm schlenderten sie zurück zur Kutsche. Unterwegs hielten sie im Hof des Palais an, wo sie einer Akrobatentruppe aus Shanghai, einem Taschenspieler aus Sansibar und einem Zauberer aus Konstantinopel zusahen.

„Oh, sieh mal!“, sagte die Comtesse plötzlich und deutete auf die Mitte des Hofes. „Monsieur Truqué ist hier. Seine Kreationen sind die besten in Paris, Belle. Du *musst* sie einfach sehen!“

Sie zog an Belles Arm und führte sie zu einem gestreiften Festzelt. Zu beiden Seiten brannten Fackeln. In dem Zelt standen drei Menschen. Alle standen vollkommen still. Der erste, ein Herr, saß an einem Cembalo, den Kopf gebeugt. Ein anderer, ein König mit einer Krone auf dem Kopf, war in einer Verbeugung erstarrt. Ihm gegenüber vollführte eine Königin einen Knicks.

Erst als Belle näher kam, erkannte sie, dass es sich um Automaten handelte. Ihre Köpfe und Hände waren aus Pappmaschee, ihr anmutiges Lächeln war aufgemalt, ihre Augen aus Glas.

Andere Zuschauer gesellten sich zu Belle und der Comtesse.

„Da ist Truqué!“, flüsterte einer und zeigte auf die rechte Seite des Zeltes. Dort stand ein drahtiger Mann mit Glatze und gefalteten Händen. Die Rüschen seines weißen Hemdes quollen aus seinem langen grauen Mantel. Seine Augen waren scharf und wachsam.

Einen Moment später stieß er einen schrillen, krächzenden Hustenlaut aus, und Schweigen legte sich über die Menschenmenge. Als sie vollkommen ruhig war, zog er einen großen Messingschlüssel aus der Tasche seines Mantels.

„Der Schlüssel zum Leben!“, verkündete er und hielt ihn hoch.

Dann ging er zu dem Cembalospieler, steckte den Schlüssel in seinen Rücken und drehte ihn. Ein ehrfürchtiges „Oh!“ erhob sich aus der Menge, als die Hände des Spielers über die Tasten wanderten und ein Menuett erklang.

Anschließend drehte Monsieur Truqué den Schlüssel in der Königin. Ihr Brustkorb dehnte sich aus, als ob sie wirklich Luft holen würde. Sie erhob sich aus ihrem Knicks, hob den Kopf und lächelte.

Zuletzt war der König an der Reihe. Er richtete sich langsam auf und reichte der Königin die Hand. Die beiden begannen zu tanzen. Ihre Bewegungen waren zuerst ruckartig und zittrig, dann anmutig.

„Ich präsentiere König Otto und Königin Matilda!“, rief Monsieur Truqué.

„Sie sind bemerkenswert, nicht wahr?“, flüsterte die Comtesse Belle zu.

Ein paar magische Momente lang glaubte Belle fast, die Figuren wären menschlich. Aber dann wurden sie langsamer. Der Ärmel des Musikers rutschte leicht herunter, als er spielte, und enthüllte die Metallgestänge seiner Handgelenke. Sein Kopf sank herab. Die Hände erstarrten. Die Musik brach ab. Die Beine der Königin versteiften sich. Ihr Lächeln erfror.

Der König, der als Letzter aufgezogen worden war, tanzte für ein paar Sekunden allein, dann wurde auch er langsamer. Die Rädchen und Zahnräder, die ihn belebten, kamen zum Stillstand. Seine Beine wurden starr. Seine Schultern sackten herab. In dem Moment, bevor seine Augen sich schlossen, trafen sie auf Belles. Der Blick in ihnen war so voller Sehnsucht, dass es Belle einen Stich ins Herz versetzte. Er streckte eine Hand nach ihr aus, dann sackte er mit hängendem Kopf in sich zusammen.

„Oh!", rief Belle. „Armer König Otto!"

Die Comtesse wandte sich ihr zu. „Was ist denn los, mein Kind?", fragte sie.

„Er sah so traurig aus, Mylady. Als ob er sich so sehr wünschte, lebendig zu sein."

„Das tat er wirklich", erwiderte die Comtesse nachdenklich.

Ein kleiner Junge ging durch die Menge, eine Mütze in der Hand, und sammelte Geld für Truqué. Als sie ihn sah, griff die Comtesse in ein kleines Seidentäschchen, das sie bei sich trug, und zog eine Silbermünze heraus.

Belle war von der Aufführung so gerührt, dass sie auch etwas beisteuern wollte.

In der Nacht, in der sie Villeneuve auf der Suche nach ihrem Vater verlassen hatte, hatte sie schnell ein paar Münzen eingesteckt für den Fall, dass sie Geld bräuchte. Die kleinen Kupfermünzen waren nicht viel wert, aber alles, was sie hatte. Sie bewahrte sie in der Tasche ihres blauen Arbeitskleides auf, zusammen mit ihrem Leinentaschentuch als kleine, greifbare Erinnerungen an die Heimat.

Nevermore hatte dieses Kleid in ein wunderschönes Gewand verwandelt. Würden die Münzen noch in der Tasche sein?

Sie suchte die Röcke des Kleides ab, um zu sehen, ob sie irgendwelche Taschen enthielten. Als sie eine fand, tauchte sie ihre Hand hinein. Ihre Finger schlossen sich um die kleinen Kupfermünzen. Auch ihr Taschentuch war da.

Sie zog zwei Münzen heraus und wartete, bis der Junge sich näherte.

„Das ist so nett von dir, Belle“, sagte die Comtesse anerkennend.

„Ich wünschte nur, es wäre mehr“, sagte Belle.

„Unsinn. Was immer du gibst, wird sehr geschätzt werden. Hier kommt der junge Mann. Los …“, drängte die Comtesse.

Der Junge kam lächelnd auf sie zu. Die Comtesse ließ ihre Münze in seine Mütze fallen. Belle wollte gerade dasselbe tun, als sich wie aus dem Nichts eine Frau zwischen Belle und den kleinen Jungen drängte.

Sie stieß Belle weg, riss dem Kind die Mütze aus der Hand und rannte damit davon.

Es geschah so schnell, dass Belle nicht einmal Zeit hatte, nach Luft zu schnappen. Die Frau trug einen Hut mit Schleier. Belle sah ihr Gesicht nicht. Alles, was sie sah, war ein Wirbel aus weißen Röcken – und dann war die Frau weg.

„Halt, Diebin!", schrie Truqué.

„Fangt sie!", brüllte ein Mann in der Menge.

„Schnell, sie entkommt!", rief eine Frau.

Aber es war zu spät. Die Frau war bereits auf der anderen Seite des Hofes. Sie duckte sich durch eine Türöffnung und verschwand.

„Hat sie … hat sie gerade die Mütze des kleinen Jungen gestohlen?", fragte Belle entrüstet. Ihre Hände zitterten. Sie steckte ihre Münzen zurück in die Tasche, da sie sicher war, dass sie sie sonst fallen lassen würde.

„Ich glaube schon", erwiderte die Comtesse. Sie starrte immer noch der Diebin nach. Ihre Augen glühten vor Wut.

„Wo ist sie hergekommen?", fragte Belle.

„Wahrscheinlich lauerte sie im Schatten und wartete auf ihre Chance."

Diese Antwort ergab für Belle keinen Sinn. War *Nevermore* nicht das Buch der Comtesse?

„Aber Madame Comtesse, *Ihr* schreibt doch diese Geschichte“, warf sie ein. „Wie kann sich eine solche Person hineindrängen, wenn Ihr es nicht wünscht?“

„Oh, Belle. Das ist das Klagelied eines jeden Schriftstellers“, erwiderte die Comtesse seufzend. „Diese lästigen Figuren! Sie tun, was sie wollen, und wir Autoren haben wenig dagegen zu sagen.“ Sie ergriff wieder Belles Arm. „Armes Kind! Du zitterst ja. Komm, wir müssen Mouchard und die Kutsche finden. Ich glaube, das war genug Aufregung für eine Nacht.“

Sie führte Belle weg von Truqué, seinem Festzelt und der wogenden Menge.

Abgelenkt von einem Mann am Rande des Hofes, der mit einer Axt, einem kleinen Hund und einer Ananas jonglierte, bemerkte Belle nicht, wie der Blick der Comtesse zu Monsieur Truqué glitt.

Sie sah nicht, wie Truqué der Comtesse zunickte.

Den leblosen König tätschelte.

Und lächelte.

KAPITEL SECHSUNDZWANZIG

WOLKEN ZOGEN ÜBER DEN HIMMEL und verdunkelten den Mond und die Sterne.

Die Nachtluft war kühl und fühlte sich weich wie Samt auf Belles Gesicht an, als die Kutsche sie und die Comtesse aus der Stadt zurück aufs Land brachte.

Da die Aufregung des Abends abflaute, wurden Belles Augen schwer. Als sie wieder am Schloss ankamen, verbarg sie ein Gähnen hinter ihrer Hand.

Mouchard war von seinem Sitz aufgestanden und hatte die Tür geöffnet, bevor die Kutsche überhaupt angehalten hatte.

„Auf Wiedersehen, Madame Comtesse", sagte Belle, als sie in die Einfahrt traten. „Und nochmals vielen Dank für alles."

Ein Hauch von Melancholie lag in Belles Stimme. Die Comtesse bemerkte ihn. „Was ist denn los, mein liebes Kind?", fragte sie.

„Nichts", sagte Belle wehmütig. „Ich habe nur … Ich wünschte, ich müsste nicht gehen. Niemals. Ich wünschte, *Nevermore* wäre echt."

Die Comtesse strich Belle eine verirrte Haarsträhne

aus der Stirn. Ihre Berührung war so kühl wie Marmor.

„Ist es wichtig, wenn es nicht so ist?“, fragte sie. „Das Leben kann so schwierig sein, und Geschichten helfen uns, diesen Schwierigkeiten zu entkommen. Es ist in Ordnung, sich in einer zu verlieren, Belle. Ist es nicht das, was du immer getan hast? Und diese hier ist deine eigene Geschichte, um Himmels willen! Was kann daran schon schlimm sein?“

Belle nickte. Die Comtesse hatte recht.

„Du bist sehr müde, mein Kind, das ist alles. Schlaf ein wenig und komm so schnell wie möglich zu mir zurück.“

Sie küsste Belles Stirn, und ihre Lippen fühlten sich eisig auf Belles Haut an. Dann stieg sie die Steintreppe hinauf in ihre Villa und war in einer Wolke aus Schwarz verschwunden. Die Türen knallten hinter ihr zu.

Mouchard räusperte sich. „Hier entlang, Mademoiselle, wenn Ihr so freundlich wärt“, sagte er mit einer Stimme, die so traurig klang wie eine zur Beerdigung läutende Glocke.

Belle folgte ihm über den großen gekiesten Kreis vor dem Schloss, in dem die Kutschen wendeten, bis zur schmalen Mündung der Einfahrt. Zu ihrem Erstaunen waren in den wenigen Stunden, die sie und die

Comtesse im Palais Royal verbracht hatten, die grünen Bäume struppiger geworden, die Eiben dichter und die Rosensträucher dorniger.

„Der Weg zurück … ist er noch da unten?“, fragte sie.

„Er ist genau da, wo er immer war, Mademoiselle“, antwortete Mouchard und reichte ihr die Kerze, die sie getragen hatte, als sie *Nevermore* betreten hatte.

Belle blinzelte in die Düsternis. „Ich nehme an, Ihr habt keine Lampe, die ich mir leihen könnte. Etwas, das ein bisschen heller ist als meine Kerze?“, fragte sie und blickte zurück zu Mouchard.

Aber er war verschwunden.

Das Gefühl des Unbehagens kehrte zurück, als Belle sich auf den Weg machte. Die Rosenstöcke griffen nach ihr wie lange, gierige Finger. Die Dornen verhedderten sich in ihrem Rock. Sie zog ihn heraus und ging weiter.

Als sie einen Baldachin aus hoch aufragenden Eichen durchschritt, wurde die Dunkelheit immer tiefer. Das Rascheln von Nachtgeschöpfen erfüllte ihre Ohren. Eine Eule schrie. Ihr klagender Ruf jagte Belle einen Schauer über den Rücken.

Baumwurzeln schlängelten sich über den Boden und drohten, ihr ein Bein zu stellen. Eine fette braune Kröte, so groß wie eine Katze, hüpfte vor ihr auf den

Weg und ließ sie zusammenzucken. Ihre goldenen Augen folgten ihr, als sie behutsam um sie herumschritt.

Je weiter sie die Auffahrt hinunterging, desto schmaler und gewundener wurde sie. Ein kaltes Grauen durchfuhr sie. „Was ist, wenn ich den Weg zurück zum Buch nicht finde?“, flüsterte sie.

In diesem Moment tauchte eine Gestalt vor ihr auf. Sie war so groß wie ein Mann und trug die Kleidung eines Mannes, hatte aber eine lange Schnauze, spitze Ohren und auch spitze Zähne. Genau wie ein Wolf.

Belles Herz begann zu klopfen.

„W…wer bist du?“, stammelte sie. „Was willst du?“

Der Mann antwortete ihr nicht.

In diesem Moment kam der Mond hinter einer Wolke hervor. Und Belle sah, dass es gar kein echter Mensch war, sondern nur eine Hecke, die einem Menschen ähneln sollte.

Sie kam um eine Kurve und um noch eine, und dann war es da, direkt vor ihr – das riesige Buch mit seinen schimmernden Seiten. Aber das schimmernde Silber schien nun dichter zu sein. Ihre Hand hindurchzustecken, war, als würde sie in eine Schüssel mit Brei greifen. Mühsam schritt sie hindurch und fand sich in der Bibliothek des Biestes wieder.

Sie trug ihr altes Nachtgewand und hielt immer

noch die Kerze in ihrer Hand. Ihr Herzschlag hatte sich normalisiert, aber sie hatte immer noch Angst.

Warum war es dieses Mal so viel schwieriger, zum Schloss des Biestes zurückzukehren?, fragte sie sich.

Die dichten Hecken, die verschlungenen Wurzeln und Äste, die sich an sie zu klammern schienen … es war fast so, als ob *Nevermore* sie dort festhalten wollte.

Lucanos hatte ihr gesagt, dass sie mit Lügen gefüttert wurde. Hatte er recht? Sollte sie sich vor *Nevermore* in Acht nehmen?

Belle schüttelte den Kopf, überzeugt, dass sie sich nur von ihrer Müdigkeit übermannen ließ.

Die Comtesse hätte es mir gesagt, wenn ich etwas von der Geschichte zu befürchten hätte, dachte sie. *Und warum sollte ich überhaupt auf diesen Käfer hören? Er ist wahrscheinlich genauso verrückt wie seine Besitzerin.*

Die Comtesse hatte recht. Das Leben konnte schwierig sein. Auch einsam und manchmal verwirrend. Frustrierend, oft traurig.

Aber *Nevermore* war nichts von alledem. Es war wunderschön und faszinierend. Inspirierend. Überraschend. Glamourös und lustig.

Die Stimme der Comtesse hallte in ihrer Erinnerung nach … *Komm so schnell wie möglich zu mir zurück.*

„Das werde ich, Madame Comtesse", flüsterte Belle in die Dunkelheit. „So schnell ich kann."

KAPITEL SIEBENUNDZWANZIG

„ICH *WUSSTE*, DASS SCHLITTSCHUHLAUFEN EINE SCHLECHTE IDEE WAR", behauptete Von Unruh.

„Was, wenn es keine Erkältung, sondern eine Bronchitis ist? Oder eine Lungenentzündung?" Er senkte seine Stimme. „Was, wenn es die Pest ist?"

Lumière schaute ihn an. „Die Pest …", sagte er ohne Umschweife. „… die in dieser Gegend seit hundert Jahren nicht mehr gesehen wurde … *diese* Pest?"

„Es ist eine Erkältung, Herr Von Unruh, das ist alles", versicherte Madame Pottine und eilte vorbei. „Der Herr hat sich beim Schlittschuhlaufen erkältet. Mit Ruhe und guter Pflege wird er bald wieder gesund."

Belle saß mit Tassilo an dem großen Küchentisch. Sie aß gerade ihr Frühstück: Brioche mit Marmelade, eine Schüssel Haferflocken mit Rosinen und Sahne und heiße Schokolade.

Belle war erschöpft. Als sie *Nevermore* wieder versteckt und die Bibliothek verlassen hatte, hatte es bereits gedämmert – zu spät, um den verlorenen Schlaf nachzuholen. Also war sie zurück in ihr Schlafzimmer geeilt, wo sie ihr Gesicht gewaschen, ihr Haar gebürstet und sich angezogen hatte. Dann hatte sie sich zu Madame Pottine, Tassilo und den anderen in die Küche gesellt.

Chapeau nahm das Tablett des Biestes und ging aus der Küche. Lumière und Von Unruh folgten ihm, weiterhin in ihr Gespräch vertieft.

„Ein gutes heißes Fußbad wäre genau das Richtige, um einen Anfall von Malaria abzuwehren", dozierte Von Unruh.

„Ist es jetzt also Malaria, Dr. Von Unruh?", fragte Lumière. „Eure lächerliche Fantasie ist das Einzige, was wir wirklich zu fürchten haben."

„Ich hoffe nur, es ist Malaria", sagte Von Unruh düster. „Es könnte auch Lepra sein."

Plumette war bereits dabei, das Musikzimmer abzustauben. Maestro Cadenza, das Cembalo des Schlosses, hatte sich beschwert, dass seine Tasten vor lauter Staub klebten. Froufrou suchte nach Ratten. Madame de Garderobe, eine große vergoldete Kommode in Belles Zimmer, flickte eine zerrissene Schürze von Belle.

Die Dienerschaft hatte wie immer viel zu tun. Tassilo musste lernen, und das Biest lag im Bett. Ein weiterer langer, einsamer Tag lag vor Belle, an dem es nichts zu tun gab und niemanden, mit dem sie etwas unternehmen konnte. Sie konnte es nicht erwarten, wieder nach *Nevermore* zu kommen.

Sie beendete ihr Frühstück, räumte ihr Geschirr ab und wollte gerade in die Bibliothek gehen, als Madame Pottine sie fragte, ob sie eine Schüssel mit alten Brotkrumen zu den Hühnern bringen könne. Tassilo meldete sich freiwillig, sie zu begleiten. Chapeau war nach oben gegangen, also eilte Belle aus der Küche in die Garderobe, um ihren Mantel und ihre Fäustlinge zu suchen.

Madame Pottine folgte ihr nach draußen und traf sie im Flur, als sie zurückkam. „Belle, hast du einen Moment Zeit?“, fragte sie leise und blickte sich besorgt um, während sie sprach.

„Natürlich, Madame Pottine. Stimmt etwas nicht?“, fragte Belle.

„Nein, ich will nur nicht, dass Tassilo mich hört. Morgen ist sein Geburtstag. Ich plane für morgen Abend eine kleine Überraschungsparty für ihn und habe mich gefragt, ob du ein paar Dekorationen dafür machen könntest.“

„Sehr gern!“, versicherte Belle – erfreut darüber, helfen zu können. Es würde ihre Rückkehr nach *Nevermore* zwar verzögern, aber höchstens um eine Stunde, und es gab nichts, was sie nicht für Tassilo tun würde.

„Danke, Belle“, sagte Madame Pottine erfreut. „Cuisinier backt gerade einen Kuchen, und ich habe auch ein kleines Geschenk für den kleinen Rabauken.“

Belle und Madame Pottine gingen zurück in die Küche und besprachen die Vorbereitungen für die Überraschungsparty. Als Belle anschließend die Küchentür aufstoßen und gehen wollte, hielt Madame Pottine sie zurück.

Stirnrunzelnd sagte sie: „Du siehst heute Morgen so blass aus, mein Kind. Unter deinen Augen sind Schatten, so tief wie Mitternacht, und ich habe gesehen, wie du während des Frühstücks ständig gegähnt hast. Du bist doch nicht auch erkältet, oder?"

„Es geht mir gut", beteuerte Belle und zwang sich zu einem Lächeln. „Ich bin nur ein bisschen müde. Ich konnte letzte Nacht nicht schlafen, also bin ich aufgestanden, um mir heiße Milch zu machen."

„Und bist wieder ins Bett gegangen?"

„Nein, ich bin in die Bibliothek gegangen", gab Belle verlegen zu.

Madame Pottine runzelte erneut die Stirn. „Du hast gerade erst die Bibliothek für dich entdeckt, und schon verbringst du so viel Zeit dort, Belle. So viel Zeit allein."

„Ich wollte nur eine Weile lesen", erklärte sie schnell, „aber ich … ähm, ich habe mich in einem guten Buch verloren."

Belle fühlte sich ein wenig schuldig, weil sie nicht ganz ehrlich war. Aber sie spürte, dass Madame Pottine sich noch mehr Sorgen machen würde, wenn sie von *Nevermore* wüsste.

„Belle …“, sagte Madame Pottine und warf ihr einen prüfenden Blick zu.

„Ja, Madame Pottine?“

„Ich weiß, dass es sehr schwer ist … deine Situation. Mit dem Herrn. Mit uns allen. Ich weiß, du hast es dir nicht ausgesucht …“ Sie zögerte, um die richtigen Worte zu finden, und sagte dann: „Belle, es ist eine wunderbare Sache, über das Leben anderer Leute zu lesen, aber es ist auch wichtig, sein eigenes Leben zu leben – egal, wie herausfordernd dieses Leben manchmal sein mag. Verstehst du, was ich damit sagen will, mein Kind?“

Bevor Belle antworten konnte, flog die Küchentür auf.

„Belle!“, schrie Tassilo aus vollem Halse.

„Du meine Güte, Tassilo! Geht das noch lauter?“, schimpfte Madame Pottine.

„Tut mir leid, Mama“, sagte Tassilo. Er drehte sich zu Belle um. „Komm schon, Belle, lass uns gehen!“

„Ich verstehe, Madame Pottine. Und mir geht es gut, wirklich“, erwiderte Belle. Und dann eilte sie Tassilo hinterher, erleichtert, dass das Gespräch vorbei war. Sie verbrachte sehr viel Zeit in der Bibliothek, das stimmte – aber nicht allein.

Belle schnappte sich die Schüssel mit den Krümeln, und dann rannten Tassilo und sie aus der Hintertür und liefen zum Hühnerstall.

Sie sah nicht, wie Madame Pottine am Fenster stand und ihnen zusah. Sah nicht, wie ein Seufzer auf ihrem Deckel rasselte und die Sorge einen weiteren winzigen Riss in ihr bemaltes Porzellangesicht zog.

KAPITEL ACHTUNDZWANZIG

„MAMA SAGT, DER HERR FÜHLT SICH SCHRECKLICH“, plapperte Tassilo los. „Sie sagt, er hat einen schrecklichen Husten und Schnupfen. Und dass er sehr launisch ist.“

„Das Biest launisch? Das glaube ich nicht“, scherzte Belle.

Tassilo lachte. „Ich wollte ihn mit Froufrou besuchen, um ihn aufzumuntern, aber Mama hat es verboten. Sie sagte, er bekommt dann womöglich einen Rücklach. Was ist daran falsch, Belle? Lumière sagt, Lachen ist die beste Medizin.“

„Ich glaube, sie meinte *Rückschlag*, Tassilo.“

„Oh“, sagte Tassilo und zog ein langes Gesicht. „Aber es muss doch irgendetwas geben, was wir tun können.“

In diesem Moment stolperte Belle und verschüttete einige der Krümel. Ein winziger Spatz stürzte sich sofort darauf und pickte sie auf.

Das brachte sie auf eine Idee.

„Komm, Tassilo!“, sagte sie aufgeregt und lief in Richtung des Westflügels.

„Aber was ist mit den Hühnern?“, fragte Tassilo.

„Wir bringen ihnen später etwas zerstoßenen Weizen“, rief sie über ihre Schulter.

Als sie den schneebedeckten Westrasen erreichten, zog Belle ihre Fäustlinge aus und begann, die Krümel auf den Boden zu streuen, wobei sie vorsichtige, bedächtige Linien zog.

„Was tust du da, Belle?“, fragte Tassilo und beobachtete sie.

„Ich schreibe eine Nachricht für ihn.“

„Aber, Belle, das wird nicht funktionieren. Der Herr wird die Krümel nicht sehen. Sie werden sich nicht vom Schnee abheben.“

„Er wird sie sehen. Ich verspreche es!“, sagte Belle.

Tassilo sah nicht überzeugt aus, aber er half ihr bei ihrer Arbeit. Als sie fertig waren, zog sie ihre Fäustlinge wieder an und ging zum Fenster des Biestes. Eine Lerche trillerte laut von einem Baum. Sie schlug mit den Flügeln und flog hinunter zu den Krümeln.

„Siehst du, Belle? Die Vögel werden alle Krümel auffressen!“, rief Tassilo.

„Das sollen sie ja auch!“, erwiderte Belle und grinste. „Jetzt müssen wir nur noch seine Aufmerksamkeit erregen!“

Sie bückte sich, hob etwas Schnee auf, formte einen Schneeball daraus, warf ihn gegen das Fenster des

Biestes und traf es genau in der Mitte. Aber es passierte nichts. Niemand erschien an der Scheibe.

„Versuch es noch einmal!“, drängte Tassilo.

Belle warf einen zweiten Schneeball. Einen Augenblick nachdem sie ihn losgeworfen hatte, öffnete sich das Fenster plötzlich. Von Unruh steckte seinen Kopf heraus … und bekam das rasende Geschoss direkt ins Gesicht.

„Oh, nein!“, schrie Belle und schlug die Hände erschrocken vor den Mund.

Tassilo versteckte sich schnell hinter ihren Röcken.

„Zieht die Zugbrücke hoch! Lasst das Fallgitter herunter!“, brüllte Von Unruh und wischte den Schnee weg. „Wir werden angegriffen!“

Lumière kam zum Fenster. Er schob Von Unruh beiseite und spähte hinaus.

„Lumière!“, rief Belle. „Hier drüben!“

Lumière entdeckte sie. Er lächelte und winkte.

„Sag Von Unruh, dass es mir leidtut!“, bat Belle.

„Muss das sein?“

„Ja! Und kannst du das Biest holen?“

Lumière nickte und verschwand im Zimmer.

Ein paar Sekunden später erschien das Biest finster dreinblickend in seinem Morgenmantel, aber in dem Moment, als es die winkende Belle mit den von der Kälte geröteten Wangen sah, lächelte es.

„Sieh dir den Rasen an!“, rief sie.

Das Biest hielt sich eine Pfote ans Ohr.

„Er kann uns nicht hören!“, sagte Tassilo.

Belle legte ihre Hände um den Mund. „SCHAU DORTHIN!“, rief sie und zeigte auf die Stelle, wo sie die Krümel verteilt hatte.

Das Biest drehte den Kopf. Sein Lächeln wurde zu lautem Lachen.

Dutzende von Vögeln – Spatzen, Rotkehlchen, Elstern, Drosseln und Lerchen – hatten die leckeren Krümel entdeckt. Sie waren aus dem Wald hergeflogen und nun eifrig dabei, die Brotkrumen aufzupicken. Ihre schnellen Körper bildeten lebende Buchstaben und schrieben eine Botschaft: Gute Besserung!

„Der Herr liebt es, Belle!“, krähte Tassilo. „Ich habe ihn noch nie so lachen gesehen!“

Der Klang des Lachens erfreute Belle. Als sie ihn ansah, wurde ihr klar, dass sie ihn vermisste. Das Schloss war nicht dasselbe, wenn er in seinem Zimmer war.

Warum?, fragte sie sich. *Wie kann ich diese aufbrausende, reizbare, streitsüchtige Kreatur vermissen?*

Weil er auch lustig, fürsorglich und nett ist, antwortete ihr eine innere Stimme.

Leider verwandelte sich das Lachen des Biestes bald in einen tiefen, trockenen Husten. Von Unruh erschien wieder im Fenster und starrte Belle und Tassilo an.

Das Biest bewegte seine Lippen zu einem *„Oh, nein!"* und tat so, als würde er sich in die Krallen beißen.

Belle und Tassilo kicherten. Von Unruh tat es nicht. Er trieb das Biest vom Fenster weg und schlug es zu, bevor das Biest Belle und Tassilo ein letztes Mal zuwinkte.

„Nun, Tassilo, wenn Lachen wirklich die beste Medizin ist, dann würde ich sagen, wir haben ihn geheilt", erklärte Belle.

Die beiden gingen in den Futterraum der steinernen Scheune des Schlosses und schöpften etwas gemahlenen Weizen aus einem Sack. Sie fütterten die Hühner und kehrten dann in die Küche zurück. Sobald Madame Pottine Tassilo sah, sagte sie ihm, sie erwarte, dass er eine gute Stunde lang das Einmaleins übe.

Tassilo stöhnte, setzte sich aber mit einer magischen Schiefertafel und einem Stück Kreide an den Küchentisch und schrieb die Tabellen auf, die er sich diktierte.

Belle schenkte ihm ein mitfühlendes Lächeln und verließ die Küche, um ihn nicht abzulenken. Im Flur nahm Chapeau ihren Mantel. Sie ging nach oben, um ihr Bett zu machen, ihr Zimmer aufzuräumen und nach etwas zu suchen – Papier oder vielleicht ein paar Stoffreste –, woraus sie Dekorationen für Tassilos Party basteln konnte.

Wieder war sie allein. Es gab niemanden, der ihr

Gesellschaft leistete. Niemanden, mit dem sie reden konnte. Aber sie tröstete sich mit dem Wissen, dass sie bald wieder bei der Comtesse wäre. Heute würden sie ihre Reisepläne machen. Bei dem Gedanken machte ihr Herz einen Sprung.

Wohin würden sie zuerst fahren? Nach London? Madrid? Berlin? Athen?

Belle hatte ihr Leben in einem winzigen Dorf in der Provinz verbracht, und nun, gewissermaßen über Nacht, war die Welt mit all ihren Menschen und Kulturen, ihren Schlössern und Ruinen, ihren Universitäten und Museen zum Greifen nah.

Nevermore war mehr als nur die Comtesse.

Es war mehr als ein Buch, mehr als eine Geschichte.

Es war ganz anders als alles, was sie kannte.

Und alles, was sie je gewollt hatte.

KAPITEL NEUNUNDZWANZIG

BELLE SENKTE DAS FENSTER DER KUTSCHE DER COMTESSE und lehnte sich hinaus.

Der Wind würde ihr Haar zerzausen. Die Sonne würde ihre Nase mit Sommersprossen besprenkeln. Aber das war ihr egal.

Ihre Aufregung wuchs, als die Kutsche von der engen Gasse abbog und einen Hügel hinauf zu einer Reihe von Toren rollte. Sie war vor einer halben Stunde nach *Nevermore* geflohen und trug nun ein blau-gelbes Kleid und einen Strohhut mit Band.

Mouchard hatte sie im Innenhof getroffen.

„Ihre Ladyschaft ist heute Morgen im Sommerhaus am westlichen Ende des Anwesens“, hatte er sie informierte. „Sie bittet Euch, sie dort zu treffen. Ich habe eine Kutsche bereitgestellt. Diesmal keine offene, Mademoiselle, um Euch vor der Sonne zu schützen.“

Die Kutsche war leicht und schnell. Sie flog über die unbefestigten Straßen, die sich durch die tiefen Wälder auf dem Gelände der Comtesse schlängelten.

Sie muss Tausende von Hektar besitzen, dachte Belle, denn die Fahrt dauerte eine gute halbe Stunde. Sie ermahnte sich, auf die Zeit zu achten. Tassilos Party war an diesem Abend. Sie musste genug Zeit haben, um zum Schloss des Biestes zurückzukehren und bei den Vorbereitungen zu helfen.

Schließlich wichen Wälder und Wiesen gepflegten Rasenflächen und einer Auffahrt, die blühende Kastanienbäume säumten. Die Auffahrt schlängelte sich an Teichen vorbei, die von Weiden umgeben und von Schwänen bevölkert waren. Eine warme Brise wehte, als die Kutsche durch Rosengärten rollte. Sie riss Blütenblätter von den Blüten und wirbelte sie durch die Luft wie buntes Konfetti. Belle lachte laut, entzückt von dem Spektakel.

Gerade als sie dachte, dass sie noch nie einen so schönen Ort gesehen hatte, kam das Sommerhaus in Sicht. Mit großen Augen setzte sie sich aufrecht hin – und stieß sich den Kopf am Fensterrahmen.

Die Kutsche fuhr in einen Hof, flankiert von Rasenflächen und blühenden Bäumen. Am Ende des Hofes führte eine geschwungene Treppe zum Eingang eines zweistöckigen Hauses aus gelbem Kalkstein mit zwei runden Türmen.

„Ein *Sommerhaus?*“, flüsterte Belle ungläubig. „Das ist ein Miniaturpalast!“

Die Kutsche wurde langsamer, als sie sich der Treppe näherte. Belle strich sich schnell die Haare zurecht, setzte den Hut auf und band die Bänder unter ihrem Kinn zusammen. Der allgegenwärtige Mouchard sprang von seinem Sitz neben dem Kutscher herunter, um ihr beim Aussteigen zu helfen.

Als Belle ausstieg, erregte eine Bewegung ihre Aufmerksamkeit: Die Comtesse in ihrem gewohnten Schwarz stieg die steinernen Stufen hinab. Ihre Röcke schwangen hin und her. Ihr dunkles Haar war locker hochgesteckt. An ihrem Hals hingen Ketten mit tiefschwarzen Perlen. Vier elegante Windhunde folgten ihr.

„Mein liebes Mädchen!“, rief sie, als sie Belle umarmte. „Ich bin so froh, dich zu sehen!“

„Nichts hätte mich abhalten können, Mylady“, erwiderte Belle.

„Komm herein“, drängte die Comtesse und ergriff Belles Hand. „Da ist jemand, den ich dir vorstellen möchte. Ein besonderer Freund von mir. Er ist gerade aus Italien gekommen.“

Die beiden Frauen schritten die Treppe hinauf. Belle sah bald, dass das Sommerhaus, genau wie das Schloss der Comtesse, gefüllt mit schönen Männern und Frauen war, die in prächtig dekorierten Räumen Tee tranken, durch die Gärten flanierten oder sich auf den Terrassen Luft zufächelten.

Aber die Comtesse hatte keine Zeit, ihnen Belle

vorzustellen. Stattdessen eilte sie mit ihr direkt in ihr Arbeitszimmer.

Der Raum war mit raumhohen Bücherregalen an allen vier Wänden gesäumt. Belle bemerkte erfreut, dass in vielen der Regale Spieldosen ihres Vaters standen. Sie vergaß, dass sie eigentlich den Freund der Comtesse treffen sollte, ging zu den Regalen und berührte eine Spieluhr.

Es war eine kleine, die einem Häuschen nachempfunden war. Belle hatte die Spieluhr noch nie gesehen. Ihr Vater musste sie vor ihrer Geburt gemacht haben. Sie stellte sich vor, wie er sich über seine Werkbank beugte und jede einzelne Dachschindel sorgfältig platzierte. Ihr kamen die Tränen. Wie sie es immer taten, wenn sie ihren Vater vermisste.

„Belle?“

Es war die Comtesse. Als sie sich erinnerte, wo sie war, blinzelte Belle schnell ihre Tränen weg und drehte sich mit einem Lächeln im Gesicht um.

„Belle, darf ich vorstellen: Professor Armando Truffatore. Professore, das ist meine liebe Freundin, Mademoiselle Belle.“

Belle machte einen gepflegten Knicks vor dem Professor. Als sie sich erhob, nahm er ihre Hand und küsste sie.

„Der Professor lehrt an der Universität von Bologna, einer der ältesten Universitäten Italiens", erklärte die Comtesse. „Er unterrichtet dort die Klassiker, und ich dachte, er wäre die *perfekte* Person, um uns bei der Ausarbeitung unserer Reiseroute zu helfen." Sie hielt inne und sagte dann: „Das heißt, wenn du immer noch ins Ausland gehen willst."

„Natürlich!", sagte Belle und versuchte, die Spieldosen aus ihren Gedanken zu vertreiben.

„Kommt, Signorina", sagte der Professor mit einem charmanten italienischen Akzent und wies auf ein Sofa in der Mitte des Raumes. Sie setzten sich beide darauf. Die Comtesse nahm auf einem Stuhl gegenüber von ihnen Platz.

„Der Ort, an dem Ihr Eure Reise beginnen solltet, ist natürlich Rom", begann Professor Truffatore. „Ich denke, Ihr und *la bella contessa* solltet mindestens einen Monat in der Stadt bleiben. Dann würde ich vorschlagen, dass Ihr eine Kutsche mietet und Euch auf den Weg nach Norden macht, nach Siena, Florenz, Bologna und dann Venedig …"

Während der ältere Herr all die wichtigen Sehenswürdigkeiten aufzählte, die Museen, Theater und Vorlesungen, hörte Belle atemlos zu und konnte kaum glauben, dass sie bald im Kolosseum stehen und über die Seufzerbrücke gehen würde.

All das ließ sie fast ihren Vater vergessen. Fast.

Die Minuten und Stunden verstrichen. Mouchard betrat den Raum und trug kleine Sandwiches auf einem silbernen Tablett. Der Professor bediente sich, aber Belle lehnte höflich ab. Sie war zu aufgeregt wegen ihrer Reisepläne, um überhaupt ans Essen zu denken.

Völlig hingerissen von dem, was Professor Truffatore ihr erzählte, bemerkte Belle nicht, wie sich der Gesichtsausdruck der Comtesse verfinsterte, als sie das Essen ablehnte. Nur am Rande bemerkte sie, dass die Comtesse Mouchard zu sich winkte, ihm etwas ins Ohr flüsterte und ihn dann entließ.

Augenblicke später war Belle jedoch gezwungen, ihre Aufmerksamkeit von dem Professor loszureißen, denn es klopfte laut an der Tür des Arbeitszimmers.

Mouchard öffnete sie, trat in den Raum und kündigte einen neu eingetroffenen Besucher an.

„Eure Ladyschaft … Henri, Duc des Choses-Passées.“

KAPITEL DREISSIG

„MONSIEUR HENRI, MEIN LIEBER JUNGE! Was für eine Freude es ist, Euch wiederzusehen!“, rief die Comtesse aus.

„Madame Comtesse!“, sagte Henri und schritt durch den Raum, um ihre Hand zu ergreifen. „Und auch Mademoiselle Belle? Heute ist mein Glückstag!“

Er verbeugte sich vor den Damen. Dann stellte die Comtesse ihm Professor Truffatore vor.

„Es wird Euch sicher interessieren, Professore, dass unser junger Herzog hier auch ein Gelehrter ist. Er ist Student an der Sorbonne“, sagte die Comtesse.

Belle hob beeindruckt den Kopf. Sie hatte nicht gewusst, dass Henri an der renommiertesten Universität Frankreichs studierte.

„Genießen Sie Ihr Studium, Monsieur Henri?“, erkundigte sich der Professor.

Henri nickte voller Stolz, aber auch schüchtern. Belle war gerührt von seiner Bescheidenheit.

„Monsieur Henri studiert sowohl Wirtschaft als auch Naturwissenschaften“, informierte die Comtesse den Professor. „Er möchte lernen, wie er ein besserer

Verwalter seines Landes wird, und Wege finden, den Menschen in seiner Region zu helfen."

„Das ist sehr bewundernswert", lobte der Professor.

„Und nicht nur das, er ist dazu noch der Beste seines Jahrganges", fuhr die Comtesse fort. „Ich war neulich zufällig bei einem Dinner mit einem seiner Professoren."

Henri, der leicht errötete, blickte zu Boden. „Madame Comtesse, Ihr lasst mich erröten", sagte er.

„Unfug! Eure Bescheidenheit steht Euch sehr gut, Monsieur Henri, aber ich wünschte, mehr Söhne des Adels würden Eurem Beispiel folgen. Schurken und Verschwender, die meisten von ihnen", schnaubte die Comtesse.

Henri lachte. Er warf Belle einen Blick zu, der *Hilf mir!* ausdrückte.

„Setzt Euch zu uns, Monsieur Henri!", bat die Comtesse. „Ihr müsst hungrig sein nach Eurer Reise. Ich werde Mouchard sagen, dass er Euch etwas zu essen bringen soll."

„Das wäre großartig", erwiderte Henri und zog eine Grimasse. „Aber ich fürchte, ich bin ziemlich staubig von der Kutschfahrt, und ich möchte die Möbel nicht beschmutzen. Erlaubt mir, dass ich mich eben umziehe."

„Ich habe eine bessere Idee", entgegnete die Comtesse. „Lasst uns nach draußen gehen. Dort könnt Ihr den Staub abschütteln, und wir können uns alle die Beine vertreten." Die Comtesse erhob sich von ihrem Stuhl. „Kommt", forderte sie ihre Gäste auf und hakte sich beim Professor ein. „Lasst uns in den Obstgarten gehen. Ich möchte Euch meine preisgekrönten Birnenbäume vorführen."

Henri bot Belle seinen Arm an, und sie folgten der Comtesse und dem Professor aus dem Gartenhaus hinaus und über die Rasenflächen. Belle war froh, Henri zu sehen. Er war witzig und klug, und es war schön, jemanden in ihrem Alter zum Reden zu haben.

„Ihr seht heute so schön aus, Belle", bemerkte er. „Hattet Ihr einen angenehmen Morgen mit der Comtesse?"

„Danke, Henri. Ja, ich hatte einen schönen Vormittag. Wir haben ihn mit der Planung einer Reise nach Italien verbracht. Ich bin so aufgeregt, dass ich es gar nicht ausdrücken kann. Es ist etwas Wunderbares, auf das ich mich natürlich freue, und es ist auch …" Sie zögerte. „Nun, es … es lenkt mich von gewissen Dingen ab."

Henri sah sie an und runzelte seine Stirn vor Sorge. „Was für Dinge, Belle?", fragte er.

„Meine … meine Situation", antwortete Belle und wünschte, sie könnte ihre Worte zurücknehmen und das Gespräch aus der düsteren Richtung, die es gerade nahm, weglenken.

Es war alles die Schuld der Spieluhren. Sie hatten sie an ihren Vater erinnert. Und jetzt war sie verzweifelt und wollte jemandem von ihren Gefühlen erzählen. Einem Freund ihr Herz ausschütten.

„Die Sache ist die … na ja, es geht um meinen Vater. Ich … ich habe ihn schon eine ganze Weile nicht mehr gesehen. Dabei waren wir früher ständig zusammen. Und ich … oh, Henri, ich vermisse ihn so sehr." Sie drückte Henris Arm. Und dann konnte sie wegen des riesigen Kloßes in ihrem Hals nichts mehr sagen.

Henri legte seine Hand auf ihre. „Ihr müsst es nicht erklären, Belle. Ich verstehe es. Ich weiß, es war schwer für Euch in letzter Zeit."

Belle nickte. Sie war dankbar, dass er zugehört hatte und jetzt das Reden übernahm, damit sie es nicht tun musste.

„Ich muss gestehen, dass ich nicht nur aufs Land gekommen bin, um die Comtesse zu sehen. Ich hatte gehofft, Ihr würdet auch hier sein", fuhr er fort. „Ich habe Euch vermisst, Belle. Es kommt nicht jeden Tag vor, dass ich jemanden kennenlerne, der Hamlet in Gänze zitieren kann."

„Das bezweifle ich sehr", sagte Belle, die ihre Gefühle wieder unter Kontrolle hatte. „Ihr seid ein Herzog,

Henri. Ihr lebt in Paris. Ich wette, Ihr habt Dutzende von Freunden, und ich wette, sie sind alle furchtbar klug und unterhaltsam."

Henri starrte in die Ferne. „Ja, das sind sie", meinte er seufzend. „Das ist das Problem. Mein Leben … so vieles davon ist nichts als Tänze und Partys, Hunde und Pferde."

„Das klingt wirklich furchtbar", stichelte Belle. „Wie haltet Ihr es aus?"

Henri errötete und lächelte verschämt. „Ich klinge wie ein Trottel, nicht wahr? Wer beschwert sich schon über Partys?" Sein Lächeln schwächte sich ab. „Es ist nur so, dass manchmal …" Seine Stimme verstummte.

„Was?", fragte Belle.

Er begegnete ihrem Blick. „Manchmal ist es schön, wenn man keine klugen Dinge sagen muss. Manchmal ist es schön, eine Freundin zu haben, mit der man nur man selbst sein kann und über Dinge reden kann, die wirklich wichtig sind. Wie Shakespeare. Oder die Universität. Oder Dinge, die mich beunruhigen, wie die Zukunft meines Anwesens."

Seine Augen strahlten Wärme und Tiefe aus, und Belle hatte das Gefühl, als könnten sie in sie hineinsehen – direkt in ihr Herz. Wie es nur die wahrhaftigsten Freunde können.

„Oder wie Väter, die man nie sieht", sagte sie.

„Weil man in einem verwunschenen Schloss lebt, wo es ständig schneit. Mit einem seltsamen unbekannten Ungeheuer. Und sprechenden Teekannen. Und Rosen, die langsam unter schwerem Glas eingehen."

Henri nickte. „Ja. Oder so was. Damit habe ich oft zu kämpfen", versicherte er ihr.

Belle warf ihm von der Seite einen Blick zu. „Ich meine es ernst, Henri."

„Ich auch!", beteuerte Henri. Aber Belle merkte, dass er sie aufziehen wollte. „Ich habe die gleichen Probleme in *meinem* verwunschenen Schloss, nur schlimmer", beharrte er. „Mein Nachttopf redet. Die ganze Nacht lang. Er tanzt auch oft, wenn ich versuche, ihn zu benutzen. Sehr unangenehm, das kann ich Euch sagen."

Belle brach in Gelächter aus. „Warum erzähle ich Euch das überhaupt? Ihr seid furchtbar!", sagte sie.

„Stimmt, das bin ich", gab Henri grinsend zu. „Aber ich habe Euch zum Lachen gebracht, Belle. Und das ist die halbe Miete bei den eigenen Problemen – zu lernen, über sie zu lachen. Ihr habt eben so traurig ausgesehen, dass ich es nicht ertragen konnte. Jetzt lächelt Ihr wieder."

Belles Lächeln wurde stärker. Es war so schön, seine Gefühle mit jemandem zu teilen, der seine ebenfalls teilte. Es war eine Abwechslung zu dem Biest, das sich immer weigerte, seine Gefühle preiszugeben.

„Ich betrachte Euch als eine Freundin, Belle", sagte Henri. „Und ich hoffe, Ihr betrachtet mich als Euren Freund. Und Freunde sind in guten und in schlechten Zeiten füreinander da."

„Das tue ich, Henri. Danke."

„Belle! Monsieur Henri! Wo seid Ihr?", rief eine Stimme.

Es war die Comtesse. Sie und der Professor waren bereits im Obstgarten. Belle und Henri waren fast unter den Bäumen.

„Wir kommen!", rief Henri zurück.

Belle blickte auf die Reihen der perfekt geschnittenen, glänzenden Birnbäume. An keinem war ein abgestorbener Ast, ein Fleck Mehltau oder Fäulnis zu sehen. Es war anders als bei allen Obstgärten, die sie je gesehen hatte. Dieser Obstgarten war perfekt und schön, wie alles andere in *Nevermore*.

Henri reichte ihr die Hand. „Lasst sie uns finden. Und vielleicht auch eine Birne, wenn wir schon dabei sind. Ich bin am Verhungern."

Aber Belle zögerte. „Henri?", sagte sie zaghaft.

„Hm?"

„Er ist seltsam, dieser Ort. *Nevermore*. Findet Ihr nicht auch?"

Henri hob eine Augenbraue. „Und die Sache mit dem verwunschenen Schloss ... das ist ganz normal?"

„Wohl kaum", räumte Belle ein. „Aber das hier ist nicht …" Sie zeigte auf die üppigen Gärten hinter ihnen und den perfekten Obstgarten vor ihnen. „Das ist alles so schön, so perfekt. *Zu* perfekt. Manchmal habe ich Angst, dass es nicht lange so bleiben wird. Dass ich eines Tages zurückkomme und es nicht mehr da sein wird. Ich erinnere mich immer daran, dass es nicht real ist. Aber ich *möchte* so sehr, dass es das ist. So sehr."

„Monsieur Henri! Belle! Kommt und holt euch eine Birne! Schnell! Bevor der Professor jede einzelne im Obstgarten isst!", trällerte die Comtesse.

Sie klang jetzt weiter weg. Belle konnte gerade noch ihr schwarzes Kleid durch die Bäume erkennen und das tiefe Rotbraun der Jacke des Professors.

„Wir kommen!", rief Henri ihr zu. „Komm schon, Belle, lasst uns gehen. Vergesst Eure Sorgen. Ihr seid hier bei uns. In diesem Moment. Mit Freunden, die sich um Euch sorgen. Nichts ist so real wie das."

Und dann rannte er in den Obstgarten und rief der Comtesse zu, er würde die beste, perfekteste Birne von allen finden.

Belle beschloss, Henris Rat anzunehmen. Sie würde ihre Sorgen vergessen. Wenigstens für den Moment. Lächelnd lief sie ihm hinterher. Er hatte einen Vorsprung und war nirgends zu finden. Genauso wenig wie die Comtesse oder der Professor.

Sie hörte einen Jubelschrei, dann Gelächter.

„Henri?“, rief sie. „Madame Comtesse?“

Niemand antwortete, aber sie sah eine schnelle Bewegung in den Bäumen direkt vor ihr.

„Belle? Wo seid Ihr?“, rief Henri.

„Hier drüben!“, rief Belle.

„Monsieur Henri? Professore? Wo in aller Welt seid Ihr hingegangen?“ Das war die Comtesse.

Jetzt hatten sie sich alle im Obstgarten verirrt.

Belle eilte zu den Bäumen, wo sie jemanden gesehen hatte, der sich bewegte. Sie entdeckte bald, dass es eine Frau war, aber nicht die Comtesse. Sie hielt einen Korb im Arm und trug ein weißes Leinenkleid mit einer weißen Schürze. Auf ihrem Kopf saß ein schlichter Strohhut. In ihrer Hand hielt sie eine silberne Obstschere. Belle sah zu, wie die Frau eine Birne von einem Baum abschnitt und sie in ihrem Korb auffing.

Sie muss eine der Bediensteten der Comtesse sein, dachte Belle. *Wahrscheinlich pflückt sie Birnen für die Köchin.*

„Hallo!“, sagte Belle, als sie sich ihr näherte.

Die Dienerin drehte sich um, hob ihr Gesicht und blickte Belle an.

Belle stolperte rückwärts. Ihre Hände ballten sich zu Fäusten.

Weiße Kleidung. Silbernes Haar. Dunkle Haut.

Es war die Verrückte.

KAPITEL EINUNDDREISSIG

„BELLE, MEIN KIND, WO BIST DU?“, rief die Comtesse.

„Ich bin hier drüben, Mylady!“, schrie Belle zurück, ihre Augen waren auf die Verrückte gerichtet … und die scharfe Schere, die sie in der Hand hielt.

„Sie ist in der Nähe“, warnte Belle die Frau. „Sie sind alle in der Nähe. Wenn ich schreie, dann kommen sie angerannt.“

Die Verrückte warf einen misstrauischen Blick in Richtung der Comtesse, dann legte sie einen Finger an ihre Lippen. Belle atmete tief ein, nicht sicher, ob sie bleiben sollte, wo sie war, oder rennen. Wenn sie rannte, müsste sie der Frau den Rücken zuwenden. Und wenn sie jemandem den Rücken zuwendete, der eine Schere in der Hand hielt, selbst wenn es nur eine kleine war, schien das keine kluge Entscheidung zu sein.

Die Irre hielt inne. Sie hielt ihr den Korb hin, dann stellte sie ihn auf den Boden. „Schau, Kind!“, forderte sie.

Belle schaute hinein und erwartete, frisch gepflückte Birnen zu sehen.

Stattdessen sah sie Granatäpfel.

Schaudernd erinnerte sich Belle daran, dass sie die Nahrung der Toten waren. Hades hatte Persephone mit einem Trick dazu gebracht, sie zu essen, damit er sie bei sich in der Unterwelt behalten konnte.

„Belle? Hast du schon eine Birne probiert?“ Die Stimme der Comtesse wurde lauter. Sie war näher dran.

Die Verrückte warf einen weiteren Blick in Richtung der Comtesse. Sie hielt immer noch ihre silberne Schere in der Hand. Mit einem Mal holte sie aus.

Belle hatte keine Zeit zu schreien.

Aber anstatt die Schere in sie zu stoßen, was Belle befürchtete, packte die Verrückte ihre Hand, legte die Schere in sie hinein und schloss ihre Finger um sie.

„Behalte sie! Versteck sie!“, drängte sie mit weit aufgerissenen Augen.

Belle stand da wie erstarrt.

„Hast du mich gehört, Mädchen? Steck sie in deine Tasche!“, verlangte die Irre.

Verunsichert tat Belle, wie ihr geheißen.

Die Verrückte wich zurück, den Finger abermals an den Lippen, den Blick auf die sich nähernde Comtesse gerichtet. Ein letztes Mal sah sie Belle mit einer herzzerreißenden Traurigkeit in ihren Augen an, dann drehte sie sich um und rannte.

Sie verschwand zwischen den Bäumen wie der Morgennebel, und Belle atmete endlich aus.

KAPITEL ZWEIUNDDREISSIG

„DA BIST DU JA!“, sagte die Comtesse zu Belle. Henri war bei ihr. „Meine Güte, Kind, wie rot du bist! Ist etwas nicht in Ordnung?“

„Nein.“ Belle zwang sich zu einem Lächeln. „Überhaupt nichts. Ich bin … ich bin gerannt und war ein bisschen außer Atem, das ist alles.“

Belle überraschte sich selbst mit ihrer Lüge. Sie war kurz davor gewesen, der Comtesse von ihrem Zusammentreffen mit der Verrückten zu erzählen, aber die Erinnerung an die Augen der Frau – der Blick verzweifelter Traurigkeit in ihnen – hielt sie davon ab. Die Verrückte hatte einen Finger an ihre Lippen gelegt. Sie hatte nicht gewollt, dass die Comtesse von ihrer Anwesenheit erfuhr.

Aber warum? Und warum hatte sie Belle eine Schere gereicht und ihr gesagt, sie solle sie verstecken? Warum hatte sie dem kleinen Jungen im Palais Royal den Hut voller Münzen gestohlen?

„Monsieur Henri, Ihr seid zu schnell für Belle gerannt!“, schimpfte die Comtesse. „Sie ist eine junge Dame, kein Rennpferd!“

Aber Henri hörte nicht. Er schaute hinauf in einen Baum. Der Professor gesellte sich zu ihm. Beide bewunderten die schwer beladenen Äste, die sich unter der Last Hunderter goldener Birnen bogen. Der Duft der Früchte mit seinen reichen Noten von Vanille und Honig war berauschend.

„Ich werde eine perfekte Birne für Euch finden, Belle“, erklärte Henri.

Der Korb der Verrückten lag auf dem Boden, wo sie ihn zurückgelassen hatte. Belle schaute hinein. Er war voll mit Birnen, nicht mit Granatäpfeln.

Verliere ich auch meinen Verstand?, fragte sie sich.

„Hier, bitte sehr!“ Henri stand jetzt neben ihr und bot ihr eine makellose Birne an.

Belle nahm sie. Die Kreaturen der Verrückten hatten sie davor gewarnt, in *Nevermore* etwas zu essen. Dennoch hatte sie Gebäck auf dem Ball gegessen und ein weiteres Stück im Palais Royal, und es ging ihr gut. Ihr war nichts passiert. Sie hatten sie auch davor gewarnt, Dinge in *Nevermore* zu hinterlassen, aber sie hatte nichts hiergelassen.

„Probiere sie, Belle, tu es“, forderte die Comtesse sie auf und trat zu ihnen. „Ich habe diese Bäume selbst gezüchtet.“

Belle betrachtete die Birne, die so schwer in ihrer Hand lag und so perfekt und verlockend war.

„Ihr *müsst* eine probieren, Belle! Ihr habt noch nie etwas so Köstliches gekostet“, sagte der Professor und biss in eine Birne. „Ich bin schon bei meiner zweiten!“

„Eigentlich ist das Eure vierte, Professore!“, korrigierte die Comtesse ihn lachend, als ihm der Saft über das Kinn lief.

Belle blickte Henri an.

„Ich werde es tun, wenn Ihr es tut“, sagte er herausfordernd.

Er ist mein Freund, dachte Belle. *Er würde mich nicht dazu ermutigen, etwas Gefährliches zu tun.*

Sie bissen beide gleichzeitig ab. Das Fruchtfleisch der Birne war ergiebig und süß. Anfangs liebte Belle den Geschmack, aber bald wurde er widerlich und der Duft des Obstgartens schwindelerregend.

„Was denkt Ihr? Ich habe recht, oder? Sie sind außergewöhnlich. Sagt mir, Belle, habt Ihr so etwas schon einmal erlebt?“, fragte die Comtesse.

„Noch nie, Mylady“, antwortete Belle, die nicht unhöflich sein wollte. Sie zwang sich, die Birne aufzuessen, und warf das Kerngehäuse ins Gras. Henri pflückte eine weitere und aß sie, aber Belle konnte es nicht.

Während sie Henri, die Comtesse und den Professor beim Genießen ihrer Birnen beobachtete, überkam sie eine bleierne Müdigkeit. Ihre Glieder fühlten sich schwer an, ihr Geist träge. Sie fühlte sich, als könnte sie sich unter einen Baum legen und für immer schlafen.

War es die Birne gewesen, die sie so fühlen ließ? Sie versuchte, sich an die Worte des Käfers zu erinnern. Sie enthielten eine Warnung, aber ihre Bedeutung entzog sich ihr. Etwas Gegessenes, etwas Geschlagenes? War es das? Oder war es *nicht* gegessen und *nicht* geschlagen? Und spielte das wirklich eine Rolle? Zu denken war so schwer, so anstrengend. Es war viel einfacher, es andere für sich tun zu lassen.

„Liebste Belle, du siehst völlig erschöpft aus. Möchtest du dich etwas ausruhen?“, fragte die Comtesse.

Belle stimmte dankbar zu. Professor Truffatore, der offensichtlich kein bisschen müde war, erklärte, er wolle noch die Apfelbäume sehen. Sie beschlossen, dass Henri ihn begleiten und die Comtesse Belle zurück zum Sommerhaus führen würde, um ihr ein Zimmer zu zeigen, in dem sie sich ausruhen konnte.

„Ich werde mich auch ausruhen“, erklärte die Comtesse, als sie mit Belle aus dem Obstgarten ging. „Ein kleines Nickerchen vor dem Abendessen ist jetzt genau richtig.“

Abendessen!

Plötzlich war Belle hellwach. Tassilos Party! Sie sollte heute Abend nach dem Essen stattfinden.

Und sie hatte es ganz vergessen.

KAPITEL DREIUNDDREISSIG

„MYLADY“, SAGTE BELLE PANISCH. „Verzeiht mir, aber ich muss sofort aufbrechen.“

Sie hatte versprochen, bei Tassilos Party dabei zu sein. Sie hatte Madame Pottine die Dekoration gegeben, die sie gebastelt hatte, und sie sollte dabei helfen, sie aufzuhängen. Konnte sie noch rechtzeitig zurückkehren, oder war es zu spät? Wie lange war sie schon in *Nevermore*?

„Gehen? Wozu denn?“, fragte die Comtesse bestürzt.

Belle erklärte es ihr.

Als sie geendet hatte, warf die Comtesse ihr einen gekränkten Blick zu. „Ich verstehe. Du gehst zu einer Party. Von einem Stück Porzellan. Dabei könntest du hier bei deinen Freunden sein. Deinen *wahren* Freunden.”

„Tassilo ist auch mein Freund. Genau wie seine Mutter. Es wird ihnen das Herz brechen, wenn ich nicht da bin. Bitte versteht, Madame Comtesse. Das bin ich ihnen schuldig.“

„Unsinn!“, protestierte die Comtesse vehement.

„Ihr schuldet niemandem im Schloss des Biestes etwas!“

In ihrer Stimme lag ein Zorn, den Belle noch nie zuvor gehört hatte, und er erschreckte sie. Aber er war ebenso schnell verschwunden, wie er gekommen war.

„Verzeih mir, Kind“, bat die Comtesse nun auf einmal sanft. „Meine Gefühle haben mich überwältigt. Ich ertrage es nicht, eine junge Frau so gequält zu sehen oder ihren lieben … oder einen alten Freund in Not.“ Sie hielt plötzlich inne, als ob sie zu viel gesagt hätte. „Mouchard!“, bellte sie und winkte ihrem Diener zu. „Bereitet eine Kutsche für Mademoiselle Belle vor.“

Irgendetwas an den Worten der Comtesse verblüffte Belle. „Verzeiht, Mylady, aber was war das mit einem alten Freund?“, fragte sie.

„Ach, nichts“, wiegelte die Comtesse ab und winkte Belles Bedenken weg.

Doch Belle ließ sich nicht beirren. Sie wusste, dass sie selbst *die junge gequälte Frau* war, aber das *ihren lieben* und *alten Freund* beunruhigte sie. Es gab nur eine Person, die sowohl sie liebte als auch ein alter Freund der Comtesse war.

„Madame Comtesse, sprachen Sie von meinem Vater?“, fragte Belle, und die Angst zerrte an ihren Nerven. „Wenn etwas nicht stimmt, dann müsst Ihr es mir sagen. *Bitte.*“

Die Comtesse stieß einen besorgten Seufzer aus. „Nun gut. Dein Vater und ich – wir kennen uns schon seit einiger Zeit. Ich hatte ihn lange nicht mehr gesehen, aber ich habe ihn gestern besucht, weil ich besorgt war."

Belles Augen wurden größer. „Ihr habt meinen Vater gesehen?", wisperte sie. „Wie geht es ihm?"

Die Comtesse legte eine Hand auf Belles Arm. „Er ist gealtert, Belle. Er ist langsamer geworden. Manchmal ein wenig verwirrt. Es ist der Kummer, glaube ich. Und Schuld. Schuld, weil du seinen Platz im Schloss des Biestes eingenommen hast. Das frisst ihn bei lebendigem Leibe auf."

Belle weinte nicht so schnell, aber bei den Worten der Comtesse stiegen ihr Tränen in die Augen. „Wenn ich nur etwas *tun* könnte", murmelte sie bestürzt.

„Sssch, mein Kind. Weine nicht. Ich hätte dir das alles nicht erzählt, wenn ich nicht glauben würde, dass es einen Weg gibt, ihm zu helfen", sagte die Comtesse.

Belle umklammerte die Hand der Comtesse, und Hoffnung keimte in ihr auf. „Was ist es?", fragte sie atemlos.

„Ich beabsichtige, deinen Vater nach *Nevermore* zu bringen."

KAPITEL VIERUNDDREISSIG

BELLE KONNTE NICHT GLAUBEN, was sie gerade gehört hatte.

„Mylady", stammelte sie. „Ihr könnt das tun? Ihr könnt meinen Vater *hierher*bringen?"

„Ich kann es *versuchen*", erwiderte die Comtesse. „In der Tat habe ich es bereits versucht. Aber bisher ist es mir nicht gelungen. Meine Kräfte sind stark, Belle, aber sie sind nicht unbegrenzt."

„Aber Ihr habt *mich* hergebracht", entgegnete Belle. Sie hatte sich mit der Tatsache abgefunden, dass sie ihren geliebten Vater nie wiedersehen würde, aber nun hatte die Comtesse ihr gesagt, dass die Chance bestand, und Belle wollte diese Chance. Mehr als sie je etwas in ihrem Leben gewollt hatte.

„Ja, ich habe dich hierhergebracht", räumte die Comtesse ein. „Aber nur, weil die Magie im Schloss des Biestes meine eigene verstärkt. Das ermöglicht es dir, durch ein verzaubertes Buch in diese Welt hinein- und aus ihr herauszugehen. Aber Villeneuve …" Sie lächelte säuerlich. „Nun, sagen wir einfach, es gibt nicht viel Magie an diesem Ort."

Belle sah sie unglücklich an.

„Gib die Hoffnung nicht auf, mein Kind. Ich werde es weiter versuchen."

„Ich wäre so dankbar, wenn ich meinen Vater noch einmal wiedersehen könnte, Madame Comtesse. Es würde mir alles bedeuten."

„Ich möchte, dass du mehr tust, als ihn nur zu sehen, Belle. Ich möchte, dass du und dein Vater hierbleibt. Bei mir. Für immer."

„Aber das ist unmöglich. *Nevermore* ist nicht real."

„Aber es kann es werden. Es gibt einen Weg. Vertrau mir. Lass *mich* die Autorin deiner Geschichte sein, nicht das Biest."

Ein Gefühl der Hoffnungslosigkeit überfiel Belle. Sie wollte das, was die Comtesse ihr anbot, so sehr, aber sie wusste, dass sie es nicht haben konnte.

„Selbst wenn *Nevermore* Wirklichkeit würde, könnte ich nicht für immer hierbleiben", erklärte sie. „Ich tauschte meine Freiheit gegen die meines Vaters. Was geschehen ist, kann nicht rückgängig gemacht werden."

„Sei dir da nicht so sicher, mein Kind. Ich habe bisher vieles ungeschehen gemacht und viele." In der Stimme der Comtesse lag eine Grimmigkeit, die Belle frösteln ließ, aber sie schenkte ihr auch Entschlossenheit. Vielleicht *gab* es einen Weg für sie, mit ihrem

Vater in *Nevermore* zu leben. Sie wünschte sich so sehr, daran glauben zu können.

Als ob sie ihre Gedanken lesen könnte, sagte die Comtesse: „Glaube an mich, Belle."

„Das werde ich, Mylady."

„Das wirst du?", fragte die Comtesse und hob eine Augenbraue.

„Ich *tue* es", antwortete Belle und zwang sich zu einem Lächeln.

Auch die Comtesse lächelte nun wieder. Belle umarmte sie, bedankte sich und lief die Treppe hinunter zu der wartenden Kutsche. Mouchard half ihr hinein und schloss die Tür hinter ihr. Der Kutscher ließ die Peitsche knallen, und die Pferde trabten los. Eine halbe Stunde später war Belle zurück im Château.

Mouchards Gesichtsausdruck war wie immer so düster wie ein Grabstein, als er ihr aus der Kutsche half. Er nickte, als sie sich bei ihm bedankte, schloss die Tür und nahm seinen Platz wieder ein. Die Kutsche rollte in Richtung der Ställe davon. Während der Rückfahrt war die Dämmerung hereingebrochen, und Belle stand nun allein da, ohne auch nur eine Kerze, die ihr den Weg leuchtete.

Als sich ihre Augen an die Dunkelheit gewöhnt hatten, machte sie sich wieder auf den Weg zum Portal. Die Eiben waren während der Stunden, die sie auf dem Land gewesen war, noch höher gewachsen. Sie hatten sich zu engen, labyrinthartigen Gängen geformt. Knotige, knorrige Wurzeln schlängelten sich nun auch über den Boden und zwangen Belle dazu, ihre Schritte sorgfältig zu wählen.

Sie hatte gerade begonnen, einen Fuß vor den anderen zu setzen, als sie es hörte – ein Rascheln.

Verunsichert beschleunigte Belle ihr Tempo. Sie versuchte, sich einzureden, dass es nur eine Maus oder ein anderes winziges Nachtgeschöpf war, das zu seiner Höhle huschte. Aber das Rascheln wurde lauter und eindringlicher.

Sie blieb stehen und hielt den Atem an, um besser hören zu können.

„Hallo? Wer ist da?“, rief sie, und ihre Stimme zitterte dabei fast so stark wie ihre Beine.

Das Rascheln schien nicht hinter ihr oder vor ihr zu sein, sondern um sie herum.

Belles Magen krampfte sich vor Angst zusammen, als sie erkannte, dass es das Geräusch von Zweigen und Stöcken, Ästen und Halmen war. Die Rosensträucher, die Eiben … sie wuchsen so schnell, dass sie es hören konnte.

Beeile dich!, drängte eine Stimme in ihr. *Erreiche das Buch!*

Mit einem Schrei rannte Belle auf *Nevermore* zu.

Plötzlich packte etwas nach ihrem Fuß. Ein Schmerz schoss ihr Bein hinauf. Sie stolperte und schlug hart auf dem Boden auf.

Belle sah zu ihrem Fuß hinunter, voller Angst vor dem, was sie sehen würde. Eine Baumwurzel hatte sich um ihren Knöchel gewickelt wie die Tentakel eines Seeungeheuers. Sie trat mit ihrem anderen Fuß dagegen. Die Wurzel ließ von ihr ab und verschwand wieder im Boden. Belle versuchte, wieder aufzustehen, aber die Dornen hielten ihren Ärmel fest. Sie zog ihren Arm heraus und rannte verzweifelt zum Buch, um sich durch die Seiten in Sicherheit zu bringen.

Das schimmernde Silber erinnerte sie an Eis in einem Teich im Dezember – weder ganz fest noch flüssig. Sie zwängte sich hindurch und stolperte hinaus in den kleinen Arbeitsraum der Bibliothek. Sie war völlig außer Atem.

Belle drehte sich um und sah das Buch hinter sich auftauchen. Mit zitternden Händen schlug sie es zu und wich zurück. Die dornigen Äste, die verdrehten Wurzeln – sie erwartete beinahe, dass sie sich aus den Seiten zu ihr schlängeln würden, um sie zu ergreifen, aber das Buch schrumpfte auf seine normale Größe zurück, und Belle versteckte es wieder in der Schreibtischschublade.

Als sie die Schublade schloss, ließ ein Klopfen sie

zusammenzucken. Es kam von den Außentüren der Bibliothek.

„Ich komme!", rief sie und eilte aus dem Arbeitszimmer.

„Da bist du ja, Belle!", sagte Lumière, als sie die Türen der Bibliothek öffnete. „Bist du fertig? Das Abendessen wird gleich serviert, und … meine Güte, ist es dunkel hier drinnen! Wie kannst du hier etwas sehen?"

Er ging zu einem hohen Kronleuchter, der auf einem Tisch stand, und entzündete das Licht.

„So ist es besser! Jetzt hör zu, Belle … Der Herr weiß auch von der Überraschung. Das Abendessen ist fast fertig. Du solltest den Kuchen sehen, den Cuisinier gebacken hat! Wir werden … Belle?" Er hielt inne und schaute sie genau an. „Was ist los?", fragte er, und seine Flammen flackerten. „Du siehst aus, als hättest du ein Gespenst gesehen."

Belle zwang sich zu einem Lächeln. „Dein Klopfen hat mich erschreckt, das ist alles", sagte sie. „Ich bin gleich unten, Lumière. Ich muss mich nur umziehen."

Lumière nickte. Er erklärte Belle den Rest des Plans und eilte dann aus der Bibliothek und die Treppe hinunter. Währenddessen legte Belle eine Hand auf ihre Brust und versuchte, ihr pochendes Herz zu beruhigen.

Der Gang vom Schloss zum Portal hatte sie sehr erschreckt. Die Äste und Wurzeln – es schien fast, als hätten sie nach ihr gegriffen, sich um sie wickeln und sie tief in sich hineinziehen wollen, wo niemand ihren Kampf sehen oder ihre Schreie hören konnte.

„Hör auf", ermahnte sie sich laut. „Du bist albern. Die Hecken waren ein bisschen zugewachsen, das ist alles. Du hast deiner Fantasie freien Lauf gelassen und dir selbst Angst eingejagt."

Aber Belle wusste, dass das nicht stimmte.

„*Nevermore* will mich", sagte sie laut. „Es will, dass ich bleibe."

Der Gedanke machte ihr Angst.

Aber was ihr noch mehr Angst machte, war, wie sehr sie *Nevermore* wollte.

KAPITEL FÜNFUNDDREISSIG

HENRI STAND AN EINEM FENSTER IN TODS ARBEITSZIMMER und blickte hinaus auf ihre Rosengärten.

Professor Truffatore saß auf dem Ledersofa, ein Buch aufgeschlagen auf dem Schoß, eine Birne in der Hand.

Überall im Arbeitszimmer – auf dem Kaminsims, den Bücherregalen, den Tischplatten – hockten Geier. Einer ruhte auf Tods Unterarm, und seine mächtigen Krallen umklammerten ihr Fleisch fest, während sie durch das Arbeitszimmer schritt.

„Es ist schlimmer, als ich dachte, Mouchard. Belle schert sich tatsächlich um diese lächerliche kleine Teetasse. Sie hat sogar *Nevermore* für den Knirps verlassen!", sagte Tod und streichelte das Gefieder des Vogels. „Sie hat Gefühle für *alle* Diener. *Und* für das Biest. Sie versucht, sich mit ihm anzufreunden, egal, wie schlecht es sich benimmt. Und das Biest versucht es umgekehrt auch! Eines Tages wird einer von ihnen vielleicht mehr als das tun. Vielleicht gelingt es ihnen sogar."

Der Geier wandte seine glänzenden Augen Tod zu und krächzte.

„Ich weiß, Mouchard, ich weiß. Das *darf* nicht passieren. Ganz und gar nicht", schimpfte Tod und kratzte dem Vogel den kahlen Kopf. „Ich spiele meine letzte Karte aus, meinen Trumpf. Es *muss* funktionieren. Belle beginnt, an *Nevermore* zu zweifeln. Ich sehe es in ihren Augen. Aber sie will so sehr mit ihrem Vater zusammen sein, dass ihr Herz ihre Zweifel besiegt. Zumindest im Moment, aber ich fürchte, nicht mehr lange."

Ein Geier, der auf dem Kaminsims hockte, streckte seine Flügel aus und krächzte.

„Du hast recht, Truqué. Sie ist fast schon an *Nevermore* gebunden. Wenn alles gut geht, wird ein weiterer Besuch genügen." Tod lächelte verschmitzt. „Und dann gewinne ich die Wette."

Mit einem Wink ihrer freien Hand rief sie ihre gesamte Schar zusammen. „Kommt, meine Lieblinge. Wir haben viel zu tun."

Mouchard flog von ihrem Arm auf, und auch Truqué setzte sich vom Kaminsims in Bewegung. Tod verließ den Raum mit einem Rascheln schwarzer Seide, und ihre Geier flatterten hinter ihr her.

Der Professor blieb auf dem Ledersofa sitzen.

Und Henri starrte weiter aus dem Fenster.

Vollkommen, unwirklich, still.

KAPITEL SECHSUNDDREISSIG

„KOMMT ER? ER IST NOCH NICHT ZURÜCK, ODER?“, flüsterte Madame Pottine.

„Keine Sorge, Madame Pottine. Er ist nirgendwo in Sicht“, erwiderte Belle und schaute aus dem Küchenfenster.

„Ist alles bereit?“

„Ja“, versicherte Belle ihr. „Sobald ich ihn sehe, laufe ich zurück ins Esszimmer und bereite alles vor, so wie wir es geplant haben.“

Belle war zum Abendessen heruntergekommen, und sie und das Biest hatten im Speisesaal gegessen wie an den meisten Abenden. Aber heute hatten sie sich beeilt. Das Biest war wegen Tassilos Party viel zu aufgeregt gewesen, um lange über Cuisiniers *Bœuf bourguignon* zu verweilen.

Sobald das Geschirr abgeräumt war, hatte Madame Pottine ihren Sohn gebeten nachzusehen, ob die Türen zu den Ställen und dem Hühnerstall für die Nacht fest verschlossen waren. Sobald er die Küche verlassen hatte, war sie zurück ins Esszimmer gerannt, um das Signal zu geben. Alle hatten sofort losgelegt.

Das Biest hatte schnell die bunten Girlanden aufgehängt, die Belle gebastelt hatte. Auf einer stand HAPPY BIRTHDAY, TASSILO!

Chapeau hatte den Geburtstagskuchen aus seinem Versteck in einem Küchenschrank zum Esszimmertisch getragen. Lumière war ihm mit Tellern und Besteck gefolgt, und Belle hatte die Geschenke aus einem Schrank in der Spülküche geholt.

„Da kommt er!“, flüsterte sie nun.

Sie rannte aus der Küche ins Esszimmer, schloss die Tür hinter sich und drückte ihr Ohr ans Schlüsselloch.

Tassilo kam in die Küche und schüttelte den Schnee von sich ab.

„Ist die Scheune sicher? Kein Wiesel kann in den Hühnerstall gelangen?“, fragte Madame Pottine.

„Alles ist gut verschlossen“, antwortete Tassilo. Er sah sich in der leeren Küche um. „Wo sind denn alle, Mama?“, fragte er.

„Sie sind alle ins Bett gegangen. Alle waren heute sehr müde. Ich habe angeboten, das Geschirr zu Ende abzuwaschen. Warum, Liebes? Ist etwas nicht in Ordnung?“

„Ich dachte nur …“, begann Tassilo. „Na ja, da ich heute Geburtstag habe, dachte ich, wir könnten alle … ach, egal“, murmelte er niedergeschlagen.

Madame Pottine schenkte ihm ein mitfühlendes

Lächeln. „Erwachsene erinnern sich nicht immer an die Geburtstage von Kindern. Aber du und ich können aufbleiben und mit ein paar netten Geschichten am Feuer feiern. Was hältst du davon?“

Tassilo nickte. Er rang sich ein Lächeln ab. Er war ein viel zu braves Kind, um zu jammern oder sich zu beschweren.

„Aber bevor wir das tun …“, fuhr Madame Pottine fort, „… siehst du bitte im Esszimmer nach, ob alle Teller hergebracht wurden?“

„Ja, Mama“, sagte Tassilo.

Belle spähte durch das Schlüsselloch und sah, wie die kleine Tasse sich mit einem niedergeschlagenen Ausdruck im süßen Gesicht auf den Weg zu ihnen machte. Froufrou war direkt hinter ihm. Tassilo wusste es nicht, aber auch seine Mutter folgte ihm auf den Fersen.

Hastig rannte Belle von der Tür weg. „Er kommt!“, flüsterte sie und eilte zu den anderen, die bei der Torte standen.

Lumière zündete schnell die Kerzen an. Er war gerade fertig, als Tassilo die Tür öffnete.

„Überraschung!“, riefen alle.

Tassilos Gesichtsausdruck völliger Glückseligkeit erhellte den Raum.

„Herzlichen Glückwunsch, Tassilo!“, rief Lumière, und alle brachen in Gesang aus.

Als sie fertig waren, sagte Von Unruh: „Jetzt komm, junger Mann, und blase die Kerzen aus, bevor sie die Vorhänge in Brand stecken und das Schloss niederbrennen!"

„Wünsch dir erst etwas!", meinte Madame Pottine und warf Von Unruh einen bösen Blick zu.

Tassilo schloss seine Augen. Er dachte ein paar Sekunden lang nach und sagte dann: „Ich wünsche mir, meine Mama und Belle und meine anderen Freunde und den Herrn immer um mich zu haben und so glücklich zu sein, wie ich es jetzt bin!" Und dann blies er seine Kerzen mit einem Atemzug aus.

Alle applaudierten und lächelten über Tassilos Worte, aber Belle bemerkte einen Hauch von Traurigkeit hinter ihrem Lächeln. Es war, als ob sein Wunsch Gedanken an glücklichere Zeiten zurückgebracht hätte – Zeiten, an die er sich wegen seines Alters nicht erinnern konnte.

Als der Rauch der Geburtstagskerzen in die Luft stieg, klatschte Lumière seine Kerzenhände zusammen, als ob er damit die traurigen Erinnerungen vertreiben wollte. „Also! Ich glaube, ich erspähe ein oder zwei Geschenke!", rief er.

Mit einem freudigen Jauchzen stürzte sich Tassilo auf den Stapel.

Er bekam eine warme Steppdecke von seiner Mutter

und eine Nachtmütze von Belle, die sie erst gestern genäht hatte. Froufrou steuerte einen durchgekauten, halb gefrorenen Knochen bei, den er draußen ausgegraben hatte. Lumière und Von Unruh schenkten Tassilo Piratenzubehör, darunter einen Dreispitz und ein rotes Halstuch, das sie auf dem Dachboden gefunden hatten. Plumette überreichte Tassilo einen goldenen Ohrring, den sie an seinen Griff hängte.

Und vom Biest bekam er eine schön geschnitzte Holztruhe mit Beschlägen und Scharnieren aus Messing.

„Was ist da drin, Herr?“, fragte Tassilo aufgeregt.

„Öffne sie und sieh nach“, entgegnete das Biest lächelnd.

Chapeau klappte den schweren Deckel auf. Ein leises „Oh!“ ertönte, als alle sahen, was die Truhe enthielt: prächtige Schiffsmodelle. Es waren fünf voll ausgestattete Kriegsschiffe, vier Handelsschiffe und sechs Brigantinen, die mit einem Totenkopf versehen waren. Es gab auch bemalte Figuren – Offiziere, Matrosen und Piraten –, um die Schiffe zu bemannen, und eine riesige, auf Leinwand handgemalte Weltkarte, auf der sie segeln konnten.

„Es macht keinen Spaß, ein Pirat zu sein, ohne ein paar Handelsschiffe zu plündern und Kriegsschiffe zu überholen“, erklärte das Biest.

Tassilo, der wie benommen auf die Truhe und ihren Inhalt starrte, war sprachlos.

„Tassilo, deine Manieren!“, flüsterte Madame Pottine ihrem Sohn zu.

Die kleine Teetasse blickte zum Biest auf. „Danke, Herr! Oh, danke!“, wisperte er.

„Sehr gern geschehen, mein Junge.“

„Sie sind so hübsch. Wo kommen sie her?“, fragte Tassilo.

„Sie gehörten mir“, antwortete das Biest. „Ich habe viele glückliche Stunden damit verbracht, mit ihnen zu spielen. Das ist lange her. Ich hoffe, du wirst es auch.“

Belle schnitt Kuchenstücke für das Biest und sich ab, und Madame Pottine schenkte zwei Tassen Tee ein. Nur Belle und das Biest aßen. Die verzauberten Diener brauchten kein Essen.

Das Biest sah beim Essen zu, wie Tassilo und Von Unruh die Karte aus der Truhe zogen, sie auf dem Boden ausbreiteten und die Schiffe auf ihr positionierten. Tassilo bemannte die Brigantinen und Von Unruh die Kriegsschiffe.

„Das erinnert mich an die Zeit, als wir Kavalleristen vom Ufer aus zusahen, wie die französische Flotte Admiral Hawke in der Schlacht von Quiberon Bay während des Siebenjährigen Krieges angriff!“, erklärte Von Unruh.

„Das ist absolut fesselnd, Von Unruh“, sagte Lumière. „Jetzt pass auf, bevor die Brigg dich in die Luft jagt!“

Während Belle ihren Kuchen aß, kam Madame Pottine auf sie zu. „Danke, Belle. Vielen Dank, dass du ihn so glücklich gemacht hast.“

„Nicht der Rede wert, Madame Pottine. Wirklich“, beteuerte Belle.

„Für meinen Sohn und für mich bedeutet es alles“, sagte Madame Pottine mit stockender Stimme.

Belle hatte nicht bemerkt, dass das Biest ihren Wortwechsel mit Madame Pottine verfolgt hatte.

Es senkte den Kopf und entschuldigte sich dann leise. Belle, die sich umdrehte, um ihren leeren Teller und ihre Gabel abzustellen, sah nicht, wie es wegging. Sie sah auch nicht, wie es sich in der Tür noch einmal umdrehte und erst Tassilo und dann Madame Pottine mit einem qualvollen Blick anstarrte.

Von Unruh und Tassilo setzten ihre Seeschlacht fort. Chapeau räumte die Teller ab. Froufrou rollte sich am Feuer zusammen. Und Lumière und Plumette machten sich gegenseitig schöne Augen. Irgendwann erklärte Madame Pottine, dass es schon spät sei. Tassilo bedankte sich bei allen, und dann brachte seine Mutter ihn ins Bett. Plumette und Von Unruh räumten auf, und Belle legte die Schiffe zurück in die Truhe.

Als sie die Karte zusammenfaltete, bemerkte sie, dass das Biest weg war. Das versetzte ihr einen schmerzhaften Stich. Sie hatte sich darauf gefreut, mit ihm über die Party zu reden – ihm zu sagen, was für ein großartiges Geschenk er Tassilo gemacht hatte, hatte fragen wollen, ob ihm der Kuchen geschmeckt hatte – einfach ein schönes Ereignis noch einmal erleben, nachdem es vorbei war, so wie es Freunde tun. Aber es war gegangen. Schon wieder.

„Was für eine schöne Party“, sagte Lumière, als er den Deckel der Truhe schloss. Dann sah er in Belles Augen und fuhr fort: „Und das alles nur deinetwegen, Belle. Du bringst Helligkeit und Hoffnung in dieses düstere Schloss. Nicht nur für Tassilo, obwohl er dich sehr liebt, sondern für uns alle.“

„Für die meisten von euch, meint Ihr“, erwiderte Belle geknickt. „Ich bin sicher, das Biest ist nicht der Ansicht, dass ich ihm Helligkeit, Hoffnung oder sonst etwas bringe.“

„Belle, das ist nicht wahr“, widersprach Lumière inbrünstig. „Eure Freundschaft bedeutet ihm sehr viel. Ich weiß das genau.“

Doch Belle schüttelte den Kopf. Sie dachte an die Comtesse und an Henri und die lockere, einfache Art, auf die sie mit ihr umgingen. „Aber Freunde reden miteinander, Lumière“, warf sie ein. „Sie tauschen Geheimnisse aus und vertrauen einander, auch in schwierigen Angelegenheiten – *vor allem* in schwierigen Angelegenheiten."

„Manchmal, Belle, sind unsere Sorgen zu tief, um sie in Worten auszudrücken", entgegnete Lumière. „Es sind Zeiten wie diese, in denen wir unsere Freunde am meisten brauchen."

„Lumière! Kannst du mal kommen? Chapeau hat die Küchentür geöffnet, und der Wind hat alle Kerzen ausgeblasen. Wir brauchen dich, um sie wieder anzuzünden!" Es war Plumette, die aus der Küche rief.

„Hier wird es nie langweilig. Gute Nacht, Belle", verabschiedete er sich lächelnd.

„Gute Nacht, Lumière."

Belle verließ das Esszimmer und stieg die Treppe hinauf zu ihrem Zimmer. Sie wusch sich das Gesicht, putzte sich die Zähne und zog ihr Nachthemd an. Aber anstatt direkt ins Bett zu gehen, setzte sie sich auf die Fensterbank und schaute hinaus in die verschneite Nacht.

Noch nie hatte sie sich so zerrissen gefühlt.

Lumière hatte gesagt, dass Tassilo und die anderen sich um sie sorgten, dass sie sie glücklich machte. Und dass sogar das Biest ihre Freundschaft schätzte und sie brauchte. Aber wie konnte das sein? Alles, was sie tat, machte ihn wütend oder traurig. Wie oft war er weggegangen, wenn die Diskussion eine Wendung nahm, die ihm nicht gefiel. Wie oft hatte sie ihn um Antworten gebeten, nur um mit noch mehr Fragen zurückgelassen zu werden.

Das Biest war ein Wesen voller Traurigkeit, geplagt von einem Schmerz, den Belle nicht verstand und nicht benennen konnte. Das Leben mit ihm war wie der endlose Winter vor ihrem Fenster, ohne Hoffnung auf Frühling.

Nevermore jedoch versprach ihr einen endlosen Sommer. Die Menschen waren faszinierend. Das Leben war schön. *Alles* war schön. Die Comtesse und Henri und der Professor waren dort, und sie wollten eindeutig das Beste für sie. Und wenn die Magie der Comtesse erfolgreich wäre, würde auch ihr Vater dort sein. Und er brauchte sie mehr als jeder andere.

Wenn sie das Schloss des Biestes verließ, falls die Comtesse einen Ausweg für sie fand, dann würde sie Tassilos Herz brechen, das war ihr klar. Und das von Madame Pottine. Möglicherweise auch die Herzen der anderen Diener. Und vielleicht sogar das des Biestes.

Aber wenn sie blieb und die Chance verpasste, mit ihrem Vater wiedervereint zu werden, würde sie ihr eigenes Herz brechen.

„Was soll ich tun?“, flüsterte sie der Dunkelheit zu.

Aber die Dunkelheit antwortete nicht.

KAPITEL SIEBENUNDDREISSIG

VON UNRUH SERVIERTE BELLE UND DEM BIEST mit einer Holzkelle den morgendlichen Haferbrei.

Als er sich zu Belle herüberbeugte, zitterte seine Hand und versteifte sich dann.

„Oje! Oje“, seufzte er. „Ein verklebtes Zahnrad. Ich muss es ölen.“

Lumière blickte vom Herd auf, wo er versuchte, dem stotternden Feuer Leben einzuhauchen.

Chapeau eilte Von Unruh zu Hilfe, nahm ihm die Kelle ab und legte sie ab. Dann rieb er gründlich seinen Arm.

„Ah! Viel besser. Danke, alter Mann“, sagte Von Unruh. Er griff wieder nach der Schöpfkelle, bereit, seine Arbeit wiederaufzunehmen. Aber als er das tat, war ein schreckliches Knirschen zu hören. Ein Stöhnen entwich Von Unruh. Seine Hände wanderten zu seinem Kreuz.

Das Biest blickte besorgt erst zu Von Unruh, dann zu Lumière. Es erwartete, eine heitere Verzweiflung auf Lumières Gesicht zu sehen oder einen neckischen Kommentar zu hören. Stattdessen sah er einen Ausdruck tiefen Kummers. Das brach ihm das Herz.

Die Situation wurde jeden Tag schlimmer für seine Diener; das sah er. Bald würden ihre Bewegungen noch steifer werden. Dann würde ihre Fähigkeit, sich zu bewegen und zu sprechen, vergehen. Das Licht würde aus ihren Augen erlöschen. Sie würden zu leblosen Kerzenständern, Uhren, Teekannen … für immer.

„Wenn Ihr uns einen Moment entschuldigen würdet, Herr", bat Lumière.

„Eine alte Kriegsverletzung", sagte Von Unruh entschuldigend. „Erworben während der Schlacht von Hastenbeck an der Seite meines alten Freundes, General Chevert. Wir sollten die Hannoveraner vertreiben, aber diese Teufel hatten sich eingegraben …"

„So war das?", erkundigte sich Lumière. „Komm in die Küche, *mon ami*. Ich bin sicher, Cuisinier brennt darauf, alles darüber zu erfahren …"

Das Biest sah zu, wie Von Unruh forthumpelte, Lumières Arm schützend um ihn gelegt. Er warf einen Blick auf Belle, um zu sehen, ob sie es bemerkt hatte. Doch sie starrte ausdruckslos auf ihren Haferbrei und rührte ihn lustlos mit ihrem Löffel um.

Normalerweise hätte der Kummer eines anderen Wesens Belle aus ihrer Erstarrung wach gerüttelt.Heute jedoch schien es sie nur weiter in ihre eigenen Gedanken zu vertiefen. Irgendetwas stimmte nicht – ganz und gar nicht. Das Biest konnte es spüren.

„Warum isst du nicht, Belle? Geht es dir nicht gut?“, fragte es.

„Mir geht es gut, danke. Ich bin nur nicht sehr hungrig“, erwiderte Belle und schenkte ihm ein offensichtlich falsches Lächeln. Sie legte ihren Löffel ab. „Ich habe letzte Nacht nicht gut geschlafen. Wenn du mich jetzt entschuldigen würdest.“

Das Biest hob eine Augenbraue. „Wohin gehst du?“

„In die Bibliothek.“

„Willst du nicht stattdessen lieber einen Spaziergang durch das Gelände machen? Die frische Luft wird wieder etwas Farbe auf deine Wangen zaubern. Du siehst heute Morgen so blass aus. Das hast du doch sicher bemerkt.“

„Wie könnte ich?“, entgegnete Belle. „Hier gibt es doch keine Spiegel.“

„Stimmt.“

„Weil du sie alle zerbrochen hast.“

Das Biest räusperte sich. „Auch wahr“, erwiderte es. „Soll ich ehrlich sein? Ich mag Bücher lieber als Spiegel“, fügte es hinzu und versuchte, die Stimmung aufzulockern. „Spiegel zeigen uns nur, was wir sind. Bücher zeigen uns, was wir sein können.“

„Darin stimme ich dir vollkommen zu“, sagte Belle. „Deshalb gehe ich auch in die Bibliothek.“

„Aber Belle, die Dienerschaft … sie hat mir erzählt,

dass du den ganzen Tag dort verbringst. Braucht es nicht auch ein bisschen Ausgleich? Eine Flucht kann zu Realitätsflucht werden, bevor wir es überhaupt merken. Bücher sind wunderbare Dinge, aber man kann nicht in der Geschichte von anderen leben. Man muss seine eigene Geschichte leben."

Mit tiefem Schmerz in ihren Augen blickte Belle das Biest an. Was sie dann sagte, brach ihm zum zweiten Mal an diesem Morgen das Herz.

„Aber was ist, wenn du deine Geschichte nicht magst? Was dann?"

KAPITEL ACHTUNDDREISSIG

BELLE WARTETE AUF EINE ANTWORT vom Biest.

Aber wie immer kam keine. Es hatte mit einem gequälten Gesichtsausdruck den Löffel abgelegt, aber es sprach nicht.

Die vertraute Frustration stieg in Belle auf. Sie sagte sich, dass die Weigerung des Biestes, mit ihr zu reden, bald keine Rolle mehr spielen würde. Sie würde heute nach *Nevermore* gehen. Es war möglich, dass sie nicht zurückkommen würde.

Aber als sie die Kreatur betrachtete, mit der sie sich so gern angefreundet hätte, beschloss sie, dass es etwas gab, was *sie* sagen wollte, bevor sie ging.

„Weißt du, eine Frage quält mich mehr als alle anderen. Erinnerst du dich an die Nacht, als du mich im Westflügel gefunden hast? Nachdem du mir gesagt hattest, ich solle nicht dorthin gehen?"

Das Biest schaute aus dem Fenster. Es schneite. Immer noch. Der Wind stöhnte und wirbelte weiße Flocken durch die Türme des Schlosses.

„In der Nacht, in der du weggelaufen bist?", fragte es schließlich. „Und beinahe von einem Rudel Wölfe getötet wurdest? In jener Nacht? Ja, ich scheine mich daran zu erinnern."

„Die Wölfe hätten auch dich fast getötet. Du hast es geschafft, sie zu vertreiben, aber sie verwundeten dich schwer. Du bist im Schnee zusammengebrochen. Philippe und ich brachten dich zurück ins Schloss."

„Das weiß ich, Belle. Die Narben erinnern mich daran."

„Was du nicht weißt, ist, dass ich dich ansah, als du auf dem Boden lagst. Bewusstlos. Dein Blut sickerte in den Schnee. Fast hätte ich dir nicht geholfen. Denn eine Stimme in mir schrie: ‚Lauf! Beeil dich! Das ist deine Chance zu entkommen!'"

„Aber du bist nicht weggerannt."

„Ich konnte nicht. Du warst hilflos. Wehrlos. Ich hätte dich dem Tod überlassen."

Endlich wandte sich das Biest vom Fenster ab und sah ihr in die Augen. „Warum tun wir das, Belle? Warum durchleben wir eine so schreckliche Nacht?"

„Weil ich, auch wenn ich in der Nacht nicht alle Antworten bekommen habe, trotzdem etwas gelernt habe. Weißt du, was es ist?"

Das Biest schüttelte den Kopf.

„Ich fand heraus, dass du bereit warst, für mich zu sterben, und dass ich nicht bereit war, dich gehen zu lassen." Sie lachte traurig.

Stille trat ein. Sie war wie eine Mauer zwischen ihnen, hart und undurchdringlich. Das Biest war der Erste, der sie durchbrach.

„Ich habe etwas für dich, Belle. Ich stieß letzte Nacht darauf und dachte, es könnte dir gefallen."

„Du wechselst das Thema."

„Das versuche ich, ja", gestand das Biest.

„Was ist es?", fragte Belle.

Das Biest stand auf. Er ging auf Belle zu, zog etwas aus seiner Manteltasche und reichte ihr ein Herz aus Glas, das an einer goldenen Kette baumelte. Das Herz war so geschliffen, dass es funkelte, egal in welche Richtung sie es drehte.

„Es gehörte meiner Mutter", erklärte das Biest.

„Es ist wirklich wunderschön. Aber ich kann es nicht mitnehmen. Es sollte in deiner Familie bleiben", protestierte Belle und wollte es zurückgeben.

Aber das Biest schüttelte den Kopf. „Ich möchte, dass du es bekommst."

„Würdest du es mir anlegen?", fragte Belle.

Das Biest schüttelte bedauernd den Kopf und hob seine großen, plumpen Pfoten.

Belle legte es sich selbst um den Hals.

„Es steht dir", sagte das Biest.

„Erzähl mir von ihr."

„Sie war klug. Schön. Anmutig. Und gütig. Das

gütigste Geschöpf, das ich je getroffen habe.“ Er hob seinen Blick und schaute Belle an. „Nun, eines von ihnen.“

Belles Augen suchten die des Biestes. „Warum, Biest? Was bedeutet das?“

Das Biest sah weg.

Resigniert hob Belle die Hände. „Ich weiß, ich weiß“, sagte sie müde. „Das kannst du mir nicht sagen.“

Das Biest sah sie lange an. Dann sagte es mit dem traurigsten Lächeln, das Belle je gesehen hatte: „Ich *habe* dir gerade etwas gesagt, Belle.“

„Ich verstehe nicht“, erwiderte Belle.

Das Biest wies mit einer Kopfbewegung auf das Herz, das an ihrem Hals hing.

Belle blickte darauf hinunter. Sie schloss ihre Hand darum. Als sie wieder aufblickte, war das Biest verschwunden.

Was hat es damit gemeint?, fragte sie sich.

Hatte sie etwas in ihrem Gespräch verpasst? Es gab so viele Dinge, die es ihr nicht gesagt hatte.

In diesem Moment wurde ihr klar, dass es etwas gab, was sie ihm nie sagen könnte.

„Auf Wiedersehen“, flüsterte sie.

Dann erhob sie sich und machte sich auf den Weg in die Bibliothek.

KAPITEL NEUNUNDDREISSIG

AUSNAHMSWEISE WAR BELLE SCHNELLER AN DER TÜR ALS MOUCHARD.

Sie war in Windeseile aus der Kutsche heraus, bevor er überhaupt von seinem Sitz aufgesprungen war. Als sie die Treppe zum Sommerhaus hinaufrannte, nahm sie immer zwei Stufen auf einmal.

Die Comtesse kam ihr im Foyer entgegen.

„Mein Vater … ist er …?“, begann Belle.

Die Comtesse antwortete ihr mit einem Lächeln.

Belle schlug die Hände vor ihren Mund. Sie schüttelte den Kopf, konnte ihr Glück nicht fassen. Ihr Vater war hier. *Er ist hier!*

„Wo ist er?“, fragte sie.

„Vorhin saß er in der Gartenlaube mit seinem Skizzenblock und Stiften, aber ich glaube, jetzt ist er auf der Terrasse und bewundert meine Rosen.“

Überglücklich stürmte Belle durch das Foyer. Doch dann blieb sie stehen und drehte sich mit einem ängstlichen Ausdruck auf dem Gesicht um.

„Was ist los, Belle?“, fragte die Comtesse.

„Ich habe … Ich habe fast Angst, zu ihm zu gehen“,

gab Belle zu. „Ich möchte ihn fast nicht sehen, weil ich ihn dann nur wieder verlassen muss."

„Vielleicht wirst du ihn nicht verlassen müssen, mein Kind", meinte die Comtesse vielsagend.

„Ist das … ist das *möglich?*"

„Ich bin sehr nahe daran, es möglich zu machen."

„Wirklich? Ich werde hierbleiben können?", rief Belle aus. Sie lief zurück zur Comtesse und ergriff eine ihrer Hände. „Mylady, wie habt Ihr das zustande gebracht?"

„Später, mein Kind, später. Wir haben Zeit, alles zu erklären, nachdem du deinen Vater gesehen hast."

Belle ließ die Hand der Comtesse los und wollte schon wieder losrennen, aber die Comtesse hielt sie mit festem Griff zurück.

„Mein liebes Mädchen, warte …"

„Was ist los?", fragte Belle, beunruhigt durch ihren mahnenden Tonfall.

„Er weiß nicht, dass du hergekommen bist. Ich habe es ihm nicht gesagt, für den Fall, dass du … nun, falls du es dir anders überlegt hättest. Ich wollte ihm nicht das Herz brechen. Ich habe ihm nur gesagt, dass er an einen magischen Ort käme. Du wirst eine Überraschung für ihn sein, Belle. Möglicherweise wird er sich erschrecken. Es wäre klug, behutsam vorzugehen", riet sie.

Belles Herz schwoll an vor Dankbarkeit. Sie hatte noch nie jemanden getroffen, der so selbstlos, so aufmerksam, so *gut* war.

Schließlich ließ die Comtesse Belles Hand los, aber anstatt loszurennen, warf Belle ihr die Arme um den Hals und küsste sie auf die alabasterartige Wange.

„Ihr seid so gütig", sagte sie, ihre Stimme war heiser vor Rührung. „Zu mir. Zu meinem Vater. Ich werde mich nie für all das revanchieren können, was Ihr für uns getan habt."

„Geh, mein Kind", erwiderte die Comtesse und klopfte Belle auf den Rücken. „Geh zu deinem Vater. Er ist gleich da drüben." Sie löste sich aus der Umarmung und wies auf eine Tür, die auf die Terrasse hinausführte.

Belle rannte durch das Foyer und stürmte durch die Tür.

Das Foyer hatte mehrere Innentüren, die alle zu verschiedenen Teilen des Sommerhauses führten. Als Belles Schritte verklangen, trat eine Gestalt aus einer der Türen und gesellte sich zur Comtesse.

„Du hast einen Weg gefunden", sagte Henri.

Sie lachte. „Ich hatte schon immer einen Weg … *meinen* Weg. Lass ihnen ein wenig Zeit allein, dann geh zu ihnen. *Nevermore* braucht noch zwei Dinge. Sorge dafür, dass Belle sie uns gibt. Enttäusch mich nicht."

Henri verbeugte sich und verließ das Foyer.

Die Comtesse sah ihm hinterher. Ihre grünen Augen funkelten, und ein Lächeln spielte auf ihren blutroten Lippen.

KAPITEL VIERZIG

BELLE STAND MIT ZU FÄUSTEN GEBALLTEN HÄNDEN auf der Terrasse.

Ihr Vater war nur ein paar Meter von ihr entfernt. Er stand mit dem Rücken zu ihr und beugte sich hinunter, um eine weiße Rose zu bewundern.

Sie traute ihren Augen nicht. War er tatsächlich *hier*? War er echt?

„Papa?“, rief sie.

Maurice erstarrte beim Klang ihrer Stimme. Dann richtete er sich langsam und steif auf und sah sich um.

Die Comtesse hat recht. Er ist gealtert, dachte Belle. *Vor Kummer. Vor Einsamkeit und Sorge.*

„Papa, hier drüben!“, rief sie.

Maurice drehte sich um. Seine Augen fanden ihre, aber sie weiteten sich nicht vor Überraschung oder Freude, sondern sahen nur höflich und fragend aus. Als ob er sie nicht erkennen würde. Hatte sie sich in der Zeit, in der sie getrennt waren, so verändert?

Vielleicht ist es das feine Kleid, die schicke Haube, dachte sie fieberhaft. *Nevermore* hatte sie wieder einmal in andere Kleider gehüllt, obwohl das Kristallherz, das

das Biest ihr geschenkt hatte, noch immer an ihrem Hals hing.

„Papa, ich bin es … Belle“, rief sie und riss sich den schicken Hut vom Kopf.

Maurice blinzelte sie an. „Belle?“, murmelte er leise. „Kann das sein?“

„Papa! Oh, Papa!“, rief sie, und ihre Stimme überschlug sich.

Die Augen ihres Vaters erfüllte Freude. Seine Lippen hoben sich zu einem Lächeln.

„Belle“, sagte er, und seine Stimme brach. „Mein Kind, mein Liebling, mein liebes Kind. *Du* bist es.“

KAPITEL EINUNDVIERZIG

BELLE VERGASS GANZ, DASS SIE AUF DEM ANWESEN DER COMTESSE und von schönen Fremden umgeben war. Sie rannte auf ihren Vater zu und warf sich schluchzend in seine Arme.

Maurice hielt sie fest, streichelte ihr Haar und beruhigte sie mit sanften Worten, so wie er es getan hatte, als sie klein gewesen war.

„Pst, Belle, pst. Es ist alles gut. Komm, mein Kind, lass mich dich ansehen“, bat er und hielt sie auf Armeslänge von sich. „Ich dachte, ich würde dich nie wiedersehen. *Nie mehr*. Und jetzt stehst du hier … direkt vor mir!“

Seine Freude machte Belle glücklich. Das Stechen in ihrer Brust ließ nach. Sie zog ihr Taschentuch aus der Tasche und wischte sich die Tränen weg. Ihr Vater *war* echt.

„Ich habe dich so sehr vermisst, mein schönes Mädchen. Wie es mein Herz erfreut, dich zu sehen.“ Maurice hielt sie immer noch fest. „Wie bist du hierhergekommen? Bist du dem bösen Biest entkommen?“

Natürlich – ihr Vater hatte sie das letzte Mal in einer Gefängniszelle im Schloss des Biestes gesehen, in der er gesessen hatte, bis sie seinen Platz eingenommen hatte.

„Ich war nicht sehr lange in dieser Zelle“, erklärte sie. „Lumière, der Diener des Biestes, hat mich herausgelassen. Ich lebe jetzt in dem Schloss, Papa, und werde gut behandelt. Ich habe dort Freunde …“

Maurice’ Gesicht verfinsterte sich. *„Freunde?“,* wiederholte er. „An diesem gottverlassenen Ort? Das sind Gefängnisaufseher, Belle. Das sind gefährliche Gegenstände –“

Gefährlich?, dachte Belle. *Madame Pottine? Plumette?*

„Ich weiß, dass sie dir vielleicht nicht so vorkamen, aber sie sind sehr nett, Papa“, warf sie ein. „In der Tat habe ich eine kleine Teetasse namens Tassilo sehr lieb gewonnen und …“

Aber ihr Vater hörte nicht zu. „Das Biest ist eine Kreatur, die sich wie ein Mann kleidet, sich aber wie ein Tier verhält und auf alles und jeden losgeht“, fuhr er fort. „Glaube nicht einen Moment lang, dass das Biest oder jemand, der mit ihm zu tun hat, dein Freund ist!“

Die scharfen Worte ihres Vaters wunderten Belle. Er war immer ein aufgeschlossener Mann und stets bereit gewesen, sich andere Meinungen anzuhören, auch wenn sie sich deutlich von seiner eigenen abhoben.

„Das Biest war anfangs furchterregend, ja", lenkte sie ein. „Aber je mehr Zeit ich mit ihm verbringe, desto mehr überrascht es mich. Ich glaube, dass es vielleicht sogar richtig nett ist."

„Es hat dich zu Tode erschreckt, Belle, so viel ist klar", widersprach Maurice. „Du sprichst aus Angst gut von ihm, mein Kind, weil du glaubst, wenn du es nicht tust, wird es umso schlimmer für dich werden."

Belle, die noch vor wenigen Augenblicken wütend auf das Biest gewesen war, weil es erst ihren Vater und dann sie selbst eingesperrt hatte, fühlte sich nun verpflichtet, es zu verteidigen. Das schwindelerregende Wechselbad der Gefühle verwirrte sie.

Belles Kopf sagte ihr, dass es Wahnsinn sei, so etwas zu tun, und keinerlei Sinn ergebe. Aber ihr Herz sah mehr als ihr Kopf, und es sprach mit einer tieferen Logik.

„Papa, erinnerst du dich an Androkles?"

„Ja, natürlich. Unser … äh, unser Nachbar."

„Unser *Nachbar?*", wiederholte Belle und blinzelte ihn an.

Die Comtesse hatte recht. Er *war* gealtert. Der Schock, im Schloss des Biestes gefangen gewesen zu sein und dann sein einziges Kind zu verlieren, hatte ihn verwirrt.

„Nein, Papa", sagte sie sanft. „Androkles aus den

Fabeln des Äsop! Du hast mir früher jeden Abend daraus vorgelesen."

„Natürlich, natürlich", versicherte Maurice schnell.

„Das Biest ist wie der Löwe, mit einem Dorn, der tief in ihm steckt", fuhr Belle fort.

Maurice' buschige Augenbrauen schossen in die Höhe. „Du hast diesen Dorn also gesehen?"

„Der Dorn steckt in seinem *Herzen*, Papa. Etwas Schreckliches ist ihm zugestoßen."

Aber Maurice war nicht in einer wohltätigen Stimmung. „Warum verbringen wir unsere Zeit damit, über das Biest zu reden? Ich mag es nicht. Ich sorge mich nur um dich. Wie bist du hierhergekommen, Belle? Wann hast du die Comtesse getroffen?"

Belle erklärte, wie sie den Weg nach *Nevermore* gefunden hatte.

„Ein verzaubertes Buch?", fragte Maurice, als sie geendet hatte.

„Ja. Die Comtesse hat es dort hingelegt, wo ich es finden würde. Sie hat herausgefunden, was mit uns passiert ist, Papa. Sie will uns helfen. Denn sie kannte meine Mutter und mochte sie sehr. Das hat sie mir gesagt."

Maurice' grimmiger Gesichtsausdruck schmolz. Seine Augen wurden weich und wehmütig, wie immer, wenn man von seiner Frau sprach.

„Das klingt nach der Comtesse. Sie ist eine gute Seele. Das war sie schon immer“, sagte er. „Hier, in *ihrem* Haus, kann ich eine Rose für meine Tochter pflücken, ohne dass man mich einsperrt.“ Während er das sagte, drehte er sich um und pflückte eine weiße Blüte für Belle.

Belle nahm sie entgegen. Doch als sie es tat, sah sie einen dunklen Fleck auf den Blütenblättern.

„Papa, du blutest!“, rief sie erschrocken und nahm seine Hand. „Du musst dich an einem Dorn gestochen haben.“

„Es ist schon gut“, wehrte Maurice ab, aber Blutstropfen, die so dunkel waren, dass sie fast schwarz aussahen, fielen auf den Boden.

Belle umklammerte immer noch ihr Taschentuch. „Hier“, sagte sie. „Das wird das Blut aufhalten.“

Als sie das Tuch um seinen Daumen wickelte und verknotete, bemerkte sie, dass seine Hände eiskalt waren.

„Du bist so kalt!“, sagte sie und versuchte, sie etwas warm zu reiben.

Seine kalten Hände, die steifen Bewegungen, die Tatsache, dass er vergessen hatte, wer Androkles war – diese Dinge beunruhigten Belle sehr.

„Passt du auf dich auf, Papa?“, fragte sie ärgerlich. „Nimmst du deinen Lebertran? Du lässt doch nicht etwa nachts die Fenster offen, oder? Du weißt doch, wie zugig es in dem Haus wird …"

„Mir geht es gut, Belle", beschwichtigte er sie. „*Du* bist es, um die ich mir Sorgen mache. Ich will nicht, dass du ins Schloss des Biestes zurückkehrst. Es muss einen Weg geben, dich hierzubehalten."

„Mademoiselle Belle!", rief eine Stimme. „Seid Ihr das?"

Es war Henri. Mit federndem Schritt und einem Lächeln auf seinem hübschen Gesicht schritt er auf sie zu.

KAPITEL ZWEIUNDVIERZIG

„Welch ein Vergnügen, Euch wiederzusehen!“, rief Henri und verbeugte sich vor Belle.

„Ebenso“, entgegnete Belle erfreut. „Henri, ich möchte Euch meinen Vater Maurice vorstellen. Papa, das ist mein Freund Henri, Duc des Choses-Passées.“

„Es ist mir eine Ehre, Euch kennenzulernen, Sir“, sagte Henri und verbeugte sich erneut.

„Die Ehre ist ganz meinerseits, junger Mann“, antwortete Maurice.

„Die Comtesse spricht in den höchsten Tönen von Eurer Arbeit“, fuhr Henri fort. „In der Tat nutzt sie jede Gelegenheit, sie mir zu zeigen. Sie versucht, mich eifersüchtig zu machen, und es gelingt ihr auch. Ich hoffe, dass auch ich eine Eurer Spieldosen erwerben kann.“

Belle sah, dass ein Lächeln das Gesicht ihres Vaters erhellte. Er strahlte wegen des Kompliments. Im Stillen dankte sie Henri dafür.

„Maurice! Ich sehe, du hast den Duc des Choses-Passées kennengelernt!“, trällerte die Comtesse, als sie zu ihnen herüberkam.

Maurice richtete sich ganz auf, als sich die Comtesse näherte. „Das habe ich! Was für ein reizender Bursche!"

„Ihr habt einen Fehler gemacht, mich heute hierher einzuladen, Madame Comtesse", bemerkte Henri schelmisch. „Ich habe Monsieur Maurice bereits gesagt, dass die nächste Spieldose, die er baut, *meine* sein wird."

„Undankbarer Schuft!", schimpfte die Comtesse und schlug Henri mit ihrem Fächer. „Komm", sagte sie dann und nahm Maurice' Arm. „Lass uns zurück zum Pavillon gehen. Mouchard wird uns Erfrischungen bringen. Und ich werde mein Bestes tun, Maurice, um dich umzustimmen, wer deine nächste Spieluhr kaufen wird." Sie hielt sich die Hand vor den Mund und flüsterte laut: „Ich zahle das Doppelte von dem, was du verlangst!"

„Das ist unfair!", protestierte Henri.

„Lieber Junge, alles ist fair in der Liebe, im Krieg und beim Erwerb von Spieldosen", entgegnete die Comtesse mit einem Augenzwinkern.

Henri lächelte. Er bot Belle seinen Arm an. „Eine Sache musst du über unsere liebe Comtesse wissen", sagte er zu ihr. „Sie hasst es wirklich zu verlieren."

KAPITEL DREIUNDVIERZIG

„DONNERWETTER, IST DAS WARM HEUTE!“, stöhnte Maurice und fächelte sich Luft zu.

„Nimm noch einen Schluck von deiner Limonade, Papa“, sagte Belle und füllte sein Glas aus einem Krug auf dem Tisch auf. Dann schüttelte sie das Kissen hinter seinem Rücken auf. Sie konnte nicht aufhören, sich um ihn zu kümmern und ihn ständig zu fragen, ob er es bequem genug hatte, ob ihm nicht zu warm war, ob er durstig oder hungrig war.

„Du bist zu gut zu mir, Belle.“

„Unsinn, Papa.“

Sie saßen in der schattigen Gartenlaube der Comtesse und vertrieben sich die Zeit. Es war bereits nach Mittag. Maurice hatte seinen Skizzenblock auf dem Schoß. Die Comtesse fächelte sich Luft zu. Henri las laut aus einem Buch mit Shakespeare-Sonetten vor.

Die Gartenlaube lag neben einem plätschernden Bach am Rande des Kirschgartens der Comtesse. Mouchard, auf der Hut vor Käfern und Spinnen, schlich um den Pavillon herum und sprühte Insektenspray über jede Blume, jeden Busch und jeden Strauch.

„Mouchard! Lass das und hol uns ein paar Brote“, befahl die Comtesse.

Henri klappte sein Buch zu. „Großartige Idee, Madame Comtesse“, sagte er. „Das Lesen hat mich hungrig gemacht. Sollen wir auch ein paar Kirschen essen?“

„Sie sind ein Schatz, Henri. Worin wollen wir sie sammeln?“

„Nehmt meinen Hut“, schlug Maurice vor, ohne von seinem Zeichenblock aufzublicken. Er nahm geistesabwesend den Hut der Comtesse, der auf einem Stuhl neben ihm lag, und hielt ihn Henri hin.

„Mein lieber Herr, die Comtesse wird mich lebendig aufhängen, wenn ich *da* Kirschen hineinlege“, erwiderte Henri und nickte in Richtung des schwarzseidenen Accessoires.

Nun sah Maurice auf und starrte auf den Gegenstand in seiner Hand. „Meine Güte. Wo kommt das denn her? Wo ist *mein* Hut?“

„Du trägst ihn noch, Papa“, sagte Belle liebevoll. Sie nahm ihm seinen breitkrempigen Strohhut ab und küsste ihn auf den Kopf. Maurice lächelte und zeichnete weiter.

„Belle, habt Ihr Lust auf einen Spaziergang?“, fragte Henri.

„Danke, Henri, aber ich glaube, ich bleibe lieber hier“, erwiderte Belle.

„Sei nicht dumm, mein Kind. Geh und vertritt dir die Beine. Ich komme schon zurecht“, erklärte Maurice.

„Tu das, Belle“, pflichtete die Comtesse ihm schnell bei. „Amüsiere dich. Ich werde ihn im Auge behalten.“

„Wenn du sicher bist …“, wandte Belle sich an ihren Vater.

Maurice nickte, und Belle und Henri machten sich auf den Weg zum Kirschgarten. Henri war seltsam ruhig, während sie schlenderten. Belle bemerkte das und fragte ihn nach dem Grund.

„Ah, Belle. Ihr kennt mich zu gut. Wenn ich still bin, dann weil ich versuche herauszufinden, wie ich sagen kann, was ich zu sagen habe.“ Er schenkte ihr ein beunruhigtes Lächeln.

Belle schaute unter ihrer Hutkrempe hervor zu ihm. „Was meint Ihr?“

„Ich … ich bin nach Hause gerufen worden. In mein Herzogtum im Norden. Es gibt Probleme auf meinem Gut. Mehltau vernichtet meine Ernten. Ich muss einen Weg finden, ihn zu stoppen, oder es wird dieses Jahr keine Ernte geben. Und dann werden meine Bauern und ihre Tiere verhungern.“

„Henri, das ist schrecklich! Es tut mir so leid, das zu hören. Wann müsst Ihr abreisen?“, fragte Belle.

„Heute Nachmittag.“

„So bald schon?“, fragte sie bestürzt.

Henri hielt inne. Belle tat es auch. Sie standen am Rand des Obstgartens.

„Belle …“ Er nahm ihre Hand in seine. „Darf ich Euch um etwas bitten?“

„Alles, Henri.“

Er sah sie mit einem gefühlvollen Blick an. „Eure Freundschaft bedeutet mir sehr viel. Ich habe noch nie jemanden getroffen, der so fürsorglich ist, wie Ihr es seid. Jemanden, mit dem ich so frei reden kann. Könnte ich ein Andenken von Euch haben? Etwas, das mich an Euch erinnert, während ich weg bin?“

„Natürlich, Henri“, sagte Belle und sah an sich herunter. Ihr schlichtes blaues Kleid hatte sich wieder einmal in ein wunderschönes Kleid verwandelt, als sie *Nevermore* betreten hatte. Ihre Stiefel waren zu Seidenschuhen geworden, und ein hübscher Hut zierte ihr Haupt. Aber sie konnte Henri schlecht einen Schuh oder einen Hut geben.

„Aber ich habe nichts, was ich Euch geben könnte“, sagte sie bekümmert.

Henris Blick fiel auf die zarte Vertiefung an ihrem Hals und die Halskette, die sie trug. „Ihr habt unsere Herzen, Belle – meines und das der Comtesse und aller anderen in *Nevermore*. Darf ich so kühn sein, um Eures zu bitten?“

Belle zögerte. Die Halskette war ein Geschenk vom Biest. Sie hatte seiner Mutter gehört, und Belle wollte sie nicht weggeben. Auch wenn sie nur aus Glas war, war sie unbezahlbar – wie alle Dinge, die einst geliebt worden waren.

„Ich bewahre es sicher auf und gebe es Euch zurück, wenn ich zurückkehre", drängte Henri.

„Das kann ich nicht", sagte Belle. „Es ist ein Geschenk von … von einem …"

Was?, fragte sich Belle. *Was ist das Biest für mich? Ich wollte, dass es mein Freund ist. Und manchmal dachte ich, es wollte mich auch zur Freundin haben. Aber ich habe mich geirrt.*

„Jemand, der dir etwas bedeutet?", bot Henri an.

„Ja", erwiderte Belle und wusste, dass sie sich damit zufriedengeben musste. Jetzt und für immer und ewig.

„Ich verstehe", sagte Henri, doch er machte ein langes Gesicht. Gleich darauf lächelte er wieder und versuchte, seine Enttäuschung zu überspielen, doch Belle ertrug seinen Unmut nicht.

„Ich wünschte, ich hätte etwas anderes", sagte sie und steckte ihre Hände in die Taschen. Dort fühlte sie einen Klumpen. Ihre Finger umfassten die kleine silberne Schere, die die Verrückte ihr gegeben hatte. Belle hatte sie ganz vergessen. Kurz überlegte sie, sie Henri zu geben, entschied aber, dass eine Schere ein seltsames Andenken wäre.

Ihre andere Hand fühlte Münzen – die, die sie versucht hatte Monsieur Truqué im Palais Royal zu geben.

„Einen Sou?", bot sie an. „Es ist ein bisschen seltsam, ich weiß, aber es war ein Andenken für mich – eine Erinnerung an meine Heimat und an meinen Vater."

„Das wäre perfekt." Henri strahlte. „Es ist so klein, dass ich es überallhin mitnehmen kann."

„Hier, bitte", sagte Belle und reichte ihm die Münze.

„Ich danke Euch, Belle. Vielen Dank."

Henri nahm die Münze.

Er steckte sie in seine Tasche.

Und das war der Moment, in dem die Risse erschienen.

Auf beiden Seiten seines perfekten, gut aussehenden, lächelnden Gesichts.

KAPITEL VIERUNDVIERZIG

BELLE STARRTE ENTSETZT AUF HENRI.

„Henri? Was ist denn los? Dein ... dein Gesicht ...“, stammelte sie.

Die Risse um seinen Mund hatten sich zu Furchen vertieft.

Belle streckte die Hand aus, um ihn zu berühren. Als sie das tat, klappte sein Kiefer auf.

„Hahaha!“, lachte er, und sein Kiefer klappte auf und ab. „Hahaha!“

Sie schrie auf und wich zurück. Henri ging mit ruckartigen und unnatürlichen Bewegungen auf sie zu.

„Mylady! Papa!“, rief sie. „Kommt schnell! Etwas stimmt nicht mit Henri!“

Beim Klang von Belles Schrei erhob sich die Comtesse von ihrem Stuhl und trat aus dem Pavillon heraus. Ihre schwarzen Röcke raschelten.

Ihre Gäste blieben wie erstarrt stehen, wo immer sie sich gerade befanden – in den Bäumen, am Bach, auf den Rasenflächen.

Ein lautes Krachen aus der Gartenlaube ließ Belle

erneut aufschreien. Verängstigt drehte sie sich um. Ein Feigenbaum in einem Terrakottatopf war umgekippt. Nur war er, wie Belle jetzt sah, überhaupt kein Feigenbaum, sondern nur ein bemalter, auf einen Ständer gestützter Holzschnitt.

Belle presste ihre Hände auf ihre Augen. „Was passiert hier?“, fragte sie angsterfüllt.

„Mein liebes Mädchen, was ist denn los?“

Belle ließ ihre Hände sinken.

Es war die Comtesse. Dem Himmel sei Dank.

Sie umklammerte ihren Arm. „Ich weiß nicht, was los ist. Seht Euch Henri an. Seht Euch die anderen an.“ Belles Stimme zitterte. „Wir müssen gehen, Mylady. Jetzt. *Nevermore* … es ist nicht so, wie es scheint. Es bricht auseinander. Wir müssen meinen Vater holen und in die wirkliche Welt zurückkehren.“

Die Comtesse tätschelte Belles Hand. „Es tut mir leid, meine Liebe, das tut es mir wirklich. Aber es gibt keinen Weg zurück. Nicht für dich.“

„Wie meint Ihr das?“, fragte Belle verwirrt.

Die Comtesse lächelte. „Nun, du hast drei Dinge gegessen, nicht wahr?“

„Ha…habe ich das?“ Belle versuchte verzweifelt, sich zu erinnern, was genau sie gegessen hatte und was das mit dem zu tun haben könnte, was hier gerade passierte.

„Das Macaron auf dem Ball …“, fing die Comtesse an.

„Das Teegebäck im Palais Royal“, flüsterte Belle.

„Was war das dritte?“, fragte die Comtesse und tippte sich ans Kinn. „Ah! Jetzt erinnere ich mich! Eine Birne!“

Panik ergriff Belle. Die Comtesse war doch ihre Freundin, oder? Warum versuchte sie dann, ihr eine Falle zu stellen?

„Du hast auch drei Dinge hiergelassen“, fuhr die Comtesse fort. „Wer Dinge nimmt und Dinge in *Nevermore* lässt, wird an diesen Ort gebunden.“

„Aber ich habe keine drei Dinge hiergelassen“, widersprach Belle vehement.

Henri taumelte vorwärts. Sein bemaltes Gesicht war so blass wie das eines Clowns. Seine Zähne waren aus weißem Porzellan. Seine schöne Jacke war grell und geflickt. Jetzt erkannte Belle, dass der charmante, witzige Mann, den sie für ihren Freund gehalten hatte, nichts weiter als eine Jahrmarktspuppe war.

Er hielt den Sou aus Kupfer hoch, den sie ihm gegeben hatte. „Tsss“, sagte er und wedelte mit einem Holzfinger.

Entsetzen drohte Belle zu überwältigen. Sie kämpfte es nieder, weigerte sich, ihm nachzugeben. Sie wusste, dass sie einen kühlen Kopf bewahren musste.

„Das ist nur eine Sache", betonte Belle. „Ihr spracht von drei Dingen."

„Stimmt", sagte die Comtesse. „Dies ist ein weiteres."

Sie hob ihren Arm und zeigte Belle den Armreif, den sie trug. Er war aus Haarsträhnen gemacht – aus braunen Haarsträhnen. Die Strähnen waren zusammengeflochten, mehrmals um das Handgelenk der Comtesse gewickelt und mit einem goldenen Verschluss befestigt.

„Das habe ich Euch nicht geschenkt", protestierte Belle. „Ich habe es noch nie gesehen."

„Oh, aber das hast du. Es ist dein Haar. Es hat sich in der Nacht des Balles in meinem Ring verfangen. Erinnerst du dich nicht?"

Belle spürte, wie ihr das Blut in den Adern gefror. „Das macht zwei Dinge."

„Maurice?", fragte die Comtesse.

Belles Vater kam vom Pavillon herunter und gesellte sich zu ihnen.

„Papa", sagte Belle mit Erleichterung in der Stimme. Er würde wissen, wie sie hier rauskam. Er würde sie beide retten.

Maurice lächelte sie an. In seiner Brusttasche steckte ein kleines Stück Stoff. Er zog es heraus und beugte sich vor, um es ihr zu zeigen. Belle sah, dass es fleckig war, und erkannte, dass es das Taschentuch war, das sie ihm gegeben hatte, als er sich den Finger an der Rose gestochen hatte.

„Nummer drei", sagte er.

„Papa, ich … ich verstehe das nicht. Warum?", fragte Belle mit stockender Stimme. Hatte ihr eigener Vater sie verraten? Der Gedanke erschütterte sie zutiefst.

Aber Maurice antwortete ihr nicht. Er lehnte sich immer noch nach vorn und schien plötzlich wie eingefroren zu sein. Als Belle weiter auf ihn einredete, rutschten ihm plötzlich die Haare vom Kopf und fielen ins Gras.

Sie keuchte.

Die Comtesse starrte ihn an. „Mouchard!", bellte sie.

Mouchard eilte an ihre Seite mit einem Messingschlüssel in den Händen.

Er sah aus wie ein Schlüssel, mit dem man eine Kaminuhr aufzog, war aber viel größer. Mouchard steckte den Schlüssel in Maurice' Rücken und drehte ihn.

Maurice richtete sich auf, und Belle sah, dass das, was sie für ihren Vater gehalten hatte, gar nicht ihr Vater war.

„König Otto", ächzte sie schockiert. „Aus dem Palais Royal!"

Während sie zusah, steckte die Kreatur das Taschentuch zurück in seine Tasche. Dann hob sie die Perücke auf und setzte sie sich wieder auf den Kopf.

„Dieses … dieses *Ding* sieht überhaupt nicht wie mein Vater aus“, sagte Belle fassungslos. „Wie konnte ich jemals glauben, dass er es war?“

„Der Schein kann trügen“, sagte die Comtesse süffisant. „Erst recht, wenn man eine Marionette so verzaubert, dass sie wie ein Herzog aussieht, oder einen Geier so, dass er einem Butler ähnelt, anstatt sie ganz neu zu erschaffen. Das spart Magie, verstehst du?“

„Das – das ist alles Zauber … Illusion?“, stotterte Belle.

„In der Tat. Wie alle guten Bücher“, bestätigte die Comtesse. „Aber das wusstest du doch, Belle.“

„Aber es *schien* so real.“

„Weil du wolltest, dass es so ist. Und jetzt bist du ein Teil der Geschichte. *Nevermore* hat dich hineingezogen. Ich würde sogar sagen, dass du es nicht aus der Hand legen kannst.“ Mit ihrem Kopf wies sie in die Richtung von Belles Händen.

Worte waren in schwarzer Schrift darauf gedruckt, als ob ihre Haut eine Seite in einem Buch wäre. Als sie zusah, erschienen immer mehr.

„Macht, dass es aufhört“, flehte sie. „Bitte!“

„Es ist zu spät. *Nevermore* schreibt das Ende, Belle. *Dein* Ende.“

Belles ganzer Körper wurde eiskalt. „Warum?“, fragte sie und sah die Comtesse an. „Warum habt Ihr das getan?“

„Weil ich eine Wette abgeschlossen habe und es *hasse* zu verlieren“, antwortete die Comtesse.

„Mein Leben … ist ein *Spiel* für Euch?“

„Ich habe versucht, dir eine faire Chance zu geben, Belle, und dir *so* viele Hinweise gegeben. Die schwarzen Kleider? Die Sensen auf meinem Wappen? Die Statuen von Hades und Persephone? Nein? Ah, na ja. Die Menschen sind gut im Leugnen. Besonders, wenn es um mich geht.“

„Wie lautete die Wette?“

„Dass Tod über Liebe siegen würde.“

„Mit wem hast du die Wette abgeschlossen?“

„Mit Liebe. Sei froh, dass du dich nicht mit *ihr* angelegt hast, meine Liebe. Sie ist erbarmungslos. Eine absolute Wilde.“

„Noch mehr als du?“, fragte Belle bitter.

Die Comtesse hob das gläserne Herz an, das das Biest Belle geschenkt hatte, lächelte und ließ es wieder fallen.

„Du verstehst so wenig, mein Kind“, sagte sie. „Zu lieben, jemand anderen *wahrhaftig* zu lieben, das ist nichts für schwache Nerven. Warum? Ich habe einen Ehemann gesehen, der seiner pestkranken Frau über die Stirn wischte, ohne Rücksicht auf seine eigene Sicherheit. Ich habe die Mutter eines Mörders am Galgen weinen sehen und einen hungernden Jungen, der seiner Schwester seine letzte Brotkruste gab. Liebe ist so stark, so grausam, dass sie sogar mir Angst macht. *Mir*, Belle. Einer Frau, die durch Schlachtfelder spaziert und durch Krankenhäuser. Die mit Henkern Tee trinkt."

Wut und Trotz stiegen in Belle auf und verdrängten ihre Angst. Sie dachte an ihren Vater. An Tassilo, Lumière, Madame Pottine. Und an das Biest.

„Liebe kann noch gewinnen", erklärte sie trotzig. „Sie *wird* siegen. Ich werde hier herauskommen."

„Nein, das glaube ich nicht", entgegnete die Comtesse bedauernd. „Aber ich würde mich nicht zu sehr darüber ärgern. Es wird nicht lange dauern. Einen oder zwei Tage höchstens."

„Ich werde *Nevermore* verlassen. Ich werde einen Weg finden", schwor Belle.

„Weißt du, ich habe mir kurz Sorgen gemacht, dass ich dieses kleine Spiel tatsächlich verlieren könnte", gab die Comtesse zu. „Immerhin bist du eine hervorragende Spielerin. Du hast deine Freiheit aufgegeben, damit dein Vater seine wiedererlangt. Was sehr lobenswert war. Sogar mutig. Aber dann wiederum ist es einfach, diejenigen zu lieben, die das Richtige für uns getan haben, findest du nicht auch? Ein bisschen schwieriger ist es, diejenigen zu lieben, die uns unrecht getan haben."

In diesem Moment flog ein furchterregender Geier mit einem furchtbaren Schnabel und schwarzen Federn heran. Er landete auf dem Geländer des Pavillons, schüttelte seine Flügel und krächzte.

„Ja, Mouchard. Ich komme", sagte die Comtesse.

Sie beugte ihren Kopf zu Belle hinüber. „Auf Wiedersehen, meine Liebe. Ich habe dieses Spiel genossen, aber meine Arbeit wartet auf mich. Ich muss zurück zu meinem Château und packen. Morgen früh reise ich ab. Es gibt Kriege, bei denen ich gebraucht werde. Seuchen, Hungersnöte, das Übliche." Sie lächelte kokett. „Ich bin sehr gefragt."

Damit wandte sie sich ab und ging auf den Obstgarten zu. Mouchard kreiste über ihr. Sie blickte noch einmal zurück. „Sei mir nicht zu böse", sagte sie. „Immerhin habe ich dir gegeben, was du wolltest: einen Weg heraus aus dem Schloss des Biestes. Du musst nicht zurückgehen, und du hast dein Versprechen nicht gebrochen. Ich tat es für dich. Ich breche *alle* Versprechen, Belle. Ich breche *alle* Gelübde."

Und dann schloss sich die Finsternis um sie, die selbst an diesem hellen Sommertag zwischen den Bäumen hing.

KAPITEL FÜNFUNDVIERZIG

BELLES BRUSTKORB BEGANN ZU ZITTERN. Ihr Atem kam in kurzen, kleinen Atemzügen. Die Angst war zurück und drückte ihre Lunge so stark zusammen, dass sie keine Luft mehr bekam.

Ich werde hier sterben, dachte sie. *Mein Vater, das Biest, Lumière und all die anderen … sie werden nie erfahren, was mit mir passiert ist.*

Du wirst definitiv hier sterben, wenn du nicht aufhörst, dich wie ein Dummerchen zu benehmen, sagte eine Stimme in ihrem Kopf. *Atme,* verlangte die Stimme. *Ein und aus. Ja. Genau so.*

Belle konzentrierte sich auf ihren Atem, bis er sich verlangsamt hatte.

Sehr gut. Das hast du geschafft. Jetzt denk nach, Belle. Denk scharf nach.

„Ich habe mich selbst nach *Nevermore* gebracht. Also kann ich mich auch selbst wieder herausbringen“, sagte Belle laut. „Aber wie?“

Vielleicht so, wie du hineingekommen bist?

„Ja! Durch das Portal!“, rief Belle.

Das bedeutete, sie musste zurück zum Schloss gelangen, aber diesmal würde es keine Kutsche geben, die sie mitnähme. Sie müsste laufen, und es würde ein langer Weg werden, aber sie konnte es schaffen. Ihr schönes Kleid hatte sich wieder in ihr blaues Baumwollkleid zurückverwandelt und die zarten Seidenschuhe in ihre robusten braunen Stiefel.

Einen Plan zu haben, beruhigte Belle und gab ihr Mut. Sie schaute sich um und versuchte, die Kiesauffahrt zu finden, die zur Straße führte.

Sie war in einem solchen Schockzustand gewesen, dass sie ihre Umgebung nicht mehr wahrgenommen hatte. Der Pavillon, so sah sie jetzt, war eigentlich ein baufälliger Hühnerstall. Das Sommerhaus eine verlassene Ruine. Zerbrochene Fensterläden hingen schief an den Fenstern. Efeu bedeckte Wände und Balkone. Die Terrassen waren rissig und von Unkraut überwuchert.

Die Dinge, die die Gäste der Comtesse gewesen waren – Marionetten, Puppen und Schaufensterpuppen –, irrten ziellos umher. Manche verfingen sich in Büschen und schlugen hilflos um sich. Eine kippte in den Bach. Eine andere lief gegen einen Baumstamm und schlug sich den Kopf dabei ab. Er lag auf dem Boden, die Augen bewegten sich von einer Seite zur anderen, der Mund bildete ein rotes „O“, während der Körper weiterstolperte.

Jenseits des Baches in der Ferne ragte eine Reihe

verdrehter, zerbrochener Baumstämme wie knorrige, geschwärzte Finger am Rande des Geländes auf.

Irgendetwas an ihnen kam Belle bekannt vor. Sie biss sich auf die Lippe und versuchte, sich zu erinnern. Dann fiel ihr die Antwort ein.

„Es waren die Kastanienbäume, die ich vom Fenster der Kutsche aus gesehen habe und die die Einfahrt gesäumt haben. Das ist der Weg nach draußen!“, sagte Belle aufgeregt.

Sie machte sich auf den Weg zu den Bäumen und begann zu rennen. Aber als sie das tat, hörten die Marionetten, Puppen und Schaufensterpuppen auf zu laufen. Ihre Köpfe drehten sich. Ihre bemalten Augen fanden Belle. Scheppernd und klirrend wankten sie auf sie zu und schnitten ihr den Weg ab.

Belle versuchte, um sie herumzugehen, aber es waren zu viele. Sie hatten sie umzingelt. Stück für Stück drängten sie sie zurück zum Sommerhaus.

„Lasst mich los! Geht mir aus dem Weg!“, rief sie wütend und schubste eine zu Boden. Stieß eine andere weg. Und dann noch eine.

Und dann trat Henri aus der Mitte hervor.

Seine Augen, die einst so warm und voller Leben gewesen waren, schienen nun kalt und aus hartem Glas.

„Henri, bitte … lasst mich vorbei“, bat sie.

Henris Kopf bewegte sich von einer Seite zur anderen. Seine Lider schlossen sich und öffneten sich wieder. Unbeirrt machte Belle einen Schritt auf ihn zu.

Sein Arm schoss hervor, als ob er von unsichtbaren Fäden angehoben würde. Belle sah, dass er ein Schwert in der Hand hielt. Die Klinge sah aus wie aus Holz, das silbern angestrichen war, aber sie konnte sich nicht sicher sein.

„Henri. Lasst. Mich. *Los*.“

Henri holte aus. Die Spitze seines Schwertes stoppte nur Zentimeter vor Belles Brust.

Mit einem Schrei drehte sie sich um und rannte ins Innere des Sommerhauses.

Als sie die Schwelle überschritt, schlugen die schweren Türen hinter ihr mit einem ominösen, ohrenbetäubenden Knall zu.

KAPITEL SECHSUNDVIERZIG

„Aἱ ΠΕΡΙΣΤΑΣΕΙΣ ΕἰΣἰΝ Aἱ ΤΟὺΣ ἄΝΔΡΑΣ ΔΕΙΚΝΥΟΥΣΑΙ …“, las das Biest laut vor und untersuchte sorgfältig das alte Stück Pergament.

„Schwierigkeiten sind Dinge …“, übersetzte es langsam. Dann tauchte es die Feder in das Tintenfass auf seinem Schreibtisch und schrieb die Worte auf ein frisches Stück Papier – das übergroße, nicht zu feine Schreibpapier, das es für seine Abschriften verwendete.

„Schwierigkeiten sind Dinge …“, begann das Biest wieder. „Ah! Jetzt hab ich es. Schwierigkeiten sind Dinge, die dem Menschen zeigen, was er ist!“

„Man *muss* es ihm sagen!“, trompetete eine Stimme.

Sie erschreckte das Biest so sehr, dass es die Feder fallen ließ, wodurch sie überall auf dem Papier Flecken hinterließ.

„Ganz richtig. Und du bist genau der Richtige, um das zu tun.“

„*Ich?* Warum nicht du?“

Der Blick des Biestes wanderte vom Pergament zu der offenen Tür seines Arbeitszimmers. Drei Schatten waren vor ihr auf dem Boden zu sehen.

„Er sagte, er dürfe nicht gestört werden!“

„Aber das ist wichtig!“

„Das ist richtig. Er würde es wissen wollen.“

„Dann sag es ihm!“

„Mach du es!“

„Nein, du!“

„Nein, *du!*“

Das Biest schloss seine Augen. Es rieb sich seine Schläfen.

Es war nicht leicht, den Philosophen Epiktet in aller Ruhe zu übersetzen, schon gar nicht, wenn draußen eine lärmende Teekanne, ein lauter Kerzenleuchter und eine polternde Uhr vor der Tür versammelt waren.

„Psst! Der Herr ist fleißig bei der Arbeit!“ Das war Von Unruh, der so laut sprach, als würde er ein ganzes Heer in die Schlacht schicken. „Wir dürfen ihn nicht stören!“

„Dafür ist es ein bisschen spät“, sagte das Biest und öffnete die Augen. „Kommt doch rein, Von Unruh. Madame Pottine. Lumière.“

Die drei Diener traten ein und warfen sich gegenseitig böse Blicke zu.

„Was ist denn los?“, fragte das Biest und kleckerte auf sein Papier.

„Das wissen wir nicht“, erwiderte Madame Pottine.

Die Augenbrauen des Biestes schossen in die Höhe. „Ihr wisst es nicht?“

„Es geht um Belle“, erklärte Lumière. „Sie ist in der Bibliothek …“

„Belle ist immer in der Bibliothek“, sagte das Biest. „Warum ist das plötzlich ein Grund zur Besorgnis?“

„Weil es scheint, dass sie es vielleicht nicht ist“, sagte Von Unruh.

Und dann fingen alle drei auf einmal an zu reden.

„Das wissen wir nicht“, widersprach Lumière.

„Wir wissen es auch nicht *nicht!*“, konterte Von Unruh.

„Aber da lagen getoastete Käsesandwiches!“, bemerkte Madame Pottine verwirrt.

Das Biest hob seine Pfoten hoch. „Einer von euch, bitte. Nur einer. Sprecht langsam, ruhig und vor allem *verständlich.*“

Madame Pottine holte tief Luft. „Wir haben Belle seit dem Frühstück nicht mehr gesehen, Herr, und jetzt ist es sechs Uhr“, sagte sie. „Sie ist mittags nicht zum Essen heruntergekommen, wie sie es gewöhnlich tut.“

„Ich auch nicht. Vielleicht ist sie in ihre Lektüre vertieft, so wie ich es bin. Oder es *war.*“

„Aber das ist ganz untypisch für sie. Sie kommt immer herunter zur Mittagsmahlzeit. Besonders, wenn

Cuisinier getoastete Käsesandwiches macht“, erklärte Madame Pottine. „Als sie nicht erschienen ist, habe ich entschieden, ihr ein paar Sandwiches hinaufzubringen. Doch als ich in der Bibliothek ankam, machte sie nicht auf, egal, wie laut ich nach ihr rief.“

„Vielleicht hat sie dich nicht gehört. Vielleicht kannst du versuchen, ihr das Tablett hineinzubringen.“

„Aber das ist es ja gerade, Herr. Ich *habe* versucht, die Tür zu öffnen, konnte es aber nicht, weil sie verschlossen ist.“

„Warum?“, fragte das Biest verwirrt. „Die Türen zur Bibliothek sind nie mehr verschlossen.“

„Ich weiß es nicht, Herr. Darum sind wir gekommen. Wir machen uns Sorgen. Belle war in letzter Zeit nicht sie selbst.“

Die Verwunderung des Biestes schlug in Besorgnis um.

„Das ist alles diese Shakespeare-Sache“, mutmaßte Von Unruh düster. „Die hat sie in Ohnmacht fallen lassen. Ich wette, sie liegt bewusstlos auf dem Boden mit einer Ausgabe von *Romeo und Julia* neben sich.“

Madame Pottines Sorgenfalten vertieften sich.

„Ich habe auch gehört, dass manche Menschen äußerst allergisch auf Druckertinte reagieren können“, fuhr Von Unruh fort. „Sie könnte in diesem Moment ihren letzten Atemzug nehmen.“

Nun wurde Madame Pottine auch noch ganz blass.

„Nicht hilfreich, Von Unruh, alter Junge“, warf Lumière ein und nickte der unruhigen Teekanne zu.

Aber Von Unruh hörte ihn nicht. „Andererseits ist es auch durchaus möglich, dass ein Bücherregal umgefallen ist und sie zerquetscht hat“, gab er zu bedenken.

Woraufhin Madame Pottine zu schluchzen begann. „*Etwas* ist passiert! Etwas Schreckliches! Ich bin sicher!“, jammerte sie. „Belle lehnt *nie* ein getoastetes Käsesandwich ab.“

„So viel zu Epiktet“, seufzte das Biest.

Es war ziemlich sicher, dass seine Diener überreagierten. Es war aber auch sicher, dass niemand im Schloss mehr arbeiten würde, bis Madame Pottine, Lumière und Von Unruh Belle gesehen hatten.

„Wahrscheinlich hat sie es sich in einem bequemen Sessel am Feuer gemütlich gemacht und schläft mit einem Buch auf dem Schoß“, sagte das Biest. „Wenn es einen Ort im Schloss gibt, an dem wir uns keine Sorgen um Belle machen müssen, dann ist es die Bibliothek.“ Trotzdem trat es hinter seinem Schreibtisch hervor. „Kommt“, befahl es und verließ sein Arbeitszimmer.

Ein paar Minuten später standen das Biest und seine Diener vor den Türen der Bibliothek. Tassilo, Froufrou und Plumette, die ihre aufgeregten Stimmen gehört hatten, hatten sich ihnen angeschlossen.

Das Biest drückte die Türklinke herunter. Die Tür war in der Tat verschlossen.

„Belle?“, rief es und klopfte an die Tür.

Keine Antwort.

Die Nackenhaare des Biestes sträubten sich. Was, wenn seine Diener doch recht hatten? Belle hatte beim Frühstück so blass und lustlos ausgesehen. Wenn sie nun krank geworden war?

„Belle?“, brüllte es und hämmerte an die Tür. „Belle, geht es dir gut?“

Aber es bekam keine Antwort.

Überhaupt keine Antwort.

KAPITEL SIEBENUNDVIERZIG

IM ZWEITEN STOCK DES VERLASSENEN SOMMERHAUSES saß Belle in einem verfallenen Zimmer auf einer halb verrotteten Fensterbank.

Dort oben war sie sicher vor den Marionetten, Puppen und Automaten. Die Kreaturen hatten es geschafft, die Türen des Sommerhauses zu öffnen, aber sie hatten Schwierigkeiten mit der Treppe. Sie konnten die Schrittbewegung zum Treppensteigen nicht richtig ausführen. Einige hatten es bis zur Hälfte geschafft, nur um dann das Gleichgewicht zu verlieren und über das Geländer zu fallen. Andere waren geräuschvoll die Stufen hinuntergepurzelt und unten auf einem Haufen zusammengebrochen.

Aber sie hatten nicht aufgegeben. Beim Klang eines besonders lauten Aufpralls hob Belle den Kopf und blickte nervös zur Tür. Sie hatte der Comtesse trotzig geschworen, dass sie aus *Nevermore* verschwinden würde. Aber wie sollte sie das tun? Sie kam ja nicht einmal aus dem Sommerhaus heraus.

Verzweifelt schaute sie aus dem zerbrochenen Fenster hinaus.

Nevermore schwand dahin.

Die Illusion, die die Comtesse gesponnen hatte, löste sich auf. Die einst üppig aussehenden Hügel und Täler ihres Anwesens waren nichts weiter als eine gemalte Kulisse, der Bach ein trockener Graben.

Selbst Belle verblasste.

Das leuchtende Blau ihres Kleides wirkte jetzt stumpf. Ihre braunen Stiefel sahen farblos aus.

Eine Sache jedoch wurde immer stärker und lebendiger – die schwarze Schrift auf ihrer Haut. Sie bedeckte inzwischen nicht mehr nur ihre Hände, sondern kroch ihre Unterarme hinauf. Die Worte von *Nevermore* vermehrten sich schnell, seit ihre Geschichte beendet worden war.

„Die Comtesse hat recht. Ich werde hier sterben", flüsterte sie.

Eine Fliege flog in den Raum und kreiste um Belle herum. Ihr Summen machte sie wahnsinnig. Sie schlug nach ihr und hielt dann abrupt inne.

In ihre Augen kehrte etwas Licht zurück. Sie setzte sich aufrechter hin. Das surrende Insekt hatte sie auf eine Idee gebracht.

„Lucanos?", sagte sie mit unsicherer Stimme.

Der Käfer hatte schon versucht, ihr zu helfen. Zweimal. Beide Male hatte sie nicht auf ihn gehört, aber wenn er ihr eine dritte Chance gäbe, würde sie es tun.

„Lucanos! Bist du da?“, rief sie, dieses Mal lauter.

Aber kein Käfer antwortete.

„Es tut mir leid, Lucanos! Ich hätte deinen Rat befolgen sollen. Ich will hier raus. Ich will nicht, dass Tod gewinnt. Kannst du mir helfen? *Bitte?*“

Belle schaute aus dem Fenster, während sie nach dem Käfer rief, und drehte ihren Hals mal in die eine und dann in die andere Richtung, aber sie sah kein Zeichen von ihm.

„Es ist sinnlos“, murmelte sie niedergeschlagen.

Doch dann *hörte* sie etwas – ein Brummen. Es wurde lauter und lauter, und ein paar Sekunden später flog ein riesiger Hirschkäfer durch das zerbrochene Fenster und landete neben ihr.

„Lucanos!“, jubelte sie.

„In der Tat“, antwortete der Käfer und bürstete sich Staub von den Flügeln. Er faltete sie fein säuberlich zusammen. Während er das tat, kroch Aranae über die Brüstung. Beide Kreaturen sahen sich im Raum um.

„Nun, das ist ja ein schönes Durcheinander, muss ich sagen“, erklärte Lucanos.

Aranae flüsterte fragend und deutete auf Belle.

Lucanos nickte. „Ja, ja, Aranae. Ich bin ganz sicher“, versicherte er ungeduldig. „Sie ist das Mädchen, das mit dem Herzen sieht.“

Aranae rollte mit ihren acht Augen. Sie flüsterte

wieder, diesmal in einem anklagenden Ton. Als sie fertig war, schlug sie zwei ihrer Beine übereinander und warf Belle einen bösen Blick zu.

Belle schrumpfte unter ihrem missbilligenden Blick zusammen.

„Was hat sie gesagt?“, fragte sie schüchtern.

„Sie sagte, dein Herz braucht eine Brille.“

„Ich habe einen Fehler gemacht, Lucanos. Einen schrecklichen.“

„Das, meine Liebe, ist eine Untertreibung.“

„Ich habe nicht über die Oberfläche hinausgeschaut. *Nevermore* war so schön und aufregend, und die Comtesse und Henri waren so freundlich und sagten all die Dinge, die ich hören wollte. Und ich wollte meinen Vater unbedingt sehen. Ich hätte *jedem* geglaubt, der mir diese Chance angeboten hätte.“

Tränen liefen über Belles Wangen. Sie versuchte, sie wegzublinzeln.

„Was habe ich nur getan? Ich wollte fliehen. Aus dem Schloss des Biestes. Aus meinem Leben. Jetzt will ich nur noch nach Hause, aber ich weiß nicht einmal mehr, wo mein Zuhause ist.“ Belles Tränen strömten nun ungehindert. „Selbst wenn ich diesen Ort verlassen könnte, wüsste ich nicht, wohin ich gehen soll“, schluchzte sie. „Wo ist es, Lucanos? Wo ist mein Zuhause?“

Der Käfer seufzte. Er berührte mit der Spitze eines Beines die Stelle über Belles Herz. „Es ist hier, du törichtes Mädchen. Dein Zuhause, das sind all die Menschen, all die Orte und all die Dinge, die du liebst. Du trägst es mit dir, wohin du auch gehst. Weißt du das denn nicht?"

Belle dachte über Lucanos' Worte nach. Sie schloss die Augen, und ein Bild ihres Vaters kam ihr in den Sinn. Sie dachte an seine schönen Spieldosen und an Bücher. Daran, Philippes weiche Nase zu streicheln. An Rosen. Und jetzt auch an andere Dinge. An die Morgendämmerung, die über eine Winterlandschaft hereinbricht. An den Klang von Tassilos Lachen. An Lumière, der Von Unruh ärgert. Madame Pottine, die summt. Und an Schlittschuhlaufen mit dem Biest auf einem gefrorenen See.

„Jetzt weiß ich es", sagte sie und öffnete die Augen.

„Wir alle machen Fehler", tröstete Lucanos sie. „Die Gefahr entsteht, wenn wir uns von diesen Fehlern leiten lassen."

„Uns zu was leiten lassen?", fragte Belle.

„Zu glauben, dass wir die Dinge nicht richtig machen können. Zu denken, dass es keine Hoffnung gibt. Aufzugeben", erklärte der Käfer und sah Belle mit einem sehr direkten Blick an.

Belle verstand, was er ihr sagen wollte. Sie wischte

ihr Gesicht an ihrem Rock ab und sagte: „Ich möchte hier raus, Lucanos. Kannst du mir helfen?“

„Aus *Nevermore* herauszukommen, ist leichter gesagt als getan, fürchte ich.“

„Warum? Was *ist* dieser Ort genau? Eine große Illusion?“

„*Nevermore* ist viel mehr als eine Illusion, mein Kind. Es ist sehr real.“

„Aber die Comtesse sagte …“

„Sie hat gelogen. Die meisten Dinge darin – die Marionetten, die Ruinen, der Boden – waren verzaubert, um dich zu täuschen. Aber *Nevermore* selbst ist ein Reich. Das Reich des Todes. Es ist ein Ort der Unwürdigkeit. Ein Ort von Fäulnis, Verfall und Ruin.“

Ein Schauer durchlief Belle, aber sie schüttelte ihn ab und war entschlossen, tapfer zu sein.

Lucanos bemerkte es. „So ist es schon besser“, sagte er. „Also, lass uns schauen, ob wir dich hier rausbringen können. Wir müssen mutig sein, schnell und gerissen, denn unser Gegner ist all das und mehr.“

„Danke, dass du gekommen bist, Lucanos. Und du auch, Aranae“, sagte Belle.

„Danke uns, wenn du hier rausgekommen bist“, entgegnete Lucanos mit einem Augenzwinkern.

Dann kauerten die drei sich zusammen und begannen, einen Plan zu schmieden.

KAPITEL ACHTUNDVIERZIG

„BELLE? BELLE! BIST DU DA DRIN? GEHT ES DIR GUT?“, rief das Biest. Inzwischen schrie es.

Aber immer noch kam keine Antwort.

„Ich bin sehr besorgt, Herr“, schniefte Madame Pottine.

„Das bin ich auch“, sagte das Biest grimmig.

Madame Pottine hatte recht damit, dass Belle in letzter Zeit nicht sie selbst war. Aber das Biest wusste, dass Belle sich niemals in der Bibliothek einschließen und sie alle in Sorge lassen würde. Sie war viel zu rücksichtsvoll, um so etwas zu tun.

„Bleibt alle zurück“, verlangte es und trat einen Schritt von der Tür weg.

Die verzauberten Gegenstände entfernten sich schnell. Währenddessen stürzte sich das Biest auf die rechte Tür und rammte sie mit der Schulter. Sie erzitterte unter dem Aufprall seines kraftvollen Körpers, aber sie hielt stand.

Das Biest rannte noch einmal mit voller Wucht gegen die Tür und ignorierte den Schmerz, der durch seinen Arm schoss, aber wieder hielt die Tür.

Verzweifelt ging es ein letztes Mal zurück. Dann stieß es seine Schulter mit ohrenbetäubendem Gebrüll gegen die unnachgiebige Tür. Endlich gab sie nach.

Knurrend stieg es durch das gesplitterte Holz.

Irgendetwas stimmte nicht. Das Biest spürte es.

Es rannte durch die Bibliothek, rief Belles Namen und hoffte, dass es nicht zu spät war.

KAPITEL NEUNUNDVIERZIG

LUCANOS SASS AUFRECHT AUF DER FENSTERBANK, zwei seiner stacheligen schwarzen Beine waren gekreuzt, zwei weitere über der Brust gefaltet. Mit dem fünften Bein streichelte er sein Kinn, und das sechste fuchtelte in der Luft herum, während er sprach.

„Das Essen, das du zu dir genommen hast, bindet dich an *Nevermore*“, erklärte er. „Du hast diese beiden Süßigkeiten verschluckt und die Birne, die in Wirklichkeit ein Granatapfel war.“

„Die Nahrung der Toten“, seufzte Belle, deren Hoffnung schwand. „In der griechischen Sage aß Persephone Granatapfelkerne und musste in die Unterwelt zurückkehren. Ich bin dem Untergang geweiht, Lucanos.“

„Wir sind alle dem Untergang geweiht“, erwiderte Lucanos sachlich. „Wir werden uns alle eines Tages hier wiederfinden. Aber dieser Tag ist *nicht* heute. Nicht, wenn ich es verhindern kann.“

Aranae schnatterte. Lucanos nickte ihr zu.

„Was hat sie gesagt?“, fragte Belle besorgt.

„Sie hat gesagt, dass wir wegen des Essens nichts

tun können. Also hör auf, darüber zu reden", antwortete er.

Belle zermarterte sich fieberhaft das Hirn nach einer anderen Möglichkeit. „Was ist mit den drei Sachen, die ich weggegeben habe?", fragte sie. „Was ist, wenn ich sie zurückbekäme? Würde das den Bann der Comtesse schwächen?"

„Interessante Frage", meinte Lucanos. „Durchaus möglich."

„Wenn es den Zauber schwächen *würde*, könnte ich vielleicht wieder durch das verzauberte Buch schlüpfen."

„Aber das bedeutet, das Taschentuch von König Otto zu bekommen, die Münze von Henri und den Armreif von der Comtesse selbst", sagte Lucanos.

„Ja, das bedeutet es."

„Du meinst also, wir müssen den Tod überlisten?", fragte Lucanos erstaunt.

Belle nickte.

„Den *Tod*, Belle."

„Zugegeben, es ist nicht der sicherste Plan", gab sie zu. „Aber ich habe keinen besseren."

„Also gut", brummte der Käfer und beäugte die Schrift auf Belles Händen, die inzwischen ihre Arme hinaufkroch. „Kein Trödeln mehr. Die Zeit ist nicht auf unserer Seite. Lasst uns dem König den Hof machen."

KAPITEL FÜNFZIG

WACHSAM SCHRITT BELLE MIT LUCANOS UND ARANAE an ihrer Seite die Treppe des Sommerhauses hinunter.

Sie kamen an einem Uhrwerkmann vorbei, der auf der Treppe zusammengesackt war. Seine Augen starrten ins Leere, sein Körper war leblos, aber seine Füße versuchten immer noch, die Stufen zu erklimmen.

„Sie rennen nach unten", flüsterte Lucanos. „Das ist gut. Es bedeutet, dass die Verzauberung der Comtesse schwächer wird. Wenn du die Objekte zurückbekommst, solltest du in der Lage sein auszubrechen."

Als die drei das untere Ende der Treppe erreichten, mussten sie einem Haufen zerbrochener, zuckender Figuren ausweichen – den Marionetten und Schaufensterpuppen, die Belle verfolgt hatten und die Treppe hinuntergestürzt waren. Ihre Köpfe waren zertrümmert, die Gliedmaßen verdreht.

Weder König Otto noch Henri waren unter ihnen.

„Sie müssen hier irgendwo sein", sagte Belle.

Sie gingen weiter. Als sie sich durch die zerstörten Räume bewegten, hörten sie seltsame, dissonante

Musik spielen. Sie erklang von weit her, als käme sie aus einem anderen Teil des Sommerhauses. Sie sahen Puppen, die in den Ecken zusammengesackt waren, und eine Puppe auf einer zerfledderten Liege, aus deren Nähten Sägemehl quoll. Auf beiden Seiten eines Marmorsockels saßen die eleganten Windhunde der Comtesse als bewegungslose Steinstatuen.

Wohin Belle auch schaute, überall enthüllten Oberflächen, was sie verbargen. Fäulnis blühte auf den Spiegeln. Löcher klafften in der Decke, wo der Putz heruntergefallen war. Schimmel kroch über Vorhänge und Teppiche. Die Kristallkronleuchter waren grau vor Staub. Trübungen schwärzten die Kerzenleuchter.

Die Comtesse hatte sie belogen. Sie manipuliert. Sie kontrolliert. Das war nicht fair. Wenn die Comtesse Tod war, dann war Tod ein Betrüger.

Als sie an der Tür zum Arbeitszimmer der Comtesse vorbeikamen, hielt Belle inne. Ihr Blick schweifte über die Bücherregale. Die Bücher darin waren zerfleddert und verschimmelt. Verrostete Zahnräder, Federn und Zifferblätter lagen in den Regalen daneben. Belle erinnerte sich, mit der Comtesse und dem Professor in diesem Raum gewesen zu sein. Sie erinnerte sich, wie sie all den verrosteten Schrott angesehen und geglaubt hatte, es wären die Spieldosen ihres Vaters. Die Erinnerung ekelte sie an.

Ihr Blick schweifte über den Rest des Arbeitszimmers. Sie sah kaputte Möbel und einen bröckelnden Kaminsims, und dann sah sie etwas, was ihr das Blut in den Adern gefrieren ließ. Sie gab Lucanos und Aranae ein Zeichen und deutete in den Raum.

König Otto stand vollkommen reglos im hinteren Teil des Raumes neben einem offenen Fenster. Der Rücken des Automaten war ihnen zugewandt. Belle konnte den Messingschlüssel sehen, der aus ihm herausragte. Eine Hand hatte er über den Kopf erhoben, ein Schmetterling hatte sich darauf niedergelassen und schlug langsam mit seinen gelben Flügeln.

„Es sieht aus, als wäre er abgelaufen", flüsterte Lucanos. „Was für ein Glücksfall!"

Vorsichtig gingen die drei auf ihn zu und achteten auf die kleinste Bewegung. Als sie näher kamen, sah Belle, dass ihr Taschentuch noch in der Brusttasche steckte. Ihr Herz klopfte wie wild gegen ihre Rippen. Nur noch ein paar Schritte, und das Taschentuch würde wieder ihr gehören.

„Nimm es. Beeil dich", drängte Lucanos sie. „Wir haben keine Zeit zu verschwenden."

Belle nickte und streckte ihre Hand aus. Aber gerade als sie ihre Finger darauflegen wollte, flog der Schmetterling davon.

Und Otto wirbelte wütend herum.

KAPITEL EINUNDFÜNFZIG

„DU HAST IHN ERSCHRECKT!“, warf der Automat ihr vor und machte einen bedrohlichen Schritt auf Belle zu. „Er hat mir gerade erzählt, wie es sich anfühlt zu fliegen!“

„Es … es tut mir leid“, stammelte Belle. „Das wollte ich nicht.“

„Jetzt werde ich es *nie* erfahren!“, schrie das Wesen und stampfte mit dem Fuß auf.

Ängstlich wich Belle zurück. Sie dachte, er würde sie jagen. Stattdessen machte er ein paar langsame, steife Schritte und brach dann in Tränen aus. Schwarze Öltropfen liefen aus seinen Augen und über seine Wangen. Er wischte sie mit Belles Taschentuch weg.

Belle war so überrascht, dass sie nur staunend dastehen konnte. Lucanos flog auf ihre Schulter. „Bleib ganz still. Sprich ruhig. Mach es nicht wütend“, murmelte er.

„Ich habe *Ohren*, weißt du! Und ich bin kein *Es*. Mein Name ist O…O…Otto“, sagte die Kreatur zwischen Schluchzern.

Belle, gerührt von den Tränen des Automaten, vergaß ihre Angst. Sie machte einen zögernden Schritt auf ihn zu.

„Du musst keine Angst haben. Ich könnte dich nicht jagen, selbst wenn ich es wollte", fuhr Otto fort und schniefte. „Es ist schwer für mich, mich zu bewegen. Meine Gelenke sind steif. Jetzt, wo die Comtesse hat, was sie will – *dich* –, hält sie die Illusionen nicht länger aufrecht. Alles bricht in sich zusammen. Dinge wie ich, die mühsam zum Leben erweckt wurden, werden noch ein bisschen länger überleben, aber die Obstgärten, die Blumen – sie sind schon alle weg."

Während er sprach, öffnete sich ein weiterer Riss in einer Wand. Als er ihn sah, fing Otto wieder an zu weinen.

„Otto, warum weinst du?", fragte Belle und legte sanft ihre Hand auf seine Schulter.

„Weil ich gern lebendig war!", heulte er und vergrub sein Gesicht in dem Taschentuch.

„Wir haben keine *Zeit* für so etwas, Belle", mahnte Lucanos.

Aber Belle hörte ihn nicht. Sie hörte Otto zu. Er hatte sich das Gesicht abgewischt und das Taschentuch zurück in seine Brusttasche gesteckt.

„Ich wurde in Paris hergestellt. Die Comtesse sah mich dort auftreten und kaufte mich meinem Erbauer ab. Ich war immer so eifersüchtig auf die Menschen, die mir zuschauten“, erzählte er. „Jetzt, nachdem ich fast menschlich war, konnte ich beinahe verstehen, was ihr fühlt. Warum ihr lacht oder weint. Ich fühlte fast das, was ich immer am meisten fühlen wollte … Liebe.“

Er hielt inne und lächelte, aber das Lächeln war bittersüß.

„Ich habe gesehen, wie Menschen sich lieben“, fuhr er fort. „Es ist erstaunlich. Einmal, als mein Erbauer mich nach einer Show in seinen Wagen lud, sah ich, wie ein Vater seinen Sohn aus dem Weg einer Kutsche stieß. Der Vater rettete seinen Jungen, aber er selbst starb dabei.“ Otto schüttelte den Kopf, beeindruckt von der Erinnerung. „Wie mächtig die Liebe sein muss, um ein Wesen zu so einer Tat zu bewegen.“

„Das ist sie“, pflichtete Belle ihm bei und dachte an ihren Vater und dass sie seinen Platz im Schloss des Biestes eingenommen hatte, damit er frei sein konnte.

„Ich wünschte, ich würde wissen, wie das ist. Aber das werde ich niemals tun.“ Seine Hand griff in seine Tasche. Er zog Belles Taschentuch heraus und reichte es ihr.

Belle sah es an. Was sie für Blut gehalten hatte, war in Wirklichkeit Öl.

„Das ist das Beste, was ich tun kann. Es ist wenigstens etwas. Ich … ich habe versucht, dich zu lieben, Belle. Als ich so getan habe, als wäre ich dein Vater.“

Otto berührte sanft ihre Wange mit seiner Pappmaschee-Hand. „Ich habe es versucht, aber ich konnte es nicht. Ich glaube, dazu braucht man ein Herz – und ich habe keines."

„Oh, Otto", wisperte Belle und drückte ihn fest an sich. Als sie seinen Rücken streichelte, fiel ihr Blick auf ein Fenster hinter ihm und auf die zerfledderten roten Seidenvorhänge, die es umrahmten.

Sie erinnerte sich an die silberne Schere in ihrer Tasche.

„Warte hier", wies sie Otto an und ließ ihn los.

Im Handumdrehen war sie am Fenster und riss ein Stück Seide herunter. Sie legte es auf den Boden, glättete es und begann zu schneiden.

Lucanos hielt ein Bein an sein Ohr. „Zeit?", sagte er, als hätte sie ihn gefragt, wie viel davon sie noch hätten. „Oh, mach dir *darüber* keine Sorgen. Wir haben *eimerweise* davon! Wir müssen nur Tod fangen, bevor sie ihr Schloss verlässt, um die Welt zu verwüsten. Also nimm dir ruhig den ganzen Tag Zeit, Belle."

Es war ein hartes Stück Arbeit, die Schere war klein und nicht zum Schneiden von Stoff gedacht, aber nach ein paar Minuten setzte sich Belle aufrecht hin und hielt ihr Werk hoch – ein zerfleddertes Seidenherz.

Sie steckte die Schere zurück in ihre Tasche und fragte Aranae: „Kannst du mir helfen?"

Die Spinne schnaubte ungeduldig, aber sie nahm das Herz in ihre Fangzähne. Dann krabbelte sie zu Otto hinüber und kletterte auf seine Brust. Otto sah Belle fragend an, aber sie nickte nur, biss sich auf die Lippe und hoffte.

Mit schnellen Handgriffen platzierte Aranae das Stoffherz über die Stelle auf Ottos Brust, wo als Mensch sein echtes Herz gewesen wäre. Mit ihren Zähnen stanzte sie Löcher in das Herz und nähte es mit ihren Klauen und der Spinnenseide an Ottos Jacke fest. Als sie fertig war, tätschelte sie das Herz kurz und sprang herunter.

Otto hielt den Atem an. Farbe durchflutete seine Wangen. Verwundert schaute er auf sein Herz hinunter, dann lächelte er Belle an.

„Belle! Jetzt *weiß* ich es! Ich weiß, was es heißt, lebendig zu sein! Liebe hat ihre eigene Magie. Und sie ist stark. So stark!“ Er wirbelte mit weit ausgebreiteten Armen herum. „Ich liebe dich, Belle! Ich liebe dich, Spinne! Und dich auch, Käfer!“

Belles Herz füllte sich mit Freude. Sie erwiderte Ottos Lächeln.

Lucanos hingegen platzte beinahe vor Ungeduld. „Das ist so großartig, Otto. Ich freue mich für dich. Wahrhaftig“, sagte er. „Aber wenn wir die Münze von Henri nicht bekommen und dann von hier verschwinden, wird Belle … sterben.“

Otto, der immer noch herumwirbelte, rief: „Ich helfe euch! Ich liebe es zu helfen!“

Lucanos schloss die Augen. Er rieb sich die Stirn. „Otto … wenn du uns helfen willst, dann hör auf, dich zu drehen, und sag uns, wo Henri ist. Sag uns, wie wir die Münze von ihm bekommen. Wir müssen uns etwas einfallen lassen, denn ich bezweifle sehr, dass wir *ihn* mit einem ausgeschnittenen Herzen überzeugen können.“

KAPITEL ZWEIUNDFÜNFZIG

„BELLE!", BRÜLLTE DAS BIEST. „BELLE!"

Es stand mit zusammengeballten Pfoten in der Mitte der Bibliothek, nachdem es sie nirgends in der Bibliothek hatte finden können.

„Sie ist nicht hier, Herr", sagte Lumière, als er sich, ebenfalls nach einer erfolglosen Suche, wieder dem Biest anschloss. Von Unruh, Madame Pottine und Plumette folgten ihm.

„Wir haben überall nachgesehen!", sagte Plumette.

„Sie hat uns verlassen", sagte das Biest und brachte damit jedermanns tiefste Angst zum Ausdruck. „Sie ist zurück nach Villeneuve gegangen."

„Aber Herr, die Wölfe …", sagte Madame Pottine verzweifelt.

„Holt meinen Mantel", verlangte das Biest grimmig. „Ich gehe hinaus, um nach ihr zu suchen."

„Was, wenn es zu spät ist? Was, wenn die Wölfe …?",wimmerte Plumette mit zitternden Federn.

Doch Madame Pottine unterbrach sie. „Sag das nicht! *Denk* es nicht einmal!"

Das Biest hob die Pfoten. „Wartet mal. Das ergibt

keinen Sinn. Wie kann Belle weggegangen sein? Die Türen der Bibliothek waren von innen verschlossen."

„Und was ist mit einem Fenster?", fragte Von Unruh. „Sie könnte aus einem herausgesprungen sein und die Schneewehen zum Abfedern für ihren Sturz genutzt haben. Ich habe einst genau dasselbe getan, als ich in der Schlacht von Vellinghausen von den Preußen gefangen genommen worden war …"

Niemand blieb stehen, um Von Unruhs Geschichte zu hören. Alle stürzten zu den Fenstern.

„Aus diesem hier ist sie nicht hinausgesprungen. Es ist noch verschlossen!", rief Lumière.

„Dieses auch!", verkündete Madame Pottine.

„Sie hätte Fußabdrücke im Schnee hinterlassen, und es sind keine da", sagte das Biest verwirrt. „Wo *ist* sie? Wie hat sie einfach verschwinden können?"

In diesem Moment hörten alle ein lautes, verzweifeltes Bellen aus dem hinteren Teil der Bibliothek. Eine Sekunde später stürzte Tassilo atemlos auf sie zu. Froufrou war direkt hinter ihm.

„Hier entlang!", keuchte Tassilo. „Beeilt euch!"

„Tassilo, hast du sie gefunden?", fragte Madame Pottine.

„Nein, aber kommt mit mir! Beeilt euch!", flehte er. „Ich glaube, ich weiß, wohin sie gegangen ist!"

KAPITEL DREIUNDFÜNFZIG

„ICH LIEBE DICH, BELLE“, trällerte Otto fröhlich.

Belle drehte sich um und hielt einen Finger an ihre Lippen. „Ich liebe dich auch, Otto. Aber könntest du ein bisschen leiser sein?“, flüsterte sie.

Otto nickte energisch. „Ich liebe dich, Aranae!“, flüsterte er.

Er rannte ungeschickt vor, um Lucanos einzuholen, der neben Belle flog. „Und dich liebe ich auch, kleiner schwarzer Käfer!“

„Du meine Güte! Reiß dich zusammen!“, fluchte Lucanos und schüttelte sich.

Otto fasste sich an die Brust. „Das tut mir im Herzen weh!“, beschwerte er sich.

„Dein Herz – und alles andere von dir – wird noch viel mehr schmerzen, wenn Henri uns findet, bevor wir ihn finden!“, zischte Lucanos.

Otto sah mürrisch aus.

„Kannst du bitte auch nicht immer so *scheppern?*“, fragte Lucanos gereizt.

„Ich kann nicht anders!“, erwiderte Otto.

Belle drehte sich um. „Pst!“, mahnte sie.

Sie hatten das Arbeitszimmer, in dem sie Otto gefunden hatten, verlassen und waren nun auf der Suche nach Henri.

„Ich bin sicher, dass er uns nicht hören kann. Wer kann schon *irgendetwas* bei dieser schrecklichen Musik hören?“, warf Otto ein.

Belle und ihre Freunde näherten sich dem Gewächshaus, und die Musik, die sie vorhin gehört hatten, wurde lauter und die Töne schriller und unharmonischer.

„Was, wenn es *Henri* ist, der diese schreckliche Musik macht?“, fragte Lucanos.

„Es gibt nur einen Weg, das herauszufinden“, erwiderte Belle, als sie das Gewächshaus erreichten. Die großen Flügeltüren des Raumes standen offen und waren gegen die Wand geklappt. Sie schlich sich an eine heran und spähte hinein.

Eine Marionette saß an einem Cembalo und spielte. Ihre Bewegungen waren ruckartig, und ihre Schultern ragten aus der mottenzerfressenen Jacke heraus.

Da Belle besorgt war, dass sie sich plötzlich umdrehen und sie sehen könnte, trat sie außer Sichtweite.

„Ist er es?“, fragte Lucanos.

„Er ist es“, flüsterte Belle und lehnte sich gegen die Tür. Ein Schauer durchlief sie. „Wie kommen wir an die Münze?“

„Das ist ganz einfach“, behauptete Otto.

Lucanos rollte mit den Augen. „Was schlägst du vor? Dass wir ihn zu Tode umarmen?"

„Nein, dass wir seine Fäden durchschneiden. Er ist eine Marionette, nicht wahr? Er muss Fäden haben", sagte Otto.

„Otto, das ist genial!", flüsterte Belle. „Wenn wir seine Fäden durchschneiden, kann er uns nicht mehr verfolgen."

Otto grinste.

Lucanos kroch zur Tür und wieder zurück. „Ich sehe keine Fäden", sagte er.

„Das heißt nicht, dass sie nicht da sind", meinte Otto. „Als die Comtesse ihn verzaubert hat, wird sie sie unsichtbar gemacht haben. Wenn wir an ihn herankommen, können wir ihn erledigen!"

„Ja", sagte der Käfer und warf einen besorgten Blick auf die Türen. „Solange …"

„Solange was?", fragte Otto.

„Solange *er uns* nicht vorher erledigt."

KAPITEL VIERUNDFÜNFZIG

BELLE STAND MIT DER SCHERE IN DER HAND IN DER TÜR.

Ihr Herz klopfte jetzt so stark, dass sie sicher war, Henri würde es hören.

Sie nahm all ihren Mut zusammen und setzte einen Fuß vor den anderen. Schritt für Schritt durchquerte sie den Raum. Lucanos und Aranae schlichen geräuschlos hinter ihr her. Otto war bei den Türen stehen geblieben, damit er nicht klapperte.

Henri spielte weiter sein klirrendes, makabres Stück, und Belle betete, er möge zu sehr in die Musik vertieft sein, um ihre Anwesenheit zu spüren. Als sie näher kam, sah sie, dass etwas über ihm vibrierte. *Seine Fäden!*, dachte sie. *Otto hatte recht!*

Die Magie der Comtesse verlor ihre Kraft, sogar bei Henri. Belle sah, dass die Fäden zu seinem Kopf, dem Kiefer, den Schultern und den Handgelenken führten. Weitere waren an seinen Beinen befestigt. Ihre Augen folgten ihnen nach oben. Dort schienen sie im Nichts zu verschwinden.

Welche soll ich zuerst durchschneiden?, überlegte sie.

Die Fäden, die seine Hände kontrollieren, damit er mich nicht packen kann? Oder die an seinen Füßen, damit er nicht hinter mir herlaufen kann?

Belle erinnerte sich an den bösartigen Ausdruck auf Henris Gesicht, nachdem sie ihm ihre Münze gegeben hatte. Erinnerte sich daran, wie er sie in das Sommerhaus getrieben hatte. Was, wenn sie die Fäden nicht durchschneiden konnte, bevor er merkte, was sie tat? Was, wenn sie sie gar nicht durchschneiden konnte?

Ihre Nerven versagten ihr in diesem Moment fast den Dienst, aber sie zwang sich weiterzumachen.

Nur ein paar Schnitte, sagte sie sich, *und du hast die Münze zurück.*

Langsam und leise verringerte sie den Abstand zwischen sich und Henri. Aus neun Metern wurden sieben, dann drei. Und dann war sie direkt hinter ihm und nah genug, um die schlecht genähten Flicken auf seiner Jacke zu sehen, die Perücke aus einem Pferdeschweif und die Gelenke seiner hölzernen Hände.

Jetzt, Belle, sagte sie sich. *Sei schnell. Sei mutig.*

Sie hob die Schere und öffnete ihre Klingen weit.

Das war der Moment, in dem sich Henris Kopf plötzlich und widerlich herumdrehte.

KAPITEL FÜNFUNDFÜNFZIG

HENRIS GLASAUGEN GLITZERTEN WÜTEND, und seine Lippen verzogen sich zu einem grausamen Lächeln.

„Gefällt dir dieses Stück, Belle?“, fragte er sie. „Ich habe es selbst komponiert. Ich nenne es ‚Auftakt zum Tod‘.“

Dann schoss er hoch auf die Beine und schlug Belle die Schere aus der Hand. Sie fiel klappernd zu Boden.

„Nein!“, schrie Belle. Sie stürzte sich auf sie, aber Henri packte ihr Handgelenk und riss sie zurück.

„Lass mich los!“, brüllte sie und versuchte, sich zu befreien.

Aber er verstärkte nur seinen Griff und quetschte ihr Handgelenk so stark zusammen, dass sie auf die Knie sank. „Was ist denn los? Magst du diese Geschichte nicht mehr?“, fragte er.

Otto rannte, sein ausgeschnittenes Herz umklammernd, ins Zimmer. „Halte durch, Belle! Ich komme! Ich rette dich!“, rief er und ging auf die Schere zu.

Aber bevor er sie erreichen konnte, stolperte er, fiel hin und brach zusammen. Eines seiner Ohren fiel ab. Sein linkes Bein knickte am Knie nach hinten.

„Otto? Bist du das?“, fragte Henri verächtlich. „Was tust du hier?“

„Ich helfe meiner Freundin“, sagte Otto.

„Du bist ein Automat, du Narr. Du hast keine Freunde.“

„Doch“, beharrte Otto stur und zeigte auf sein Stoffherz. „Belle hat es mir geschenkt. Sie liebt mich.“

Henri lachte und zeigte dabei seine Porzellanzähne. „Du bist nichts als ein klappriger Haufen Schrott! Du weißt nicht einmal, was Liebe ist.“

„Ich *wusste* nicht, was Liebe ist“, gab Otto ernsthaft zu, „bis Belle mich liebte.“

„Sie liebte dich nur, als sie dachte, du wärst ihr Vater“, widersprach Henri.

„Nun, jetzt liebt sie mein wahres Ich. *Otto.*“

Henri schnaubte. „Das bekommt dir ja ausnehmend gut. Du bist so kaputt, dass du nicht einmal aufstehen kannst!“ Er schüttelte den Kopf. „Von allen idiotischen Gefühlen der Menschen ist Liebe das idiotischste. Meinst du nicht auch, Belle?“

Belle sah Otto zu, der sein verdrehtes Bein mühsam und erfolglos wiederaufzurichten versuchte und sich nun Stück für Stück über den Boden schleppte, Zentimeter für Zentimeter, immer noch im Versuch, an die Schere zu kommen. Otto, der rasselte und stolperte und tropfte und auseinanderfiel, aber nicht aufgab.

Sie dachte an Madame Pottine, die ihr Tee machte und ihr getoastete Käsesandwiches brachte. An Lumière, Von Unruh und Plumette, die ihr beim Aufräumen der Bibliothek halfen. Und an Tassilo, der mit ihr zusammen Brotkrümel in den Schnee streute.

Weil sie mich lieben. Weil sie meine Freunde sind, dachte sie.

Sie dachte an das Biest, das mit ihr Schlittschuh lief, weil es sie glücklich machte, obwohl es selbst schlecht darin war. Das ihr die Bibliothek geschenkt hatte, weil sie so gerne las. Und das für sie ein Rudel Wölfe abgewehrt hatte.

Vielleicht habe ich mich in ihm getäuscht, dachte sie. *Vielleicht ist er doch ein Freund. Nicht der einfachste, den ich je hatte, aber dennoch … ein Freund.*

Sie dachte an Père Robert, Agathe und ihren Vater.

Belle stand auf. „Nein, Henri, ich bin *nicht* deiner Meinung“, sagte sie. „Liebe ist nicht idiotisch. Sie ist hart und chaotisch, verwirrend und wunderbar. Aber zu lieben und geliebt zu werden … das ist alles, was zählt. Kannst du das nicht sehen?“

„Hmm, nein. Ich fürchte nicht“, sagte Henri und täuschte Bedauern vor.

„Lass mich gehen, Henri. *Bitte*“, flehte Belle.

Und dann, wie durch ein Wunder, tat Henri es.

KAPITEL SECHSUNDFÜNFZIG

DIE HÖLZERNEN MARIONETTENHÄNDE ließen Belle los und sanken herab. Dabei glitten die abgeschnittenen Enden von zwei Fäden mit einem Zischen durch die Luft und landeten auf dem Boden.

„Danke, Henri", sagte Belle, und Erleichterung durchströmte sie.

„Was? *Nein!* Dank mir nicht! Ich wollte es nicht tun! Was ist passiert?", brüllte Henri.

Er zuckte mit den Schultern und versuchte, seine Arme zu heben, aber er konnte es nicht. Er blickte nach oben. Belle tat es auch. Lucanos, der sich an einem von Henris Fäden hoch über ihnen festhielt, salutierte.

„Wir sind hier hochgeklettert, während ihr drei über Gefühle geplaudert habt", erklärte der Käfer. „Aranae hat die Schnur durchgebissen, die Henris rechte Hand bediente. Ich habe die durchgebissen, die für seine linke zuständig war."

Als der Käfer zu Ende gesprochen hatte, ertönte ein lautes Klirren, und gleich darauf schwankte Henri alarmiert nach rechts.

„Was zum Teufel?", schrie er.

Otto stand da und balancierte unsicher auf seinem angewinkelten Bein, in der Hand eine Schere. Er hatte die Schnur an Henris rechter Schulter durchtrennt.

„Hör auf, Otto!“, rief Henri. „Zerquetsch das Ungeziefer und ergreif das Mädchen! Sofort! Oder du wirst dich vor *ihr* verantworten müssen!“

Es gab ein weiteres *Ping*, als Otto die Schnur an Henris linkem Bein durchtrennte. Henri taumelte vorwärts und drehte sich dann auf seinem rechten Bein im Kreis.

„Kommt!“, schrie er. „Ihr alle! Kommt zu mir, *sofort!*“

Belle warf einen Blick zur Tür.

„Otto, schneide die Schnur an seinem Kiefer durch!“, rief sie, aber es war zu spät.

Henri hatte den Rest der Kreaturen im Sommerhaus herbeigerufen. Sie schlurften mit dem, was noch an Magie in ihnen war, in Richtung Gewächshaus.

Schnell schnitt Otto eine weitere Schnur durch, dann noch eine. Henris Kopf fiel nach vorn, dann sein Oberkörper. Als Otto die Schnur an seinem Hinterteil durchtrennte, krachte Henri wie ein Haufen Brennholz auf den Boden.

Im selben Moment drängten sich Dutzende von Puppen und Marionetten durch die Türöffnung.

„Es gibt keinen Ausweg!“, schrie Otto.

Belle schaute in den hinteren Teil des Raumes. Kaputte Möbel lagen überall verstreut. Die Wand dort wurde von drei Flügeltüren gesäumt. „Geh zu den Türen, Otto!", rief sie. „Beeil dich!"

Sie kniete sich hin und durchsuchte schnell die Taschen von Henris Jacke, fand ihre Münze, steckte sie in ihre eigene Tasche und rannte in den hinteren Teil des Raumes.

Aranae und Lucanos hatten sich hoch oben an einer Wand in Sicherheit gebracht. Belle griff nach der Klinke einer der Türen und drehte sie herum, aber sie war verschlossen. Sie versuchte es bei den anderen, aber auch sie waren verschlossen.

„Zerstört sie!", schrie Henri. „Alle!"

Belle blickte hinter sich. Otto humpelte auf sie zu, so schnell er konnte, aber er war nicht schnell genug. Die Puppen und Marionetten folgten ihm dicht auf den Fersen. Er versuchte sein Bestes, um von ihnen wegzukommen, aber sein kaputtes Bein bremste ihn. Der Schrecken stand ihm ins Gesicht geschrieben.

„Nein!", schrie Belle. „Geht weg von ihm!"

Sie stürzte zu ihm, schlang sich einen seiner Arme über die Schulter und zerrte ihn in den hinteren Teil des Raumes, wo sie ihn gegen einen Schreibtisch lehnte.

Henris böse Armee rückte weiter vor. Der Kopf einer Puppe wackelte seitlich an ihrem Hals. Das

Knopfauge einer anderen baumelte an einer schmutzigen Schnur.

Belle schnappte sich einen Kerzenhalter vom Schreibtisch und schlug mit ihm eine der Glasscheiben ein. Sie griff durch das zerbrochene Glas und versuchte, den Griff von außen zu drehen, aber er ließ sich immer noch nicht bewegen.

Die Kreaturen waren jetzt nur noch wenige Meter entfernt. Belle drehte sich verzweifelt im Kreis, auf der Suche nach einem Weg, sich und ihre Freunde zu retten.

Ihr Blick fiel auf einen Stuhl. Er war unter den Schreibtisch geschoben. Sie zog ihn heraus.

„Belle, geh da weg! Sie kommen direkt auf dich zu!", rief Lucanos.

Doch sie schleppte den schweren Stuhl hinüber zu den Türen.

„Zeit, meine eigene Geschichte zu schreiben, Lucanos", sagte sie.

Mit all ihrer Kraft hob Belle den Stuhl über ihren Kopf. Und dann, mit einem ohrenbetäubenden Schrei, schleuderte sie ihn direkt gegen die Terrassentür.

KAPITEL SIEBENUNDFÜNFZIG

GLAS ZERSPLITTERTE, UND HOLZ WURDE GESPALTEN, als der schwere Stuhl die Türen durchbrach.

Er hinterließ ein klaffendes Loch.

„Lasst uns gehen!“, drängte Lucanos und stürzte von der Decke herab. Im Nu war er draußen.

Aranae war direkt hinter ihm. Belle rannte zurück zu Otto.

„Lass mich hier, Belle“, sagte er. „Ich werde dich nur aufhalten.“

Aber Belle hörte nicht auf ihn. Sie hob sanft die untere Hälfte seines Beins, um es zu drehen, aber die Bewegung ließ ihn das Gleichgewicht verlieren. Er kippte nach vorn gegen den Schreibtisch.

Das watschelnde Sammelsurium von Puppen und Marionetten kam immer näher. Einige standen aufrecht, andere waren in sich zusammengesackt – ihre traurigen, leeren Augen starrten geradeaus.

Belle wusste, dass sie nur noch Sekunden hatte. Sie drehte das untere Ende von Ottos Bein grob herum und drückte dann das Metallkugelgelenk seines Knies zurück in seine Pfanne.

Otto keuchte.

„Komm!“, rief Belle und packte seine Hand.

Sie schoss durch die Türöffnung und zog ihn hinter sich her. Um Haaresbreite schafften sie es nach draußen.

Lucanos und Aranae warteten auf sie. „Lasst uns gehen!“, rief der Käfer.

„Das war aufregend!“, sagte Otto.

„Ja, Otto, das war es. Ein bisschen *zu* aufregend“, erwiderte Belle und fragte: „Wie geht es deinem Bein?“

„Alles in Ordnung!“, beteuerte er und schüttelte es. „Siehst du?“

„Gut. Wir müssen uns beeilen. Kannst du laufen?“

„Ich werde es versuchen. Ich liebe es zu rennen! Und zu fliehen – ich *liebe* es zu fliehen!“

„Ich werde ihn umbringen, bevor das hier vorbei ist. Oder mich selbst“, prophezeite Lucanos.

„Ich weiß, wovor wir fliehen“, fuhr Otto unbeeindruckt fort, „aber *wohin* fliehen wir?“

„Zum Château. Um die Comtesse zu finden“, antwortete Belle mit neuer Entschlossenheit in der Stimme. „Sie schreibt meine Geschichte nicht. *Ich* tue es.“

Hastig überprüfte sie, ob sie noch ihr Taschentuch und ihre Münze hatte, dann lief sie zu dem Feldweg, der zurück zum Schloss führte. Otto rasselte neben ihr her, Aranae klammerte sich verzweifelt an ihre Schulter, und Lucanos flog hinter ihnen.

KAPITEL ACHTUNDFÜNFZIG

„Hier entlang!", rief Tassilo und sauste an den langen Reihen von Bücherregalen vorbei.

Das Biest war direkt hinter ihm, zusammen mit Lumière, Madame Pottine, Von Unruh, Plumette und Froufrou.

Tassilo raste bis zum Ende der Reihe, drehte sich um und flitzte weiter zu einer Tür zwischen zwei Bücherregalen. Sie war angelehnt.

„Ich hatte keine Ahnung, dass es hier hinten noch einen Raum gibt!", staunte Lumière.

„Es war ein Arbeitsraum", erklärte das Biest. „Für den Bibliothekar des Schlosses."

Vorsichtig trat das Biest hinein. Seine Diener folgten ihm. Es sah sofort, dass Belle nicht im Zimmer war – aber etwas anderes war da.

Neben dem Fenster stand ein riesiges aufgeschlagenes Buch, dessen Seiten ein Bild von einem überwucherten Garten zeigten. Das Bild sah aus, als befände es sich hinter dickem Glas.

Die Nackenhaare des Biestes sträubten sich. Ein bedrohliches Knurren entwich seiner Kehle. Es wusste, dass die Bibliothek verzauberte Bücher enthielt, aber seine Instinkte sagten ihm, dass dieses Buch neu und anders war – und dunkel und bösartig.

„Was ist es, Herr?", fragte Madame Pottine.

„Es ist ein magisches Buch, aber eines, das ich noch nie zuvor gesehen habe. Ich weiß nicht, was es macht oder kann."

„Tretet zurück, alle!", erklärte Von Unruh. Er schnappte sich eine Messlatte, die an einer Wand lehnte, und stieß sie gegen das Buch.

Beim Aufprall auf die Seite machte sie ein scharfes Geräusch, als wäre sie auf Eis gestoßen.

„Belle ist da drin", sagte Tassilo.

„Woher weißt du das, Tassilo?", fragte Lumière.

Die kleine Teetasse zeigte mit ihrem Griff auf den Boden. Direkt vor dem Buch lag ein blaues Band – Belles Band.

„Sie hat uns verlassen. Sie ist *weg*", sagte Tassilo.

Das Biest wusste, was die Schwere in der Stimme des Jungen bedeutete. Mit dem Verlust von Belle hatten die Diener ihre einzige Chance verloren, den Fluch zu brechen, der sie zu dem gemacht hatte, was sie jetzt waren, der sie an dieses Schloss, dieses Leben, dieses Schicksal band … für immer.

Madame Pottine wandte sich von dem Buch ab, und das Biest vernahm ein leises Schluchzen.

Es wusste, dass sie weder an sich selbst noch an ihn oder jemanden aus der Dienerschaft dachte. Sie dachte nur an eine Person – an Tassilo, ihren kleinen Jungen. Sie dachte daran, wie sein Leben jetzt enden würde, bevor es überhaupt begonnen hatte, hier, in diesem verfluchten Schloss.

Von Unruh legte die Messlatte dahin zurück, von wo er sie genommen hatte, und schwieg ausnahmsweise.

Lumière, dessen Flammen schwächer geworden waren, tauschte untröstliche Blicke mit Plumette aus.

Das Biest hob das blaue Band auf und wandte sich von den anderen ab, den Kopf gesenkt, das Herz so schwer wie Stein.

KAPITEL NEUNUNDFÜNFZIG

„NACH LINKS ODER NACH RECHTS?“, rief Lucanos, als sie sich der Schotterstraße am Ende der Einfahrt näherten.

„Nach links!“, brüllte eine atemlose Belle zurück.

Immer noch mit Aranae auf ihrer Schulter stürmte sie auf die Straße und blickte dann hinter sich, um sicherzugehen, dass Lucanos und Otto noch da waren.

Lucanos war da, aber Otto nicht.

„Otto! Wo bist du?“, rief sie und machte kehrt.

Bald hatte sie ihre Antwort.

Er lag auf dem Boden am Rand der Straße und sah benommen aus.

„Was machst du da?“, fragte sie und half ihm auf. „Wir haben keine Zeit für Dummheiten. Wir haben einen langen Weg vor uns!“

„Ich … ich bin gefallen“, sagte er und stieß sich vom Boden hoch. Wackelig ging er auf die Straße zu, aber als er versuchte, sie zu betreten, prallte er nach hinten und krachte wieder auf den Boden.

Es war, als ob er gegen eine Wand gelaufen wäre.

„Was ist hier los?“, fragte Belle laut und nahm seine

Hand. „Wir gehen zusammen“, sagte sie und zog ihn hinter sich her. Aber es half nichts. Sie konnte auf die Straße gehen, aber er nicht.

Lucanos, der im Kreis geflogen war, landete auf Belles anderer Schulter. „Das ist das Werk der Comtesse“, erklärte er grimmig. „Sie hat ihn an diesen Ort gebunden.“

Otto nickte. „Er hat recht. Darum wandern auch die anderen Marionetten und Puppen aus dem Sommerhaus nicht weg. Ihr müsst ohne mich weitergehen.“

„Nein“, widersprach Belle. „Es muss einen Weg geben, dich hier herauszubringen.“

„Den gibt es nicht“, sagte Otto. „Und ihr verliert Zeit. Ihr müsst gehen. *Jetzt,* Belle.“

„Aber was wird mit dir geschehen?“, fragte Belle. „Was ist, wenn die Comtesse herausfindet, dass du uns geholfen hast, und dich bestraft?“

„Sie kann mich nicht bestrafen, wenn sie mich nicht aufziehen kann“, erklärte Otto. „Nimm mir den Schlüssel aus dem Rücken und wirf ihn weg. Wirf ihn in einen Teich oder in einen Brunnen. Irgendwohin, wo sie ihn nie finden wird.“

„Aber das … das wird … dein Ende sein“, wisperte Belle leise.

„Es ist schon gut, Belle“, beteuerte Otto und lächelte tapfer. „Ich bin überzeugt, dass ich in einer Stunde mehr gelebt und geliebt habe, als viele Menschen es in einem ganzen Leben tun."

Belle umarmte Otto fest und innig.

Auch er legte seine Arme um sie. „Bevor du gehst, versprich mir etwas, Belle …", flüsterte er ihr zu. „Sei weiterhin die Autorin deiner eigenen Geschichte. Lass nie wieder jemand anderen sie für dich schreiben."

„Ich verspreche es", entgegnete Belle mit leiser, erstickter Stimme.

Otto hielt sie noch ein paar Sekunden fest und ließ sie dann los. Sein Lächeln verblasste. Sein Blick wandte sich nach innen. Er umklammerte sein rotes Seidenherz.

„Otto? Was ist mit dir?", fragte sie bestürzt.

Er sah sie verwirrt an. „Oh, mein … Oh, Gott", keuchte er. „Ist das auch Liebe? Dieser schreckliche Schmerz?"

Belle nickte.

„Liebe ist hart. Ich hatte keine Ahnung, wie hart. Ist sie den Schmerz wert?"

„Ja", versicherte Belle. „Das ist sie."

„Bitte, Belle", bat Otto. „Wenn ich gehen muss, dann möchte ich mit meinen Freunden um mich herum gehen … mit Liebe …"

Belle riss sich zusammen. Dann griff sie nach dem Schlüssel und zog ihn heraus. Das Licht erlosch in Ottos Glasaugen. Sein Lächeln wurde schwächer. Er sackte in sich zusammen.

Jetzt drückte Belle eine Hand auf ihr eigenes Herz. Es schmerzte furchtbar.

Sie erinnerte sich an die Worte ihrer Freundin Agathe. *Liebe ist nichts für Feiglinge,* hatte sie gesagt.

„Du warst der Mutigste, Otto", flüsterte sie.

„Das Schloss ist mit der Kutsche eine halbe Stunde vom Sommerhaus entfernt, und du bist zu Fuß unterwegs. Wir *müssen* weiter", beschwor Lucanos sie. Er saß immer noch auf ihrer Schulter.

Sie nickte. „Dann lasst uns gehen."

Lucanos flog vor ihr her.

Doch bevor er sich an die Spitze setzte, sah Belle einen Schimmer von Tränen in den glänzenden schwarzen Augen des Käfers.

KAPITEL SECHZIG

BELLE WAR SO ERSCHÖPFT, dass sie kaum noch laufen konnte. Sie lehnte sich gegen einen Baum in der Nähe des Schlosses der Comtesse, um Luft zu holen.

Ihr Kleid war mit Staub von der unbefestigten Straße bedeckt. Der Saum war von Dornen und Brombeersträuchern zerrissen worden und durchnässt vom Entlangschleifen am Rande eines Teiches voller Unkraut, wo sie angehalten hatte, um Ottos Schlüssel wegzuwerfen.

Sie hatte über zwei Stunden gebraucht, um vom Sommerhaus zum Schloss zu laufen, weil der Weg jetzt dicht bewachsen war. An manchen Stellen hatte sie sich durch Äste kämpfen müssen und war über ein dichtes Gewirr von Weinstöcken gestiegen.

Das Ausmaß der Verzauberung durch die Comtesse wurde Belle erst im Lauf des Weges klar. Was sie für üppige Birnen-, Apfel- oder Kirschgärten gehalten hatte, waren in Wirklichkeit spindeldürre schwarze Granatapfelbäume. Große, baufällige Steinscheunen waren dem Palais Royal nachempfunden worden, mit Säulen davor und halb verrotteten Wagen als Kutschen. Die

Fahrt, die sie und die Comtesse angeblich vom Schloss nach Paris unternommen hatten, so erkannte Belle jetzt, hatte sie wahrscheinlich nicht weiter als bis zu dieser unbefestigten Straße geführt.

Lucanos, der nun selbst müde war, stützte sich auf Belles umgedrehte Handfläche. „Ich kann das Château kaum *sehen*“, sagte er.

Die Bäume, die die Einfahrt säumten, waren so hoch gewachsen und ihre Äste hatten sich so eng miteinander verknotet, dass sie den Bau verdeckten.

Nachdem sie sich einen Moment ausgeruht hatte, ging Belle die Auffahrt hinauf. Inzwischen war es dunkel. Der Mond versteckte sich hinter einer Wolke, aber er spendete immer noch genug Licht, um ihren Weg zu erhellen.

Als sie sich dem Schloss näherte, sah sie, dass viele der Fenster zerbrochen waren. Auf dem Dach klaffte ein Loch. Moos hatte sich über die beiden steinernen Löwen gelegt, die die bröckelnde, einst elegante Treppe flankierten.

Als sie die Stufen erreichte, blieb Belle stehen und blickte hinauf zum Haus. Sie sah den gespenstischen Schein eines Kerzenleuchters, der an den Fenstern vorbeizog.

„Sie ist hier“, sagte sie grimmig.

Dann ging sie die Treppe hinauf.

KAPITEL EINUNDSECHZIG

BELLE BLIEB VOR DER TÜR ZUR WOHNUNG DER COMTESSE STEHEN und griff nach der riesigen bronzenen Klinke.

Sie hatte das Gefühl, dass die Aufgabe, die vor ihr lag, schier unlösbar war.

Sie und Lucanos hatten versucht, auf dem Weg hierher einen Plan zu schmieden, aber festgestellt, dass es schwierig war, das zu tun, da sie nicht wussten, was sie eigentlich vorhatten.

„Wie sollen wir das anstellen?“, fragte Lucanos jetzt mit flüsternder Stimme. „Wie kommen wir an das Armband?“

„Die Comtesse höflich darum bitten?“, bot Belle mit einem freudlosen Lachen an.

Sie stieß die Tür auf. Die Scharniere stöhnten leise, als sie sich öffnete. Belle hoffte verzweifelt, dass niemand sonst sie gehört hatte.

Sie schlich durch das Foyer, lauschte nach Stimmen oder Bewegungen. Jemand war mit einem Kerzenleuchter durch das Haus gegangen. Wer war es gewesen?

Einen Augenblick später bekam sie die Antwort.

Mouchard, der wieder menschliche Gestalt angenommen hatte, kam schwer bepackt ins Bild. Hinter ihm trottete eine Dienerin, eine junge Frau.

Vom Foyer führte eine breite Steintreppe spiralförmig in die oberen Etagen. Belle, Lucanos und Aranae hatten gerade genug Zeit, um sich darunter zu verkriechen.

„Ihre Ladyschaft hat sich für den Abend zurückgezogen", sagte Mouchard und blieb nur ein paar Meter von Belle und ihren Freunden entfernt stehen. „Sie möchte nicht gestört werden. Sagt den anderen Dienern, sie sollen sich vom dritten Stock fernhalten." Er stapelte den Haufen Kleidung, den er trug, in die Arme des Dienstmädchens und fuhr fort.

„Reinigt den Reisemantel der Comtesse, poliert ihre Stiefel und ihren Gehstock. Sie sollen bis zum Morgen fertig sein", wies er sie an. „In Venedig ist ein Fieber ausgebrochen. Sie wünscht, im Morgengrauen abzureisen."

Das Dienstmädchen nickte knapp und huschte in eine Richtung davon. Mouchard ging in die andere Richtung weiter.

„Ich weiß jetzt, was zu tun ist!", flüsterte Belle aufgeregt, sobald sie weg waren.

„Nun, liebes Mädchen, behalte es nicht für dich", erwiderte Lucanos.

„Die Comtesse schläft schon. Sie wird bestimmt ihren Schmuck abgenommen und ihn irgendwo hingelegt haben – auf einen Tisch oder in ein Schmuckkästchen. Alles, was wir tun müssen, ist, uns in ihr Zimmer zu schleichen und ihn mitzunehmen!“

„Was für ein wunderbarer Plan!“, lobte Lucanos ironisch. „Alles, was wir tun müssen, ist, den Tod auszurauben. Nichts leichter als das!“

Belle warf ihm einen wütenden Blick zu. „Hast du eine bessere Idee?“

„Leider nein.“

„Dann lasst uns gehen“, sagte Belle und trat aus ihrem Versteck hervor. „Dank Mouchard wissen wir, wo ihr Zimmer ist.“

Leise schlichen die drei die Treppe hinauf. Als sie den dritten Stock erreichten, sahen sie, dass ein breiter Korridor in zwei verschiedene Richtungen führte. Die östliche Hälfte lag im Dunkeln. In der westlichen Hälfte brannten Kerzen in Wandleuchtern. Noch mehr Kerzenlicht leuchtete unter einer Tür am Ende des Korridors hervor.

Lucanos deutete darauf. „Irgendetwas sagt mir, dass das ihr Zimmer ist“, meinte er.

Belle, Lucanos und Aranae näherten sich leise der Tür. Belle legte ihr Ohr an die Tür, hörte aber nichts. Sie griff nach dem Knauf und drehte ihn.

Licht trat in ihre Augen, als die Tür aufschwang. Mindestens hundert Säulenkerzen brannten in dem Raum.

Ein schwerer, würziger Duft erfüllte die Luft. Belle erkannte ihn als das Parfüm der Comtesse. Aber sie hatte ihn auch schon anderswo gerochen, und jetzt erkannte sie, wo: bei Beerdigungen in der Kirche von Villeneuve. Myrrhe, Zimt- und Nelkenöl – all diese Dinge wurden für die Salbung der Toten verwendet.

Diese Erkenntnis erschreckte sie. Sie erinnerte sie unaufhörlich daran, mit wem sie es zu tun hatte.

Der Raum war kalt und spärlich möbliert, seine Decke hoch und spitz zulaufend. Die Comtesse lehnte auf einem massiven Himmelbett. Seine Säulen waren in Form von Skeletten geschnitzt. An seinem Kopfteil prangte ein weiteres Skelett, das auf einem Thron saß und einen Lorbeerkranz auf dem Schädel trug. Es erinnerte Belle an einen Grabstein.

Die Augen der Comtesse waren geschlossen. Ihre rechte Hand ruhte auf ihrer Brust, die linke lag an ihrer Seite. Belles Herz blieb vor Entsetzen stehen, als sie sah, dass die Comtesse den Armreif nicht abgenommen hatte. Er war immer noch um ihr Handgelenk gewickelt. Wie sollten sie ihn abnehmen, ohne sie aufzuwecken?

„Das wird jetzt noch viel schwieriger“, flüsterte sie.

Sie bewegte sich auf das Bett zu, aber Aranae hob eines ihrer langen Beine und hielt sie damit zurück.

Geräuschlos kletterte die Spinne am Kopfende des Bettes hinauf, positionierte sich dort und begann, sich zu drehen, wobei sie ihren klebrigen, seidenen Faden über das Bett der Comtesse warf.

Schlaue Spinne!, dachte Belle.

Schnell und fleißig arbeitete Aranae, immer darauf bedacht, weder das Armband noch das Gesicht der Comtesse zu bedecken, damit die Comtesse nicht die Fäden auf ihrer Haut spürte und erwachte. Eine Viertelstunde später war ihr Körper in weiße Spinnenseide gehüllt und an den Bettrahmen gefesselt.

„Danke, Aranae!“, flüsterte Belle, als die Spinne zu ihnen zurückkehrte.

Aranae nickte. Belle schlich auf die schlafende Gestalt zu. Ihr Herz raste. Sie musste ihre Hände zu Fäusten ballen, damit sie nicht zitterten.

Als sie das Bett erreichte, holte sie tief Luft. Dann beugte sie sich über die Comtesse und löste vorsichtig den Verschluss des goldenen Armbands.

Er schnappte auf.

Und mit ihm auch die Augen der Comtesse.

KAPITEL ZWEIUNDSECHZIG

„Du!“

Die Comtesse sprach das Wort kühl aus. Sie versuchte aufzustehen, konnte aber nicht. Ruhig schaute sie an ihrem Körper hinunter, dann sah sie Belle wieder in die Augen.

„Es gibt tausend Arten zu sterben, meine Liebe“, sagte sie. „Manche sind leicht, und andere sind sehr, sehr schwer. Dein Weg wird zu letzteren gehören, wenn du mir das Armband abnimmst.“

Belle schluckte vor Angst und löste das Armband schnell vom Handgelenk der Comtesse.

Dann rannte sie um ihr Leben.

KAPITEL DREIUNDSECHZIG

BELLE FLOH AUS DEM SCHLAFZIMMER DER COMTESSE, durch den langen Korridor und die Wendeltreppe hinunter, wobei Lucanos und Aranae ihr den Weg wiesen.

Gerade als sie den Fuß der Treppe erreichte, eilte Mouchard – angelockt durch das laute Echo von Belles Stiefeln auf der Treppe – ins Foyer. Er krächzte vor Wut, als er Belle sah, und stürzte sich auf sie.

Sie hatte keine Chance, sich vor ihm zu verstecken. Er war zu groß und zu schnell. Wild sah sie sich um, ohne die geringste Ahnung, welchen Weg sie nehmen sollte. Da schrie Lucanos, der zwischen Belle und Mouchard auf dem Boden lag: „Das Armband, Belle! Wirf es mir zu!"

Belle tat es. Der Käfer fing es auf. Er hielt das eine Ende fest und warf Aranae das andere zu. Sie zogen es zwischen sich fest und stellten so dem angreifenden Mouchard eine Stolperfalle. Er taumelte und schlug mit einem dumpfen Aufprall auf dem Steinboden auf.

„Lauf, Belle, *lauf!*", rief Lucanos und warf das Armband zu ihr zurück.

Belle fing es auf und rannte zur Tür hinaus. Sie flog die Treppe hinunter und lief auf die Auffahrt zu. Aber sie war weg. Rosenbüsche hatten sie komplett überwuchert.

Belle kämpfte sich durch sie hindurch und versuchte ihr Bestes, um in Richtung des Portals zu laufen. Dornen, so lang wie ihr Daumen, ragten aus den Stöcken der Rosensträucher heraus. Die Rosen selbst waren so groß wie Essteller geworden. Ihre blütenförmigen Gesichter folgten Belle, als sie vorbeilief. Sie war sich sicher, dass sie sie miteinander flüstern hörte.

Als sie die Rosen hinter sich gelassen hatte, wurde Belle mit einem weiteren Hindernis konfrontiert: einer massiven grünen Wand. Die Eiben hatten sich zu einem Labyrinth geformt. Dicht zusammengewachsene Äste versperrten ihr den Weg. Schmale Pfade schlängelten sich nach links und rechts.

„Wo lang?", fragte Lucanos.

„Ich weiß es nicht", stöhnte Belle. Sie würde raten müssen und auf das Beste hoffen. „Nach rechts", sagte sie.

Die drei eilten weiter, Mondstrahlen beleuchteten ihren Weg. Nur wenige Augenblicke später führte der Weg in eine Sackgasse.

„Krümel!", rief Belle verzweifelt. Sie drehte sich um, bereit, ihre Schritte zurückzuverfolgen, und keuchte.

Eine Kröte versperrte ihr den Weg. Belle hatte sie schon einmal gesehen, aber damals war sie nur so groß wie eine Katze gewesen. Jetzt hatte sie die Größe eines Ponys. Ihre goldenen Augen musterten sie und schwenkten dann zu Lucanos und Aranae. Ein dicker Streifen silbrigen Sabbers tropfte aus den Winkeln ihres riesigen Maules.

Aranae schnatterte ängstlich.

„Ja, ich *sehe*, dass es eine Kröte ist. Und ja, ich *weiß*, was Kröten fressen!“, schnaubte Lucanos nervös.

Die Kröte schlurfte auf ihren Stummelbeinen auf sie zu. Ihr riesiger weißer Bauch schleifte auf dem Boden.

„Denk nicht einmal daran“, mahnte Belle und schob Lucanos und Aranae hinter sich her.

Aber die Kröte kam immer näher.

Geistesgegenwärtig brach Belle einen Ast von einer Eibe ab.

„Letzte Warnung“, drohte sie und wedelte mit dem Stock.

Aber die gierige Kröte beachtete sie nicht, also schlug Belle ihr auf die Schnauze. Die Kreatur quiekte vor Schmerz und verkroch sich unter ein paar niedrigen Ästen.

Belle kämpfte sich weiter durch das Labyrinth. Nachtvögel riefen, ihr Gesang war düster und rau. Kreaturen krochen und krabbelten unter ihren Füßen.

Sie und ihre Freunde probierten einen neuen Weg, dann einen anderen, um in die Mitte des Labyrinths zu gelangen, aber immer wieder fanden sie sich in Sackgassen wieder.

Nach einem weiteren erfolglosen Versuch blieb Belle – mit von den Dornen zerkratzten Händen und Armen und Ästen und Blättern im Haar – verzweifelt stehen, um sich zu orientieren. Panik raunte ihr ins Ohr, dass sie niemals aus dem Labyrinth herauskommen würde. Aber sie weigerte sich, ihr nachzugeben. Sie wusste, wenn sie das täte, wäre sie wirklich verloren.

Wieder begann sie zu laufen und hatte gerade einen neuen Weg gefunden, als sie es hörte: ein leises, tiefes Geräusch. Es klang wie das Mahlen von Mühlsteinen. Oder als ob jemand die schwere Steintür eines Grabes aufschob.

„Was ist das?“, fragte Lucanos. „Es klingt fast wie ein Knurren.“

Das Geräusch kam wieder. Diesmal näher. So nah, dass es schien, als wäre es auf der anderen Seite der Heckenwand.

Belle gefror das Blut in den Adern. „Aranae, Lucanos … lauft“, verlangte sie mit einer Stimme, die kaum mehr als ein Flüstern war. *„Lauft!“*

„Laufen? Warum?“, fragte Lucanos. „Was ist …?“

Die Worte des Käfers wurden abgeschnitten, als

Belle ihn hochriss. Ihr blieb keine Zeit für Erklärungen. Sie schnappte sich auch Aranae, dann schoss sie den neuen Weg hinunter, den sie gefunden hatte, und betete, dass es der richtige war.

Die Geräusche, die sie gehört hatten, konnten nur eine Quelle haben …

Die Steinlöwen der Comtesse.

KAPITEL VIERUNDSECHZIG

STOLPERND RASTE BELLE DEN WEG HINUNTER. Ihr Kleid blieb an einem Ast hängen. Sie riss es heraus.

„Was ist los?“, forderte Lucanos. „Lass mich auf der Stelle los!“

„Löwen ...“, keuchte Belle. „Die Statuen ... von der Treppe ...“

Ein Brüllen durchbrach die Nacht. Gefolgt von einem zweiten. Sie schienen jetzt aus zwei verschiedenen Richtungen zu kommen.

„Sie haben sich aufgeteilt“, japste Belle. „Sie verfolgen uns.“

Sie bog um eine Ecke und lief den Pfad weiter hinunter, folgte ihm, als er sich weiter in das Labyrinth hineinschlängelte.

Wo ist das Portal?, fragte sie sich verzweifelt. *Vielleicht an der nächsten Ecke da vorn. Wir müssen nah dran sein.*

Sie war halb um die Ecke herum, als eine Kreatur aus der entgegengesetzten Richtung kam.

Belle erstarrte.

Der aus weißem Marmor geschnitzte Löwe leuchtete im Mondlicht. Eine üppige Mähne erstreckte sich seinen Hals hinunter bis zu den kräftigen Schultern. Unter seinem Fell kräuselten sich die Muskeln bei jedem Schritt. Ein unheimliches blaues Licht flackerte in seinen Augen.

Als diese Augen Belle entdeckten, knurrte der Löwe und enthüllte scharfe, spitze Reißzähne.

Langsam wich Belle zurück. Während sie hinter sich blickte, erschien der zweite Löwe am anderen Ende der Reihe und versperrte ihr den Fluchtweg.

Mit gesenkten Köpfen und peitschenden Schwänzen kamen sie näher. Es gab keinen Ausweg.

„Nein", murmelte sie, die Augen vor Angst geweitet. „Bitte … *nein!*"

Ihre Beine begannen zu zittern.

„Es gibt keinen Ausweg, Belle. Es ist vorbei", sagte Lucanos gebrochen.

„Nein, Lucanos. Das werde ich nicht zulassen. Es gibt *immer* einen Weg. Wenn ich nicht nach links oder rechts gehen kann, dann muss ich nach oben!", erklärte Belle entschlossen.

Sie wandte sich der Hecke zu, griff nach einem Ast und begann zu klettern. Aranae krabbelte vor ihr hoch. Lucanos flog.

Als die Löwen bemerkten, was die drei taten, begannen sie zu rennen.

„Beeil dich, Belle. *Schneller!*“, brüllte Lucanos.

Er flog unter sie und stieß ihr mit seinen scharfen Hörnern in den Po, wieder und wieder.

„Autsch!“, jaulte Belle auf und kletterte höher.

Die Äste der Eibe waren dicht. Sie peitschten gegen Belles Wangen und stachen ihr in die Augen. Die Rinde zerkratzte ihre Haut. Sie ignorierte den Schmerz und kletterte weiter. In nur wenigen Sekunden war sie gut drei Meter über dem Boden.

Die Löwen kreisten unter ihr hin und her und brüllten. Einer begann, die Eibe zu erklimmen. Wie die meisten Löwen war er ein guter Kletterer. Aber anders als die meisten Löwen war er aus Stein, und die Äste der Eibe knickten wie Streichhölzer unter seinem Gewicht weg.

Belle kletterte höher und höher. Jetzt war sie fast an der Spitze angelangt und wollte gerade ihren rechten Fuß auf einen stabilen Ast setzen, als der Ast unter ihrem linken Fuß brach.

Belle schrie auf. Ihre Hände krallten sich um die Äste, die sie festhielten. Ihre Beine baumelten über dem Weg. Die Löwen sprangen, so hoch sie konnten, und schlugen mit ihren tödlichen Krallen nach ihren Füßen, konnten sie aber nicht erreichen.

Nach einer gefühlten Ewigkeit schaffte Belle es, ihren rechten Fuß auf einen Ast zu setzen. Und danach ihren linken Fuß. Sie kletterte weiter und erreichte kurz darauf die Baumkrone.

Sie blickte über die Kante auf die andere Seite und stieß einen langen, lauten Aufschrei der Erleichterung aus.

Unter ihr lag das Buch. Und mit ihm der Weg aus *Nevermore*.

Sie war fast zu Hause.

KAPITEL FÜNFUNDSECHZIG

„Du bist fast da. Geh weiter. Einen Schritt nach dem anderen“, sagte Belle zu sich selbst.

Sie hatte den größten Teil des Weges auf der anderen Seite der Eibenhecke geschafft und war fast aus dem Labyrinth heraus. Ein Blick über ihre Schulter verriet ihr, dass das Buch genau dort lag, wo es sein sollte. In wenigen Sekunden könnte sie hindurchgehen und *Nevermore* und die Comtesse hinter sich lassen.

Sie sprang die letzten paar Meter von Baum zu Baum und landete schließlich mit einem Plumps auf dem Boden.

Sie sah ihre Freunde an. „Danke, Lucanos. Danke, Aranae! Ich glaube, wir werden es schaffen.“

Aber Lucanos antwortete nicht. Seine Augen waren auf *Nevermore* gerichtet.

Belle folgte seinem Blick und sah, dass sich der silbrige Schimmer seiner Oberfläche nicht wie sonst kräuselte. Es bewegte sich überhaupt nicht, sondern war vollkommen still, glasklar wie ein Wintersee.

Belle drückte ihre Handfläche dagegen. Das Buch war so hart und so kalt wie Eis. Sie schaute hindurch und erwartete, das Arbeitszimmer, den Tisch und den Schreibtisch darin zu sehen.

Stattdessen sah sie das Biest. Es hielt ein blaues Band in seiner Pfote – *ihr* blaues Band. Und es blickte in die Seiten von *Nevermore*.

Belle konnte das Biest und die anderen sehen, weil das Arbeitszimmer von Kerzen erhellt wurde. Auf dieser Seite des Buches jedoch herrschte Dunkelheit, daher konnten sie sie nicht sehen.

Verwundert starrte sie das Biest an. Sie hätte erwartet, dass es brüllte und wütete, dass es um sich schlug und etwas zerstörte.

Stattdessen sah es tief betrübt aus.

Und als sie sein Gesicht betrachtete, sah Belle etwas, was sie vorher noch nie gesehen hatte: Das Biest mochte sie wirklich.

„Jemand hat sie gestohlen!“, erklärte Von Unruh. „Wir müssen uns bewaffnen, Herr! Wir müssen den Schurken suchen, der diese üble Tat begangen hat, und Belle zurückbringen!“

Doch das Biest schüttelte langsam den Kopf. „Du verstehst nicht, Von Unruh. Niemand hat Belle entführt. Sie ist weggegangen, weil sie es wollte. Ich würde hineingehen, wenn ich könnte, aber das ist unmöglich. Belle hat eine Entscheidung getroffen, und es war allein ihre.“

Das Biest sah am Boden zerstört aus, als es diese Worte aussprach. Belles Augen wanderten zu Von Unruhs Gesicht, dann zu Lumières, Madame Pottines und Plumettes. Sie alle sahen am Boden zerstört aus.

Ein leises Schniefen war zu hören. Dann ein weiteres.

Es war Tassilo.

„Nein!“, flüsterte Belle. „Bitte, Tassilo … bitte nicht weinen!“

„Warum wollte Belle weg, Mama? War sie so unglücklich bei uns?“, fragte er.

Madame Pottine, die unendlich sanft zu ihrem jungen Sohn war, sagte: „Sei still, mein Schatz. Wir dürfen nicht um uns selbst weinen.“

„Das tue ich auch nicht. Ich weine um Belle. Weil ihr Herz schmerzte.“

Belle lehnte ihre Stirn gegen die kalte Seite. Ihr Herz tat mehr als nur schmerzen – es brach.

Sie fühlte sich schrecklich, weil sie Tassilo und all den anderen wehgetan hatte, aber auch, weil Tassilo recht hatte.

„Ich war unglücklich. Ich *wollte* weg“, flüsterte sie. „Und jetzt will ich nur noch bei euch sein.“

Das Biest legte ihr blaues Band sanft auf den Schreibtisch. Ihm dabei zuzusehen, war wie ein Messerstich in ihr Herz. Es fühlte sich endgültig an. Unwiderruflich. Als ob jemand eine Handvoll Erde auf einen Sarg wirft.

Belle wünschte, sie hätte *Nevermore* nie zu Gesicht bekommen. Sie erinnerte sich, wie aufgeregt sie gewesen war, als sie es zum ersten Mal entdeckt, als sie zum ersten Mal durch seine Seiten geblättert hatte. Das Mädchen, das sich in dieses Buch gewagt hatte, war auf eine einfache Flucht hereingefallen. Sie hatte geglaubt, dass *Nevermores* schöne, perfekte, irreale Welt der harten, chaotischen, realen vorzuziehen sei.

„Aber das ist sie nicht“, murmelte sie.

Sie vermisste die reale Welt, selbst mit all ihren Schwierigkeiten. Und sie vermisste diejenigen, die in ihr lebten. Als ihr Blick über die Gesichter auf der anderen Seite wanderte, erkannte sie, dass es nicht nur die Stärken einer Person waren, die sie wunderschön machten, sondern auch ihre Fehler.

Was wäre Tassilo ohne seinen Riss? Das fehlende Stückchen an seinem Rand machte ihn nur noch süßer. Und Von Unruh? Sein ständiges Genörgel und Händeringen konnten manchmal so lästig sein, aber es war nur seine aufbrausende Art zu zeigen, dass er sich um die kümmerte, die er liebte.

Und das Biest … das *Biest*.

Belle erkannte nun, dass sich hinter seinem schroffen und manchmal beängstigenden Äußeren ein gütiges und treues Herz verbarg. Es würde sein Leben dafür geben, sie zu retten, wenn es könnte.

„Biest“, flüsterte sie.

Als ob es sie gehört hätte, ging das Biest auf *Nevermore* zu. Seine Augen suchten – Belle wusste es – nach ihr. Es drückte eine Pfote gegen die harte Oberfläche. Belle passte ihre Hand seinen Umrissen an.

„Biest!“, rief sie. „Oh, Biest.“

Sie wollte bei ihm sein, bei ihnen allen. Doch es war zu spät. Sie hatte das Armband, das Taschentuch und die Münze zurückgeholt, aber es war alles umsonst. Der Durchgang zwischen dem Schloss des Biestes und *Nevermore* war versiegelt.

Verzweifelt schlug Belle ihre Hände gegen die Seiten. Da bemerkte sie, dass ihre Haut fast vollständig mit Worten bedeckt war.

„Nein!“, schrie sie. Ihre Zeit war fast abgelaufen.

Noch einmal schlug sie auf die Seite und versuchte so ein letztes Mal, das Biest auf sich aufmerksam zu machen.

„Spar dir deine Mühe, meine Liebe. Es kann dich weder sehen noch hören“, sagte eine Stimme hinter ihr.

Belles Magen schnürte sich vor Angst zu. Langsam drehte sie sich um.

Und sah sich der Comtesse gegenüber.

KAPITEL SECHSUNDSECHZIG

Klebrige Stränge aus Spinnweben hingen von dem schwarzen Kleid der Comtesse herab. Das Mondlicht schimmerte in ihren kalten grünen Augen. Sie und ihre Löwen waren ebenfalls aus dem Labyrinth herausgekommen. Sie waren noch gute zehn Meter entfernt, kamen aber mit jedem Schritt näher.

„Dieses Spiel wird ermüdend", sagte die Comtesse und streckte eine bleiche Hand aus. Ihre Nägel waren wie Krallen gebogen. „Gib mir das Armband, das Taschentuch und die Halskette. *Sofort.*"

Belle schüttelte den Kopf.

Die Comtesse lachte. Es klang wie das Pfeifen des Windes auf einem Friedhof. „Meine Liebe, du willst mich doch nicht *noch* wütender machen, als ich es ohnehin schon bin. Glaub mir."

Belle drehte sich um und warf sich mit aller Kraft auf *Nevermore*. „Madame Pottine! Lumière!", rief sie. „Hilfe! Ich bin es, Belle!"

Sie hämmerte mit den Fäusten auf die Seite und schlug sie mit ihren Handflächen. Währenddessen kam die Comtesse immer näher.

„Deinetwegen war dieses Spiel schwieriger, als ich es erwartet hatte“, sagte sie. „Und doch, ein Spiel ohne eine Herausforderung macht keinen Spaß. Ich kann es nicht erwarten, das Gesicht meiner Schwester zu sehen, wenn ich ihr sage, dass ich gewonnen habe.“

„Von Unruh, bitte! Könnt ihr mich nicht sehen?“

Eine Bewegung auf ihrer rechten Seite erregte Belles Aufmerksamkeit. Sie drehte den Kopf, weil sie fürchtete, es wäre die Comtesse, aber es war Lucanos, der sich wie wild um sich drehte.

„Benutze dein *Herz*, Belle!“, rief er.

Was meinte er damit? Die Comtesse war nur noch wenige Schritte entfernt. *Wie soll mein Herz helfen, sie zu besiegen?*

„Dein Herz, Belle!“, rief der Käfer erneut. „Dein *Herz*!“

Jetzt war Lucanos ganz nah bei ihr und deutete wie wild auf ihre Brust. Belle sah nach unten – und schnappte nach Luft. Das Glasherz, das ihr das Biest geschenkt hatte, sah aus, als würde es in Flammen stehen. Jetzt, wo Belle aus dem schattigen Labyrinth heraus war, schienen die Mondstrahlen direkt auf das Herz und brachen sich in eine Million Lichtpunkte.

Erstaunt stellte Belle fest, dass es nicht aus einfachem Glas oder gar aus feinem Kristall war, wie sie gedacht hatte, sondern dass es ein Diamant war.

Belle wusste, dass es nichts Härteres als Diamanten gab. Sie erinnerte sich, dass ihr Vater mit einem diamantbestückten Werkzeug kleine Fenster für seine Spieluhren in Glas geschnitten hatte.

Entschlossen riss sie sich das Schmuckstück vom Hals. Sie benutzte das Herz wie eine Klinge, zog es der Länge nach *Nevermores* Seite hinunter und öffnete so eine lange, sich kräuselnde Wunde.

Als sie das tat, hörte sie einen wütenden Schrei. Ohne hinzusehen, wusste sie, dass die Comtesse nur noch ein paar Meter hinter ihr war.

Belle drehte sich um. „Lucanos … Aranae …"

„Geh!", brüllte Lucanos.

„Ich danke euch … *danke*", sagte Belle.

Die Comtesse stürzte sich mit ausgestreckten Klauen auf sie, aber ihre Finger umschlossen nur Luft.

Belle war verschwunden.

KAPITEL SIEBENUNDSECHZIG

STERNE WAREN DAS ERSTE, was Belle sah.

Sie explodierten wie ein Feuerwerk in ihren Augen.

Dann sah sie Federn. Den Boden einer Teekanne. Goldene Füße. Pelzige Füße.

Ich bin da!, dachte sie. *Ich bin zu Hause!*

Belle hatte sich mit solcher Wucht zurück durch *Nevermore* geschleudert, dass sie den Halt verloren und kopfüber in die Bibliothek gestürzt war. Nun lag sie mit dem Gesicht nach unten auf dem Boden und war dankbar für den Plüschteppich.

„Belle!“, rief eine Stimme. Andere stimmten mit ein.

„Du bist zurückgekommen!“

„Wir haben uns solche Sorgen gemacht!“

Sie spürte, wie die Pfoten des Biestes ihr aufhalfen. Als sie wieder auf ihre Füße gekommen war, fiel ihr Blick auf *Nevermore*, das offen im Raum stand.

„Schließt es! Bitte!“, flehte sie, da sie fürchtete, die Comtesse würde ebenfalls hindurchkommen.

„Das werden wir, Belle, keine Sorge“, versprach Lumière und eilte zu dem Buch. Er drückte gegen den

Deckel, und es schwang mit einem Knall zu und begann zu schrumpfen.

Belle schaute auf ihre Hände. Die Worte, die sie bedeckt hatten, waren verschwunden. Sie seufzte vor Erleichterung.

„Ich bin hier! Ich bin am Leben!", rief sie. Sie wandte sich zu Lumière und umarmte ihn. „Ich dachte, ich würde dich nie wiedersehen!"

Sie umarmte auch Von Unruh, Madame Pottine und Plumette. Hob den kleinen Tassilo hoch und küsste ihn, dann streichelte sie Froufrou.

„Wo ist …?", fragte sie schließlich und suchte nach dem Biest. Sie entdeckte es in einer Ecke des Raumes, unsicher und zurückhaltend.

Belle machte einen Schritt auf es zu, dann noch einen, und dann warf sie ihre Arme um das Biest und vergrub ihr Gesicht in seinem Fell.

„Ich konnte nicht zurückkommen. Ich habe es immer wieder versucht", schluchzte sie, und ihre Stimme überschlug sich. „Dein Herz … das, das du mir gegeben hattest … so bin ich endlich herausgekommen. Es hat mich gerettet. Ohne es, ohne dich … hätte ich es nie geschafft."

„Psst, Belle. Alles ist in Ordnung. Du hast den Weg gefunden. Das ist alles, was zählt", flüsterte das Biest und hielt sie fest im Arm.

Belle nickte. Eine Weile später, als sie es fest und lange genug umarmt hatte, um sich davon zu überzeugen, dass es wirklich da war, ließ sie los.

Als das Biest die Tränen auf ihren Wangen sah, wischte es sie mit dem Rücken seiner pelzigen Pfote weg.

„Oh!“, sagte Belle und zuckte zusammen. Es war, als hätte man ihre Wangen mit einer Schuhbürste geschrubbt.

„Ähm.“ Das war Lumière. „Darf ich …?“ Er hielt ihr ein Taschentuch hin.

Belle nahm es und tupfte sich die Wangen trocken.

„Ich denke, eine schöne Kanne Tee und ein Teller mit getoasteten Käsesandwiches sind genau das, was Ihr nun braucht. Ich bringe beides in den Salon. Von Unruh wird dort ein schönes Feuer für Euch machen. Stimmt's, Von Unruh?“

„Also, ich verstehe nicht, was der ganze Wirbel soll. Sie ist zurück und offensichtlich …“, begann Von Unruh.

Madame Pottine blickte ihn eindringlich an. „Auf der Stelle!“

Die Diener eilten aus der Bibliothek und ließen das Biest und Belle allein.

„Du meine Güte!“, flüsterte Madame Pottine, sobald sie außer Hörweite des Biestes waren. „Über das

Gesicht des armen Mädchens mit dem Rücken seiner Pfote zu wischen … Also wirklich!" Sie seufzte. „Manchmal verzweifle ich. Werden wir unserem Herrn jemals Benehmen beibringen können?"

„Wenigstens hat er ihr nicht das Gesicht abgeleckt. Das ist doch schon mal was", flüsterte Plumette kichernd.

„Hoffen wir, dass er sie nicht am Genick in den Salon trägt!", fügte Madame Pottine hinzu und lachte nun auch.

„Es gibt Hoffnung", sagte Lumière. „Für Belle. Für den Herrn. Für uns alle."

„Es gibt *immer* Hoffnung", dozierte Von Unruh weise. „Warum? Habe ich euch je erzählt, wie Prinz Ferdinand von Braunschweig versuchte, den Maréchal de Broglie aus Westfalen zu vertreiben? Es war während der Schlacht von Bergen. Es stand wirklich schlimm um uns. Die Hessen hatten uns umzingelt …"

Madame Pottine und Plumette tauschten verärgerte Blicke aus und eilten dann, so schnell sie konnten, die Treppe hinunter. Tassilo, Froufrou und Lumière folgten ihnen. Von Unruh, der anscheinend nicht bemerkt hatte, dass sein Publikum verschwunden war, fuhr unbeirrt fort.

Zurück in der Bibliothek, versuchte Belle, ihren Mut zusammenzunehmen.

„Sollen wir in den Salon gehen? Oder möchtest du keine getoasteten Käsesandwiches?“, fragte das Biest.

„Ich kann dir gar nicht sagen, wie sehr ich sie möchte“, antwortete sie. „Aber es gibt etwas, das ich zuerst tun muss.“

Nevermore war auf seine normale Größe geschrumpft. Obwohl Belle Angst davor hatte, zwang sie sich, es aufzuheben. Mit dem Buch in der Hand durchquerte sie den Raum bis zum Gang, der in die Bibliothek führte, und öffnete eines der Fenster entlang des Flurs. Ein frischer, eisiger Wind wirbelte herein.

Einen langen Moment hielt sie *Nevermore* mit gebeugtem Kopf fest.

Sie dankte im Stillen Lucanos und Aranae, wo immer sie auch sein mochten. Sie versprach Otto, dass sie ihn nie vergessen würde. Und sie erinnerte sich an die Comtesse des Terres des Morts und zitterte bei dem Gedanken, wie kurz davor sie gewesen war, diese dunkle Gestalt ihre Geschichte beenden zu lassen, bevor sie überhaupt begonnen hatte.

Dann schleuderte Belle das Buch aus dem Fenster. Der Wind stürzte sich darauf. Er packte *Nevermore*, riss seine Seiten heraus und trug sie fort.

Belle knallte das Fenster zu und drehte sich um. Ihre Brust hob und senkte sich heftig. Ihre Wangen waren rosa vom Wind. Ihr Haar war zerzaust.

Das Biest zog ihr blaues Band aus seiner Brusttasche und reichte es ihr.

„Danke“, sagte sie und nahm es. Sie versuchte, ihr Haar damit zurückzubinden, aber ihre Hände zitterten so stark, dass sie es nicht schaffte.

Das Biest bemerkte es. Seine Augen, besorgt, aber warm und freundlich, suchten ihren Blick. „Willst du mir davon erzählen?“, fragte es und nahm ihre Hände, um sie zu beruhigen.

„Es ist eine so seltsame Geschichte, dass ich mir nicht sicher bin, ob du mir glauben wirst.“

Das Biest lachte. „Das könnte ich vielleicht. Ich habe einige Bekanntschaft mit seltsamen Dingen gemacht, weißt du?“

Belle schenkte ihm ein reumütiges Lächeln. Sie sah hinunter auf ihre Hände in seinen Pfoten.

„Belle? Was ist los?“, fragte das Biest.

„Es läuft nicht immer so gut, wenn wir beide versuchen, miteinander zu reden, nicht wahr?“

„Nein, das tut es nicht“, gab das Biest zu. „Ich bin nicht gerade ein guter Unterhalter. In der Tat habe ich nicht viel Übung darin, ein perfekter Freund zu sein. Oder überhaupt ein Freund.“

Belle dachte an ihre „perfekten“ Freunde von *Nevermore*. An die Comtesse und ihre schillernden Gäste. An Mouchard, Professor Truffatore, Henri.

„Ich auch nicht. Du bist vielleicht kein ‚perfekter' Freund, aber ein echter. Und ich bin froh, dich zu haben", erwiderte sie.

Das Biest lächelte und drückte ihre Hände. „Können wir es weiter versuchen, Belle? Würdest du mir noch eine Chance geben?"

Belle lächelte. Sie drückte seine Pfoten.

Und beschloss, dass sie es tun würde.

EPILOG

In dem hohlen Baumstamm einer alten Weide, nahe einem klaren, rauschenden Bach, spielten Liebe und Tod ihr ewiges Spiel.

Liebe war die Herrin der Weide, und jeder Sterbliche, der sich unter ihre sanft seufzenden Äste setzte, egal wie müde oder ohne Hoffnung er war, fand sein Herz erfüllt und seinen Geist wiederhergestellt wieder.

Sie und Tod saßen auf Stühlen, die aus Zweigen geflochten waren. Ein großer gesprenkelter Fliegenpilz diente ihnen als Tisch. Glühwürmchen schwebten in der Luft über ihnen und erhellten die tiefe Nacht.

Ihr Schachbrett war aus Obsidian und Knochen gefertigt. Insekten waren die Schachfiguren.

„Du bist am Zug", erklärte Tod und trommelte mit den Fingern ungeduldig auf die Armlehne ihres Stuhls.

„Ich weiß", erwiderte Liebe.

„Wir haben nicht die ganze Nacht Zeit", drängte Tod.

„Du kannst die Liebe nicht hetzen", sagte Liebe.

Einen Moment später aß ihre Königin – eine Gottesanbeterin – einen von Tods Bauern – eine plumpe gelbe Raupe.

„Wie war deine Reise nach Venedig?", fragte Liebe, während Tod das Brett betrachtete.

„Produktiv. Es freut mich, sagen zu können, dass der Ausbruch ziemlich heftig war. Zehntausende in einer Woche weg – eine persönliche Bestleistung. Ich habe dir ein paar Bonbons mitgebracht."

Liebe lächelte. „Und hast du mir auch eine Million Goldmünzen mitgebracht?"

„Nein", antwortete Tod. „Warum sollte ich? Du hast die Wette nicht gewonnen."

„Das werde ich aber", versicherte Liebe.

Tod runzelte die Stirn. Sie schubste ihren Ritter – einen Grashüpfer – vorwärts. Er biss den Kopf von Liebes Turm ab – einer Motte.

„Ich gewinne *immer*", sagte Liebe.

Tod lehnte sich in ihrem Stuhl zurück und betrachtete ihre Schwester. „Hat dir schon mal jemand gesagt, dass es unhöflich ist zu prahlen?"

„Das Biest lernt, sich um andere zu kümmern", informierte Liebe ihre Schwester. „Es tut ihm im Herzen weh, was es getan hat. Es lernt zu lieben. Belle lehrt ihn. Das Biest würde für dieses Mädchen sterben."

„Würde es das?", entgegnete Tod. „Ich würde mich freuen, das zu arrangieren."

Liebe ignorierte den finsteren Scherz. „Das Biest wird lieben und geliebt werden, bevor das letzte Blütenblatt der verzauberten Rose fällt. Warte es ab."

Tod schüttelte den Kopf. „Wieder einmal verkennst du die größere Frage: Wird Belle lernen, das Biest zu lieben?"

„Das wird sie. Sie *tut* es. Sie werden Freunde. Das ist der erste Schritt."

„Sei nicht so sicher. Die Geschichte ist noch nicht zu Ende. Es kann noch viel schiefgehen", sagte Tod. „Und wenn das menschliche Herz involviert ist, wird viel passieren."

„Ich bin zuversichtlich", beteuerte Liebe.

„Das sind Narren immer", seufzte Tod. Sie nickte zum Schachbrett. „Du bist am Zug."

Liebe wandte ihre Aufmerksamkeit wieder dem Schachbrett zu. Die Entschlossenheit stand ihr ins Gesicht geschrieben. Tod beugte sich vor, die Stirn in Konzentration gerunzelt.

Angriffe und Gegenangriffe folgten, während die Schwestern um den Sieg kämpften.

Unter dem Baldachin der Nacht, im klaren Licht des Morgens, in der Helligkeit des Tages und in der sanft fallenden Dämmerung vergingen die Stunden.

Von lange, lange her bis in alle Ewigkeit spielten Liebe und Tod weiter.

WEITERE FANTASTISCHE DISNEY-BÜCHER BEI CARLSEN

★ Villains ★

978-3-551-28020-6

978-3-551-28021-3

978-3-551-28034-3

978-3-551-28036-7

WEITERE BÄNDE ERHÄLTLICH

★ Twisted Tales ★

978-3-551-28049-7

978-3-551-28048-0

978-3-551-28047-3

978-3-551-28051-0

WEITERE BÄNDE ERHÄLTLICH

★ DANGEROUS SECRETS ★

978-3-551-28060-2

978-3-551-28064-0

978-3-551-28067-1

CARLSEN

www.carlsen.de